Max Geißler

Inseln im Winde

Ein Halligroman

Max Geißler: Inseln im Winde. Ein Halligroman

Erstdruck: Leipzig, Staackmann, 1907 als völlig umgearbeitete 5. Auflage von »Jochen Klähn«, 1903.

Neuausgabe
Herausgegeben von Karl-Maria Guth
Berlin 2016

Umschlaggestaltung von Thomas Schultz-Overhage unter Verwendung des Bildes: Alexander Eckener, Hallig im Sturm (Ausschnitt), 1906

Gesetzt aus der Minion Pro, 11 pt

Verlag: Henricus - Edition Deutsche Klassik GmbH
Mörchinger Str. 33, 14169 Berlin, info@henricus-verlag.de
Druck: Libri Plureos GmbH, Friedensallee 273, 22763 Hamburg

ISBN 978-3-86199-842-6

Bibliografische Information der Deutschen Nationalbibliothek

Die Deutsche Nationalbibliothek verzeichnet diese Publikation in der Deutschen Nationalbibliografie; detaillierte bibliografische Daten sind im Internet über www.dnb.de abrufbar.

Vorbemerkung

Der preußische Staat besitzt die Halligen seit Schleswig-Holstein in seinen Verband übergegangen ist, und ihr Name begreift diejenigen der Westküste Schleswigs vorgelagerten kleinen Inseln in sich, welche weder durch Deiche noch Dünen vor der vernichtenden Gewalt der Nordsee geschützt sind. Im Jahre 1882 noch zirka zweitausendfünfhundert Hektar umfassend, beträgt ihr Gesamtareal gegenwärtig zweitausend Hektar mit etwa fünfhundert Bewohnern. – Eine Hallig ist eine ebene, liebliche Flur, die, mit einem kurzen dichten Grase bedeckt, nur ein halbes Meter über den Stand normaler Flut herausragt und ihre Bewohner durch die den Verhältnissen entsprechende Landwirtschaft, verbunden mit Viehzucht und einigem Nebenerwerb, leidlich ernährt.

Die Halligfriesen erfreuen sich dank ihrer Sparsamkeit – entgegen der Behauptung der meisten Halligschriftsteller – eines schlichten Wohlstandes. Sie sind zufriedene, gastfreundliche Menschen, nicht ohne Resignation: eine Folge des Anblicks langsamen Vergehens ihrer Heimatscholle, dem von maßgebender Stelle jahrzehntelang tatlos zugeschaut worden ist. Die schutzlose, zerrissene Kante des Eilandes erleidet bei jeder, während der Wintermonate oft zweimal des Tages eintretenden Überflutung Landverluste, die sich das Jahr über auf etwa acht Fuß belaufen.

Die Häuser der Hallig stehen auf viereinhalb bis fünf Meter hohen Werften: die allverbreiteten Gerüchte von den Nöten der Bewohner bei Fluten sind in das Gebiet des Märchens zu verweisen und gründen sich in der Hauptsache auf die pessimistischen, längst veralteten Schilderungen Biernatzkis, des früheren Pfarrers auf der Hallig Nordstrandischmoor, und seiner Novelle »Die Hallig«.

Seit 1896 ist ernstlich mit der Befestigung der Halligen begonnen worden.

Der einzig wirksame Schutz der Halligkante, die kostspielige Granitdossierung, ist verhältnismäßig wenig zur Anwendung gelangt. Einige Inseln sind heute bereits durch zum Teil unverantwortlich schlechte Dämme mit dem Festland verbunden.

Die ihnen gewidmete Aufmerksamkeit und Kulturarbeit stehen noch in keinem rechten Verhältnisse zu dem Werte der Halligen als Stützpunkte für die Zurückeroberung des ganzen schleswigschen Wattenmeeres.

Die einzigartigen Eilande sind eine untergehende Welt – nach der In-
angriffnahme und hoffentlich rüstigen Fortführung der Sicherungsbauten
nicht in dem Sinne, daß sie eine Beute des Meeres werden, sondern daß
sie infolge natürlicher Aufschlickungen mit dem Festlande verbunden,
daß sie eingeschlossen werden in den Rahmen der Marschen und Deiche,
in deren Schutze das neugewonnene Land nach einem Jahrhundert einem
kernigen Menschenschlag als Wohnsitz dienen und goldenes Getreide
tragen wird.

1.

Die Frühlingssonne hatte gegen Mittag die Nebelschleier durchbrochen, die so dicht in den grauen Februartagen geflogen waren und die auch der Märzwind nicht fortzublasen vermocht hatte.

Unter den grämlichen Vorfrühlingsnebeln hatten die Rohrdächer der niederen Häuser auf der Halligwerft getrieft, und das kurze Gras auf dem Vorlande, das gegen das Wattenmeer sich hinzieht, war versilbert von dem Hauche der wehenden Nebel.

Aber heute hatte die lichte Sonne wieder zum erstenmal in den zitternden Tropfen des Rasens sich gespiegelt, und was in den Rillen der Rohrdächer herabrieselte, war blanker als rinnendes Licht und war wie blitzend Gestein. Unter dem goldenen Schuhe der Sonne hatte das Moos auf dem Rasenboden der Firsten zu schwellen begonnen, und es ward weich wie Sammet.

Aber nun wollte die Aprilsonne, die so lockend und warm gewesen war, wieder in die grauen Schleier versinken, die fern über der See lagen; und der Wind, der tagsüber draußen von den Wellen sich schaukeln ließ, lief über das Watt und schleppte die grauen Nebelnetze hinter sich drein. Er legte sich auf das Gras und blies den roten Glanz der Sonne von den Firsten der Hütten.

Um diese Zeit hing Frau Kei Bonken ein schwarzes Tuch über die Schultern und ging aus der niederen Tür ihres Hauses, das im Ringe der wenigen anderen Häuser der Werft auf dem Eilande lag.

An der Außenseite dieses Häuserringes fiel die Werftböschung gegen das Grasland ab; an der Innenseite lief ein mit runden Steinen belegter Weg von Tür zu Tür. Der bildete einen Kreis um den kleinen Süßwasserteich, aus dem das Vieh der Inselleute getränkt wurde. Aber kein Quell der Erde speiste diesen Fething: der Regen mußte hineinrinnen und ihn füllen.

Mit gesenkter Stirn schritt Kei Bonken über die runden Steine des Weges auf der Werft. Sie ging langsam: wer dem Leid und der Einsamkeit nachgeht, hat keine Eile.

Die Frau hatte geweint, wie sie gegen den Abend hin ganz allein im Stüblein der Hütte gesessen hatte; denn in der dämmerigen Einsamkeit konnte sie Binne Bonken, ihrem neunjährigen Töchterlein, ihre rinnenden Tränen verheimlichen. Binne Bonken war heute in eins der Nachbarhäuser spielen gegangen; denn Mutter Kei Bonken hatte gedacht: Hertje Nomsen, das fröhliche blonde Nachbarkind, werde der Kleinen in das Herz lachen und ihr das Herz wieder froh machen. Bei Hertje Nomsen und ihrer Freude sollte sie bleiben, solange sie mochte.

Überdem trat Kei Bonken in das Haus des Schiffers Knudt Klähn. –

Um diese Zeit, wie die Nacht heimlich durch die Fenster bei Nomsen und um das Spiel der Kinder spann, das heute gar nicht so lustig werden wollte wie in früheren Tagen, da stahl sich Binne Bonken leise von Hertje Nomsen fort. Sie lief den Weg über die runden Steine, den die Mutter vor wenigen Minuten gegangen war, und lief nach Hause.

»Hat Mutter auf mich gewartet?« fragte Binne Bonken halblaut zur Tür des stillen Stübleins hinein. Weil ihr aber keine Antwort wurde, öffnete sie die Tür vollends.

»Nicht daheim?« sagte das Kind im Eintreten und ging auf den Zehen gegen das Fenster. »Ach so, Mutter wird ein wenig zu Goede Klähn gegangen sein, weil sie meint, ich sei zu Hertje Nomsen spielen«, dachte sie laut.

Und Binne Bonken stützte das Kinn in die Hand und schaute mit ihren blauen stillen Augen hinaus in das sinkende Grau des verdämmernden Abends. Das Fenster klaffte oben ein wenig, weil nur der untere Haken in der Öse saß, und der Wind lief von der See her über das Grasland durch die Dämmerung.

Überall gingen die Lichter in den Häusern an.

Weil bei Kei Bonken noch kein Licht hell war, wunderte sich der Wind, legte den Mund an den Spalt des Fensters und sang hindurch. Er sang so laut, daß Binne Bonken gar nicht mehr auf den Schritt der Zeit hörte, der so vernehmbar aus dem braunen Kasten der Uhr im Winkel klang.

Und das eintönige Lied des Windes stimmte sich Binne Bonkens Seele. Die war drüben bei Nomsen nicht froher geworden; denn während die andern Kinder auf der Diele saßen, hatte Binne Bonken an dem Knie Uwe Nomsens gelehnt.

Uwe Nomsen ist der sechzehnjährige Junge mit den Traumaugen, der mit seinem Freunde Jochen Klähn des Abends immer auf das Pastorat geht und sich von dem Pfarrer lehren läßt. Uwe Nomsen möchte stets in des Pfarrers Büchern lesen und fragt ihn immer so viel und so sonderbar über Dinge, die kein Mensch weiß.

Heute, wie Binne Bonken an seinem Knie lehnte, hat er ihr von Stavenwüffke erzählt, von dem Weibchen, das in dem Kleid aus grauen

Nebelschleiern mit einem Licht in der Hand am Strande läuft, wenn die Nacht kommt. Die Sage spricht: Stavenwüffke weiß, wo jene Schiffer geblieben sind, die nicht mehr heimkommen können, weil ihre Schiffe draußen versanken.

Mit verträumten Augen hat das Kind zu Uwe Nomsens Märchenmund emporgeschaut: die Geschichte ist so schön und traurig gewesen, die Uwe Nomsen von dem Stavenweibchen heute erzählt hat!

Jetzt, wie der Wind so durch den Spalt des Fensters sang, dachte Binne Bonken wieder daran und dachte auch daran, daß Uwe Nomsen gesagt habe: der Wind wisse noch viel schönere Geschichten als er; deshalb höre er oft hinaus in die Nacht, wenn der Wind draußen um die Hütten läuft. O, den Wind, den feuchten Schlickläufer, könne man recht wohl verstehen, meint Uwe Nomsen.

Darum lauschte das Kind jetzt am Fenster und sann in den Wind und sprach mit dem Wind – einmal er, und einmal Binne Bonken:

»Warum ist denn kein Licht bei Euch, Binne Bonken?«

»Weil Mutter noch nicht daheim ist.«

»Wo ist Mutter Kei Bonken?«

»Sie ist wohl zu Goede Klähn gegangen.«

»Und hat Dich ganz allein im Haus gelassen?«

»Ich ging zu Hertje Nomsen spielen. Aber Hertje Nomsen war mir heute zu laut. Da hat mir ihr Bruder Uwe Nomsen die Geschichte von Stavenwüffke erzählt.«

»Bist Du nicht auch gern laut und singst Du nicht gern und springst über die Priele (Gräben), Binne Bonken?«

»Ach ja – früher wohl. Aber Vater ist tot. Seitdem nicht mehr. Seitdem sind wir still und traurig. Und Mutter weint auch manchmal ganz heimlich. Ich soll's wohl nicht sehen, aber ich merk' es doch, wie traurig sie ist.«

»Wo liegt denn Dein Vater Jürgen Bonken?«

»Ja, wenn ich das wüßte! Ich wollte heute Stavenwüffke nach ihm fragen, von dem mir Uwe Nomsen allerlei erzählt hat. Aber ich kann Stavenwüffke nicht sehen, wie lang ich auch schon zum Fenster hinausschaue.«

»So komm doch heraus zu mir!« lockte der Wind. »Wir wollen Stavenwüffke suchen.«

»Dann hat Mutter Angst. Sie würde zu Hertje Nomsen laufen und mich ängstlich suchen, wenn sie mich dort nicht findet, und wenn ihr niemand sagen kann, wohin ich gegangen bin, würde sie noch viel trauriger sein. Sie sitzt wohl auch jetzt bei Goede Klähn und weint um Vater.«

»Wenn Du ihr aber sagen könntest: Mutter, ich habe Vater Jürgen Bonken gefunden! Komm, Binne Bonken, wir suchen am Strand!«

So lockte der Wind, so sang der Wind.

Da wandelte auf einmal weit drunten über dem Grasland ein Licht.

Binne Bonken, die es vom Fenster der Hütte aus sah, richtete sich hoch auf. Nun hörte sie den Wind nicht mehr singen: der ist wohl dem Lichte nachgelaufen. Das wandert immer noch langsam seinen Weg am Watt.

Eine Zeitlang schaute das einsame Kind dem Lichte nach, dann sprang es hinaus, sprang die Böschung der Werft hinab und lief über das nebelnasse Gras. Und wie es dem roten Scheine nachschritt, dachte es daran:

Uwe Nomsen hat gesagt, mit einem solchen Lichte läuft Stavenwüffke. Uwe Nomsen hat auch gesagt: wenn ein Schiffer in See stirbt, so steigt seine Seele aus der Flut und irrt über das Meer bis in die Heimat. Dort erscheint sie den Ihren als »Gonger«, damit sie wissen, daß der draußen aus dem Leben geschieden ist.

Und jetzt schwamm der Mond sacht auf den Wassern; ein silberner Schein verriet sein Nahen. Und mit einem Male war eine Brücke quer über die See geschlagen, die war aus Silber.

Wenn die Sonne untergeht, ist diese Brücke golden.

Es ist eine Herrlichkeit, wie die Himmlischen bauen: alles aus Gold oder aus Silber! dachte Binne Bonken.

Und das Licht an der Halligkante lief immer vor ihr her, manchmal ein wenig landeinwärts, und manchmal tat es einen Sprung, wenn's über einen Graben ging oder ein Sick.

Das Gras, über welches das zitternde Kind schritt, war weich und nachtnaß – die Tritte versanken schier lautlos darin. Aber Binne Bonken ging dennoch auf den Zehen. Stavenwüffke flieht, wenn ein Mensch naht, hat ihr Uwe Nomsen verraten.

Manchmal schreit eine Wildgans draußen, wo die See auf das Watt steigt; die Flut ist im Anzug. Da tauchen die silbernen Muscheln, die auf den Watten liegen und von denen die Kinder so oft sammeln, in das rauschende Gewässer; da gehen alle Wattenwege unter. Und wenn Stavenwüffke jetzt etwa vom Halligvorland herunter- und hinauswandelt, weit hinaus, so kann das Kind nicht hinterdrein, wie zur Zeit der Ebbe.

O weh, nun ist das Licht fort!

Nein, da ist's wieder.

Binne Bonken bleibt einen Augenblick stehen; der Atem zittert ihr über die Lippen, das kleine Herz schlägt ihr wie eine Glocke …

Was ist das nur? Es ist, als stehe eine große schwarze Gestalt vor dem Licht und verdecke es, und nur wie zwei goldene Flügel fällt der Schein zu beiden Seiten der schwarzen Gestalt in die Nacht.

Jetzt – jetzt wendet sich das Licht! Jetzt wird es weit fortgehen, weit fort auf das überflutete nächtliche Watt –

»Stavenwüffke!« ruft Binne Bonken zitternd und atemlos und ist doch nicht einmal rasch gelaufen. Und noch einmal: »Stavenwüffke!«

Alle Angst des kleinen Herzens klingt hinein in dies eine Wort. Aber der Wind, der die Flut von draußen hereintreiben will und dem Kinde verrät, daß die Wellen schäumend schon an der Halligkante klingen, erfaßt den Ruf und wirft ihn zurück bis an die Häuser der Werft.

Und jetzt – Tritte? Feste, sichere Tritte?

So läuft der Wind nicht und nicht die See! So geht aber auch Stavenwüffke nicht. Stavenwüffke weint leis in die Nacht, und wer ihm begegnet, hört sein Schluchzen. Und Stavenwüffke wandert lautlos, und um seine Füße schlagen die Nebel wie weiche Schleier.

Das Kind lauscht. Und weil es ein Schreiten hört, wie das der Schiffer, die in Seestiefeln am Strande gehen, denkt es an Jürgen Bonken.

»Vater Jürgen Bonken, bist Du's? Willst Du heim? Hat Dich die Sturzsee am ersten März nicht über Bord gespült?«

Und wieder zögerte das Licht. Manchmal war es, als irre es am Priel entlang, manchmal, als suche es einen Weg hinaus – hinaus auf das überflutete Watt.

»Jürgen Bonken!« rief das Kind voller Angst. Und wieder und noch lauter: »Jürgen Bonken!«

Da wendete sich das Licht langsam und goß einen roten Strom über Binne Bonkens bleiches Gesicht und über ihr verwehtes gelbes Haar. Und eine rauhe Stimme fragte und konnte die Verwunderung nicht bergen: »Binne Bonken, was willst Du hier? Bist Du ganz allein herausgelaufen in die feuchte, dunkle Nacht?« Eine warme Hand streckte sich dem Kinde entgegen: »Wen hast Du denn gerufen, Mädchen?«

»Vater Jürgen Bonken hab' ich gerufen«, schluchzte die Kleine. »Mutter Kei und ich – wir weinen um ihn. Und ich dachte, Du seist Jürgen Bonken.«

Da nahm Jochen Klähn, der das Boot im Priel verankert hatte, Binne Bonken an seine Hand, trocknete ihr den Schweiß auf der Stirn und führte das verängstigte Kind hinauf auf die Werft.

2.

Nicht lange nachher brannte hinter Kei Bonkens Fenster das Licht, während in den übrigen Häusern um den Fething die Lampen schon dort und da zu verlöschen begannen.

Binne schlief im Bettschrank, und noch aus ihren Träumen herüber klang ihr leises Schluchzen.

In dem Hause, in dem Kei Bonken um die Abendstunde geweilt hatte, um ihr Leid zu vergessen, saßen um diese Zeit auch die Klähns noch wach. Nur Urgroßmutter Eike Klähn waren die Lider müde zugefallen.

Sie sprachen von Binne Bonkens seltsamem Wesen und wunderten sich über den Reichtum in dieser jungen Seele.

Der Schiffer Knudt Klähn saß rauchend im Lehnstuhl aus schwarzgelbem Rohr, während die Stricknadeln von Frau Goede Klähn silbern hinter dem Ofen hervorklangen.

Goede Klähn hatte von der Küche aus vor kurzem noch einmal Ditten[1] aufgelegt, ehe sie sich in der Stube zur abendlichen Rast setzte. Und nun flammte ein trauliches Feuer im Beileger und spann seine sanfte Wärme durch das Zimmer. Der Pendelgang der Uhr war hörbar, wenn die Menschen schweigsam vor sich hinsannen, und manchmal unterbrach der weiche Schlag der rauchausstoßenden Lippen die tiefe Stille im roten Lichte der Lampe.

»Hm«, machte Knudt Klähn. »Woher weiß denn Binne Bonken überhaupt das Märchen vom Stavenweibchen?« fragte der Schiffer seinen Sohn Jochen.

»Ach«, entgegnete der blonde, hochgewachsene Junge fast unwillig, »Uwe Nomsen, der Träumer, hat's ihr erzählt. Und noch dazu gegen Abend, zu einer Zeit, wenn Kei Bonken sonst schon daran denkt, die Kleine zu Bett zu bringen. Du weißt ja, wie unerschöpflich Uwe Nomsen in derlei Dingen ist und wie seine Augen hell werden, wenn er Märchen

---

1 Getrockneter, strohfreier Kuhdünger, der auf den Halligen als Brennmaterial benutzt wird.

sinnen oder erzählen darf. Dann werden ihm die Augen tief wie Brunnen und leuchten in heimlichem Glanz. Sonst aber ist er schweigsam – und mir ist er zu still für einen, der leicht einmal mit seinem lauten Worte die brüllende See überschreien muß. Und viel zu versonnen ist er – denk doch: wenn der Sturm um die Lappen pfeift und die See über Bord springt, da darf einer kein Träumer sein.«

Jochen Klähn schwieg eine Weile und schaute seinen Vater fragend an: »Manchmal mein' ich: Uwe Nomsen paßt gar nicht in unsere Welt mit ihren tausend Fährnissen und mit ihrem ewigen Kampfe gegen die See. Er ist aus einer anderen Welt, nämlich aus der, die er sich erträumt. In der, die er sich so zurechtgemacht hat, wenn er Möweneier sucht und sich das Herz voll Sonne scheinen läßt, in der lebt er am liebsten, dort ist er daheim.«

So sprach Jochen Klähn, und Vater Knudt Klähn lächelte. Er freute sich seines tapferen Jungen, der schon jetzt die fernhinschauenden Augen hatte, die sich gewöhnt haben, den Saum der See auf kommende Wetter zu prüfen. Knudt Klähn freute sich seines tapferen Jungen, der in kniehohen Seestiefeln noch jetzt bei der Lampe saß, als sei er jeden Augenblick bereit, einer der Gefahren zu begegnen, die das Eiland stündlich umlauern.

»Vater«, begann Jochen von neuem, »wenn ich nicht neben ihm herangewachsen wäre, so könnt' ich nicht glauben, daß Uwe Nomsen ein Schifferkind, daß er ein Halligfriese sei. Haha, Stavenwüffke will er gesehen haben! Die Möwen hätten Kleider aus Silber, sagt er, und er behauptet, er könne den Wind sehen, wenn er schlickläuft: er trage große Seestiefeln und habe den Kalkstummel im Munde und die Hände in den Taschen ...«

»Der Wind?« fragte der Schiffer erstaunt.

Jochen Klähn schlug mit der flachen Hand auf den Tisch: »Jawohl, der Wind! Er reite mit gespreizten Beinen auf dem Hausdach, sagt er. O, Uwe Nomsen, das ist ein Träumer! Neulich hat er sogar versucht, Verse aufzuschreiben.«

Während die beiden so sprachen, hatte Frau Goede Klähn die Hände mit dem Strickstrumpf in den Schoß gelegt, und sie hörte verwundert, was ihr Ältester von dem Nachbarsohne berichtete.

Überdem schlug der weiße Fox an, kroch unter dem wärmelnden Ofen hervor und legte die Nase in den Spalt zwischen Tür und Pfosten. Draußen vor dem Hause auf dem Steinpflaster, über welches vorhin Kei

Bonken gegangen war, klangen schwere Tritte; die klangen nun auch über die Vordiele.

Knudt Klähn hatte das Fenster der Stube ein wenig geöffnet und klopfte die Asche aus der Kalkpfeife hinaus.

»Das ist Ocke Frerksen! Er wollte heut abend noch ein wenig plaudern kommen; denn er fürchtet die Stille, die daheim um ihn ist, seit ihm das auf See widerfahren ist«, sagte der Schiffer.

Der Hund bellte nicht mehr, sondern sprang wedelnd an dem Eintretenden empor. Der Kapitän mußte ein wenig gebückt unter dem Türpfosten hindurchschreiten, reichte Goede Klähn die Hand zum Abendgruß und setzte sich neben Knudt Klähn an den mit braunem Wachstuch überspannten Tisch in der Mitte des Zimmers. Dann stopfte sich Frerksen den Kalkstummel mit schwarzem Shag und hüllte sich schweigend in eine Wolke blauen Tabakrauches.

Auch Ocke Frerksen trug kniehohe Seestiefel, und auch seine Augen waren wohl einst fernhinschauend gewesen wie die der beiden Klähns. Aber heute hatte das Leid feinen Staub darüber geblasen, und um den Mund des alternden Mannes, dessen Kommandoruf Wind und Wellen gar oft übertönt hatte, lag ein Zug herber Verschlossenheit. Er knöpfte die braune winterliche Joppe vor der Brust auf und lehnte sich mit einem Seufzer im Stuhle zurück.

Wie Jochen Klähn merkte, daß dem Kapitän das Herz schwer sei, sagte er: »Ich habe das Boot vorhin noch einmal verankert, Kapitän; es möcht' ein Sturm kommen, und das Boot liegt weit draußen im breiten Priel.«

Frerksen legte die Hand ans Ohr: »Was sagtest Du? ... Ach so! Woll, woll. Lang dauert's nicht mehr, so wird schlecht Wetter in See. Das Nordlicht hat zu lange gestanden. Und das Nordlicht trügt mich nie.«

»Ich denke, das Wetter bleibt noch eine Zeitlang«, warf Knudt Klähn ein.

»Nein, Klähn! Hast Du das Nordlicht nicht gesehen? Das Nordlicht stand auch am ersten März ...«

Da verfinsterte sich des Kapitäns Stirn, und der Ton seiner Stimme sank, als er dumpf wiederholte: »Stand – auch – am ersten März, Knudt Klähn. Mir saust der Wind in den Ohren seit dem ersten März. Ich werde sein Rauschen nicht los. Immer braust er und will nicht schlafen, und ich hör' ihn doch draußen gar nicht laufen. Wenn ich ihn die Hollerbüsche nicht biegen sähe, so wüßt' ich nicht einmal, daß er da ist. Ich glaube, ich werde taub, Knudt Klähn.«

Ocke Frerksen schaute nach diesen Worten lange stumm auf die Diele. Es war nichts vernehmbar als der sanfte Schlag der Lippen an den Saugrohren der Pfeifen und der Schritt des Uhrpendels im Kasten.

Um den Mund Kapitän Frerksens wurden die Falten des Leides tiefer, als er wieder zu reden begann: »Ich weiß wohl, Ihr glaubt das nicht. Aber wenn die Nacht kommt, kann ich den Schlaf nicht mehr finden; das Rauschen in den Ohren weckt mich immer wieder auf. Darum laßt mich heute noch eine Stunde bei Euch. Mein Weib schläft schon. Und die beiden Jungen schlafen auch. Vorhin war's – da hab' ich an ihren Bettschränken gestanden und gelauscht, aber ich hörte sie nicht atmen. Das macht das Rauschen in den Ohren; es ist wie der Klang in den Muscheln des Watts. Ich will fortan nicht mehr fahren, Klähn. Es war zu furchtbar.«

Der Kapitän schwieg wieder, stützte die Arme in den Ellbogen auf die mächtigen Knie und sann zurück in die Sturmnacht des ersten März – in jene Sturmnacht, in welcher der »Amilhujo«, dessen Kapitän Frerksen gewesen war, Schiffbruch gelitten hatte.

Da brach Jochen Klähn das bange Schweigen: »Das Wrack des ›Amilhujo‹, das solange draußen auf dem Sande gelegen hat, ist übrigens fort und auf Knudts-Hörn aufgetrieben. Wir sahen's diesen Nachmittag gehen – es trieb immer die Norderaue entlang.«

Der Kapitän hörte nur mit halbem Ohre hin. »Woll, woll ... es war zu furchtbar.«

Und weil Frerksen so redete, merkten die beiden, er hatte nicht verstanden, was ihm Jochen Klähn berichten wollte. Sie schauten sich beklommen an.

Überdem sprach der Kapitän weiter, mehr zu sich als zu den anderen: »... um ein Uhr nachts war Jürgen Bonken noch an Bord. Ich stand an Achterdeck, und der Wind lief steif von Nord-Nordwest. Da gab's kein Kommando mehr. Nur der Sturm brüllte. Jeder tat, was er zur Rettung seines Lebens für gut hielt. Und die Sturzsee kam und schlug mich gegen die Bordkante; das hab' ich mit diesen beiden Zähnen bezahlen müssen. Und wie sie vorüber war, waren wir nur noch ihrer drei; die übrigen hatte die See über Bord gespült. ›Jürgen Bonken!‹ rief ich und noch einmal: ›Jürgen Bonken!‹ Aber Jürgen Bonken war nicht mehr da. und er hat keinen Ruf mehr getan ... Meiner Meinung dreiviertel Meile nördlich Norderhörn. Wir mußten wohl gegen Marschnack auftreiben. Das wäre

gut gewesen, wenn wir nur hätten Ketten ausstechen können. Aber wir hatten ja keinen Anker mehr! Und dann kam das Licht. Es war ein Nebel wie nie zuvor. Da stieß der ›Amilhujo‹ durch und saß fest. Und ich sah: von allen Bootsleuten waren nur noch Karsten Hansen und Momme Tamen übrig, die hatten sich mit Tauen an die Maststümpfe geschlungen … wir hatten Leck … und wie die See wieder anstürmte, da rief Momme Tamen: ›Kapitän, hörst Du mich?‹ – ›Ja, Tamen, ich höre!‹ – ›Kapitän, wenn Du diese Nacht überlebst, so sorg für mein Kind, Kapitän! Gott lohn Dir's!‹ So bat Momme Tamen. Es war bitter kalt … Da ist dem Manne das Herz erfroren … Weiter weiß ich nichts mehr, Knudt Klähn.«
–

Das trübe Schweigen wollte sich wieder über die drei legen, aber Knudt Klähn verscheuchte es: »Hm. Auch Karsten Hansen war totgeblieben. Seine Kleider starrten vor Eis. Es war gegen Mittag, als wir die Boote zu Eurer Rettung an das Wrack heranbrachten, das wir wegen des Nebels ja nicht früher sehen konnten. Und dann haben wir drei Tote herübergefahren, drei Tote …«

Dem Schiffer Klähn stockte das Wort im Munde –

»… von denen Ocke Frerksen wieder lebendig ward!« ergänzte der Kapitän dumpf und saugte hastig an der erkalteten Pfeife.

Sie redeten noch eine Weile, und der Wind ward lauter und lief geschäftiger um die Häuser der Werft.

Frerksen klopfte die Asche aus dem Kalkstummel: »Drei Tote – Karsten Hansen und Momme Tamen haben sie begraben – und Ocke Frerksen ist auch nicht wieder richtig lebendig geworden …«

Frau Goede Klähn goß den braunen Tee in die flachen Schalen; aber das Herz des Kapitäns fand sich in dieser Nacht nicht heim in die Traulichkeit dieses Hauses. Die Schrecken des Sturmes, der den »Amilhujo« in wildem Spiel über die nachtschwarzen Wogen getrieben hatte, bis er ihn zerschellte, krochen heute wie Gespenster um Ocke Frerksen. Und wie ein Gespenst scheuchte die bange Ahnung alle Freude von dem alten Manne, die bange Ahnung, daß er nie wieder in einen Sturm auf der See sein Kommando rufen werde.

Gegen Mitternacht sprang der Wind um und lief nun von Nordwesten über das Eiland.

Da drückte sich der Kapitän den brüchigen Südwester fest auf die Ohren und ging heim. Wie er sich an dem feuchten Zaun entlanggriff, weil die Wolkengespenster das Licht der nächtlichen Himmelslampe mit nassen Fingern ausgetan hatten, hielt er die Hand prüfend in den Wind und wandte sich um.

»Nordwest! Siehst Du, Knudt Klähn. ich hab' das Nordlicht gesehen!« rief er dem Schiffer hinüber, der gerade die Haustür schloß.

Und Frerksen kam nach Hause und saß noch lange im Lehnstuhl, sann im Lehnstuhl und dachte der Zeit, in der er den Tod erlebte und wieder erwachte.

Vier Wochen waren seitdem vergangen; vier Wochen war Jürgen Bonken tot, und ebensolange war Ipke Tamen, der neunjährige verwaiste Junge, im Hause Ocke Frerksens und nannte den alternden Mann »Vater«.

Und wie er so sann und wie ihm die kurze Kalkpfeife immer wieder zwischen den Zähnen kalt wurde, trat er plötzlich an das Fenster und horchte hinaus. Er wußte: der Wind steht steif aus Nordwest, und der Wind singt um die Dächer und Giebel. Aber Frerksen hörte ihn nicht. Und er starrte vor sich in die Nacht und nahm eine Lampe von dem Wandbrette. Die zündete er an und nagelte sie auf die Fensterbank, daß sie ihren goldenen Schein in das Dunkel werfe, weit hinaus auf die See – ein Wegweiser für die, die draußen sind. Und die Lampe hat seit jener Stunde in jeder Nacht auf dem Fenster in des Kapitäns Hause gebrannt.

3.

Wie der graue Morgen nach einer verstürmten Nacht im Nebelmantel gekommen war, befand sich Knudt Klähn mit seinem jüngeren Sohne Jens bereits unten am breiten Priel, an dem Jochen gestern abend das Boot verankert hatte. Der Nebel schlug sich nieder, und das Segel des Bootes wurde gehißt. Ein günstiger Wind trieb das Schifflein vor sich her, jener Stelle entgegen, an welcher im Frühlichte die verschwommenen Umrisse der kleinen Hallig Habel mit der einzigen Werft sichtbar wurden.

Währenddem saß Jochen Klähn mit Urgroßmutter Eike in der Stube, nähte ein Segel aus rotbraunem Linnen und erzählte der greisen Frau, die zeitweilig das Spinnrad in Bewegung setzte, von der Sorge des Kapitäns.

»Olk«, sagte Jochen, »Ocke Frerksen ist bis Mitternacht geblieben.«

Wie die Alte von Ocke Frerksens Leid erfuhr, zerbrach ihr der Faden zwischen den zitternden Fingern; sie legte die Hände in den Schoß und sann mit geschlossenen Augen zurück in eine ferne Zeit. Unter der schwarzen Friesenhaube hervor fielen die dünnen schneeweißen Strähnen ihres Haares, liefen um die faltenreiche Stirn und ringelten sich vor den Ohren zu silbernen Schnecken, deren jede von einer schwarzen Nadel durchstochen war.

Wie schlummernd saß die Greisin lange gegen die Rückenstütze des Holzstuhles gelehnt. Um ihre Lippen kam jenes Zucken, das die tiefen Falten ihres Gesichts in seltsamem Spiele bewegte.

»Was sinnt Olk Eike?« fragte Jochen Klähn, dessen Nähfaden durch das braune Segeltuch glitt.

Da faltete die greise Frau die Hände. »Ich denke daran, daß Dein Großvater und der Kapitän zusammen Kinder waren und daß beide die blaue Ader über der Stirn hatten. Die Leute sagen, sie sind gezeichnet gewesen. Deinen Großvater, den ältesten meiner Söhne, hat die See verschlungen, und von den Halligleuten ist keiner unglücklicher gefahren als Ocke Frerksen ...«

Dann verfiel die Alte in stummes Sinnen, und als sie wieder zu ihrem Urenkel herüberblickte, der auf der Schiffskiste saß, da war's, als besinne sie sich auf etwas. Jochen Klähn wunderte sich darüber nicht. Die Alte sprach oft zusammenhanglos, zerrissen, und jetzt sagte sie: »Hast Du Nägel aus dem Schränklein bei dem Wandbrette geholt?«

Jochen Klähn merkte, daß die Neunzigjährige sich wohl noch nicht recht aus der anderen Zeit zurückgefunden hatte, in der sie soeben mit ihren Gedanken gewesen war.

»Nägel?« fragte Jung Jochen. »Wann hat denn Großmutter das wahrgenommen?«

»In dieser Nacht.«

»Nein, Olk.«

»So war's Dein Vater?«

»Nein.«

»Ich hab's aber gehört.«

»So hat Urgroßmutter geträumt.«

Aber Olk Eike sträubte sich: »Nein, Kind, nein; denn ich saß wach im Bette, saß lange wach; der Husten kam so oft und weckte mich immer von neuem. Es war längst Mitternacht vorüber. Ich hörte den Wind und wußte: er läuft nun aus Nordwest. Ich meine, wenn ich deutlich vernommen habe, daß der Wind sich wendet – denn er hat eine andere Stimme, wenn er über die See her läuft – so wird das mit den Nägeln wohl auch richtig sein.«

Jochen Klähn suchte die Alte auf andere Wege zu führen. »Ocke Frerksen hat das Nordlicht gesehen«, berichtete er geschäftig, »und Frerksen sagt: wenn das Nordlicht steht, wechselt das Wetter. Der Kapitän hat recht gehabt.«

Jochen hoffte, Großmutter Eike werde nun vergessen haben, was sie in der Nacht gehört haben wollte. Aber die Alte begann von neuem: »Und wie ich so wach saß und den Schein aus Frerksens Fenster gehen sah, der bis hinunter über die Fenne lief, da sah ich auch, daß sie mir das Sterbehemd anzogen.«

Die Alte sprach leise, sprach aber mit der Ruhe und Sicherheit, mit welcher sie immer berichtete, wenn sie das »zweite Gesicht« gehabt hatte.

»Olk hat geträumt«, warf Jochen Klähn ein, legte das Segellinnen beiseite und trat ans Fenster.

»Nein, ich habe das gesehen. Dort hab' ich gesessen, dort stand ein Stuhl, dort das Waschwasser, dort lag die Seife ...«

Die Alte deutete und erzählte umständlich, sie erzählte immerfort, und in ihre Augen kam der Glanz, der sommertags in ihnen war, wenn sie einen Sonnennachmittag von dem Stuhl an der Rückwand des Hauses über die blendende See geschaut hatte. Dann lag die Bibel auf ihrem Schoße, und sie blätterte in dem alten Buche; aber sie las nicht darin. Sie konnte das Evangelium auswendig. Und ihre Augen taugten längst nicht mehr, Gedrucktes zu sehen. So dämmerte sie auch jetzt vor sich hin, als sie ihre Augen nach dem Berichte über die Erscheinung der letzten Nacht geschlossen hatte.

»Wo ist Dein Vater?« fragte sie Jochen Klähn nach einer Weile.

»Er ist nach Hallig Habel gesegelt und hat Jens mitgenommen. Sie wollen schauen, wie's drüben steht; denn die Leute haben gestern erzählt, Tante Sikke sei fort.«

Da ließ die greise Frau den Faden ihren Händen abermals entgleiten: »Sikke ist fort – von meinem Sohne Ketel?«

Jochen Klähn nickte lachend: »Olk sagt recht – von Onkel Ketel. Aber nun muß Vater bald zurück sein; denn sie sind schon mit dem Frühlichte fort und haben guten Segelwind.«

Olk Eike hatte den Faden, der ihr vorhin zwischen den Fingern zerbrochen war, noch nicht wieder aufgenommen. Und nun, da sie erfahren, was man ihr gestern verheimlicht hatte, da sie erfahren, daß die Frau Ketel Klähns den einsamen greisen Mann auf dem kleinen Eilande Habel verlassen habe, mit dem sie die Inselstille über dreißig Jahre geteilt hatte, nun schloß sie ihre müden Augenlider. Es war, als wolle sie das Leid vorübergehen lassen, das ihr in dieser Nachricht entgegenkam. Dann legte sie die zitternden Hände auf die Knie: »Es hat kein guter Stern über meinen Kindern geschienen: Deinen Großvater nahm mir die Flut; und Ketel ist der letzte meiner Söhne und hat ein Menschenalter mit der See gekämpft. Sie hat ihn nicht verschlungen; aber sein Kampf gegen sie war lang und vergeblich. Sein Leben war ein Leben voll Mühe und Arbeit – ich weiß, sie sagen: das wär' ein köstlich Leben. Die See hat sein Land gefressen, und er hat ihr nicht wehren können. O, die Macht der See ist größer als Menschenmacht; und die Weisheit Gottes ist höher denn Menschenweisheit. Er vertilgt Deine Hallig und, Ketel, mein Sohn, Du hältst sie nicht!«

Die Alte hob die Hände wie eine Seherin. –

Wie Jochen Klähn einen Blick durchs Fenster tat, erkannte er die Umrisse der einzigen Werft auf Habel noch deutlicher; denn der Tag war sonnenklar geworden. Aber die Alte sah nicht mehr in diese Fernen.

Und jetzt redete sie mit sich: »In dem Jahre nach der großen Flut ist er geboren. Wie alt ist Onkel Ketel dann?«

»Fünfundsechzig Jahre«, rechnete Jung Jochen.

Die Alte wiederholte die Zahl dieser Jahre mit einem verwunderten Schütteln des Kopfes. »So mag er es nicht mehr erleben, daß seine Heimatscholle unter ihm fortbricht, daß ihn auch die Heimat verläßt, wie ihn die Liebe verlassen hat. Wie lang ist's doch, daß sie sich hatten – Ketel und sein Weib Sikke? Dänisch waren wir noch – ganz richtig, noch lange dänisch.«

Jochen Klähn rechnete: »So mögen's mehr denn dreißig Jahre sein.«

Da lachte die alte Frau, und das Lachen war doch schon seit einem Menschenalter auf ihrem welken Antlitz gestorben gewesen.

»Wir hören immer die See rauschen«, pflegte Urgroßmutter Eike zu sagen, »und wir hören, wie der Wind weht und sich mit den Wogen beredet; und Wind und Wogen führen sonderen Zwiespruch. Der stimmt sich unsere Seelen, und wer ihn versteht, bei dem hat die laute Freude hinfort keine Statt.«

Aber heute lachte Eike Klähn, deren Enkel der Schiffer Knudt Klähn war, der vierzigjährige, trutzige, tapfere Mann, dem der Seewind das Herz hart gemacht hatte, hart wie Erz mit seinem Mut, aber weich – und rein und blank wie eine Kirchenglocke: so läutete dies Herz durch Knudt

Klähns Tage, und Jochen Klähn, der Sohn, ging dieser Glocke nach und ließ sich von ihr den Weg weisen.

Wie der Junge jetzt gegen den Strand blickte, sah er, daß drunten ein braunes Segel inselwärts flog.

»Das Boot ist in Sicht, Olk!« verkündigte Jochen.

Und nicht lange, so hatte es an der Halligkante angelegt und das Klüwer fuhr dal.

Der zehnjährige Jens stürmte alsbald die Werft herauf und sprang durch die Tür. Sein Auge strahlte eine lustige Botschaft vor ihm her.

»Sie ist wahrhaftig fort, Tante Sikke ist fort! Und was sie getan hat? Einen Brief hat sie an Onkel Ketel geschrieben, in dem steht: ›Du brukst mi gor ni to bitten, ik komm doch ni!‹« So berichtete er hastig und lachend.

»Und Onkel Ketel?« unterbrach Jochen den stürmischen Jungen.

»O, Onkel Ketel hat gesagt, sie hätt' ihren Witz nicht mehr, hat die weißen Haare aus seiner Stirn gestrichen und gemeint: ›Ik hev ihr schrewen: Bitten tu ik Dich ni; wenn ik Di langen kunt, wull ik Di bieten (beißen)!‹«

So schrieb Ketel Klähn im fünfundsechzigsten Jahr seines Lebens, im sechsunddreißigsten seiner Ehe. Bei Ketel Klähn war der Humor zu Gast, nachdem der Mann ein Menschenalter hindurch mit seiner Mühe und mit seiner Sorge Götzendienst getrieben hatte.

Weltverloren lag das Eiland Habel draußen in Wind und See, auf dem Ketel Klähn, Olk Eikes jüngster Sohn, seine Siedlung sich gebaut hatte. Er hatte auf dem flachen Grasland, das kaum ein halbes Meter über den Spiegel der See herausragte, die Werft aufgeworfen und seine Hütte auf diese Werft gestellt.

Keiner hatte ihm dabei geholfen; und keinen hatte nach Ketel Klähn noch gelüstet, die verlorene Stille von Habel mit ihm zu teilen.

Und als er vor einem Menschenalter seine Werft und sein Haus auf die Scholle inmitten der rollenden Flut gestellt hatte, die ihn von Stund' an zum Kampfe herausforderte, da warb er um Sikke. Mit Frau Sikke und mit der endlosen Einsamkeit hatte er seine Tage verlebt und war darüber ein alter Mann geworden.

Manchmal, wenn Ketel Klähn an der Kante seiner Hallig dahinschritt und über die blanke See schaute, tauchten die Umrisse von Klähns Hallig aus der Klarheit des Tages: dort drüben lebte Eike Klähn, seine Mutter, ihr Leben zu Ende.

Und oft war ihm, als sei ein Rufen in dem Licht über der Flut: das Rufen einer Mutter, die dem einzigen Sohn, den ihr die See gelassen hatte, noch ein Wort zum Abschied aus dem Leben sagen wolle.

Und in solchen Stunden zog der Einsiedler von Habel das Segel seines Bootes hoch und steuerte gegen Klähns-Hallig.

Aber so oft er kam – immer fand er die Alte in gleicher Stetigkeit und Stille am Spinnrad sitzen. Oder er fand sie an der Sonnenwand von Knudt Klähns Hause, wie sie über die See schaute, als erwarte sie noch eine späte Freude. Und wenn sie auch immer ein wenig müder geworden war, an das Sterben dachte Eike Klähn nicht.

Und mählich bleichten die Jahre Ketel Klähns blondes Haar und machten es silbern wie das der Mutter. Aber seinen Mut im Kampfe gegen die See und seinen Willen brachen sie ihm nicht.

Immer fraß die Flut gierig an der Scholle Landes, die Ketel Klähns Armut und ganzer Reichtum war. Die trug ihm jährlich eine Dieme Heu und ein wenig Grünfutter für die zwei Kühe. Die Milch der Kühe, die übrig war, nährte zwei Schweine. Und was er sonst brauchte, tauschte Ketel Klähn im Herbst, ehe See und Wind ihm den Weg nach dem Festlande wehrten, gegen das eine der gemästeten Schweine ein. Und die Möwen legten ihm in jedem Frühling ihre Eier in den Sand der Halligkante; und in den Herbstnächten oder in dem stillen Mondlichte des Spätsommers ging er auf das trockenliegende Watt und schlug die schlummernden Wildenten mit dem Netze.

Aber jahraus, jahrein fraß die Flut gierig an der Scholle Landes, die Ketel Klähns Eigen und Hoffnung war. Darum stand der breitschulterige starke Mann vom Frühling bis in den späten Herbst tagsüber in dem Kleigrunde des Wattenmeeres und versuchte der See wieder zu entreißen, was sie ihm über Nacht von seinem Lande genagt hatte.

Allein die Kraft der Wogen war gewaltig, und der Kampf, den Ketel Klähn ein Leben lang kämpfte, war ungleich. Die See nagte mit tausend Zähnen und schlug mit hundert starken Fäusten – und Ketel Klähns Waffe war nur eine Schaufel.

Da ward sein Dasein Sorge, und war doch vordem ein freudiger Kampf gewesen.

Dieser grämlichen mitleidlosen Sorge lebte nun Ketel Klähn. Die schlug ihm Falten in die Stirn und um den Mund; die verschloß sein Herz der Liebe und Teilnahme, die blies ihm einen Nebel auf den Glanz seiner

Augen, die beugte ihm die Schultern. Und mit dieser Sorge trieb Ketel Klähn Götzendienst.

Daran trug die Liebe zur Heimaterde die Schuld. Er sah diese Erde unter seinen Füßen fortbrechen, und er wollte sie halten. Er sah die See ihre Zähne täglich tiefer in den Leib seiner Hallig schlagen, und er wollte die karge Scholle dem gierigen Rachen entreißen.

Aber die Menschen sahen fremden Auges des Alten Beginnen, und die davon erfuhren, sagten: das sei eitel Mühen.

Der Kampf mit der See ist verloren; denn die See ist übermächtig in ihrer Kraft. Die See ist stark wie Gott: sie fegt Länder und Menschen von hinnen und läßt Länder erstehen, wie sie will, und keiner wehrt ihr. Und die See greift mit gewaltigen Armen über die Inseln und führt von dannen, was sie mag. Und keiner wehrt ihr. Und sie formt sich die Menschen in ihrem Bereich, löscht die laute Freude auf ihren Lippen und legt auf ihre Stirnen den schweigsamen Ernst. Sie allein hat das Wort; sie zeichnet ihren Menschen die Bahn, und keiner wirkt ein Werk, ohne sich zuvor mit ihr zu bereden – mit ihr und mit Gott, dem auch die See dumpfgrollend gehorchen muß.

4.

Die Lerchen hingen an den Sonnenstrahlen klingend im Frühlingslicht.

Eike Klähn hatte das Totenhemd immer noch nicht angezogen; aber als sie vom Rathause der Stadt drüben am Festlande eines Tages um Altertümer und Sehenswürdigkeiten als Zeichen lebendigen oder sterbenden Volkstums auf den Frieseninseln baten, da weigerte Eike Klähn, die Seherin, die vorübergehende Herausgabe des kunstvoll gearbeiteten Linnens mit der seltsamen Stickerei, das ihr Grabkleid war und an dem sie ein Lebensalter gewirkt hatte:

»Das geht nicht; denn ich werde sterben, weil ich in jener Nacht, in der Binne Bonken Stavenwüffke suchen ging, gesehen habe, wie sie mir das Totenhemd als letztes Kleid antaten.«

Und wenn in diesen Tagen Eike Klähn ein Rauschen hörte, oder wenn sie hörte, wie der Wind um die Fenster schliff, so hob sie fragend die Augen – ob es der Tod sei, der sie an der Hand nehmen wolle.

Und Eike Klähn gab das teure Linnen nicht; denn es war ihr Stolz und war ihr Reichtum.

Aber Eike Klähn starb auch nicht. Geschlechter hatten sich zur ewigen Rast gelegt; hundertmal war das Schiff des Todes mit den schwarzen Segeln, von dessen Achterdeck das flatternde Linnen des stummen Steuermanns weht, im Winde an die Kante der Hallig getrieben, aber Eike Klähn hatte der Tod die harte Hand nicht aufs Herz gelegt. Elf von den siebzehn Frauen des Eilands waren in einer Nacht Witwen geworden – Eike Klähn hatte der Tod vergessen.

Und nun saß die alte Frau wieder draußen im Frühlingstage, das Gesicht gegen den Mittag gewendet, und nun litt sie wieder, wie die Sonne mit ihrer segnenden Hand ihre welke Stirn streichelte, und ward froh, wenn sie ihr die warmen Lippen auf den verwelkten Mund legte; denn es war sonst niemand, der diesen Mund küßte.

Unter den trillernden Lerchen zitterte die Luft. Die See schickte ihre Wellen schmeichelnd herüber in den Duft der jungen Blumen. Und ganz draußen am Ende der Hallig stand der Frühling mit goldenen Flügeln und streckte seinen Arm über das lachende Eiland. Da fielen aus seinen Händen Blumen ins Gras. Auf den Weidefennen gingen die roten Kühe, schritten die Schafe mit den hüpfenden Lämmern. Und die Herzen der Menschen läuteten in jauchzender Freude hinein in das heilige Licht.

5.

In einem Sick, dicht an der Halligkante, das die letzte Flut sich gewühlt und mit salzigem Wasser gefüllt hatte, spielten um diese Zeit Jens Klähn und Ipke Tamen, der jüngere Pflegesohn Frerksens. Sie ließen papierene Schiffe schwimmen und hatten den Erhöhungen im Sick die Namen der nordfriesischen Inseln gegeben. Jens Klähn warf in sein Schiff weiße Muschelschalen als Fracht: »Ich fahr' nach Sylt. Die Lappen auf! Die Anker hoch!«

Aber Ipke Tamen senkte die Fäuste in die Hosentaschen und ließ sein leichtes Fahrzeug im Hafen. Er schmollte: »Nach Sylt? Nein, das ist mir zu weit. Du weißt wohl nicht mehr vom ersten März – wie Jürgen Bonken totblieb und meinem Vater draußen das Herz erfror? Die wollten auch nach Sylt mit dem ›Amilhujo‹ ...«

Jens Klähn guckte verächtlich auf den zaudernden Jungen: »Die trieb der Sturm nachts von den Ketten. Das ist doch etwas ganz anderes!«

Aber Ipke Tamen blieb dabei: »Nein, nach Sylt ist mir zu weit. Denk an Jürgen Bonken und an meinen Vater, sag' ich!«

Wie die Knaben so redeten, richtete sich ein Stück weiterhin Binne Bonken empor und sah nach ihnen herüber; sie hatte mit Hertje Nomsen am Rande des Watts aus weicher Kleierde in sauberen Muschelformen Knerken gebacken. Ihres Vaters Name war ihr ans Ohr geklungen. Nun ließ sie die blaue Muschel fallen, legte die leichtgeschlossene Rechte an den Mund und sah unter der Stirn hervor. Sie war traurig und dachte jenes Abends, in den sie hineingelaufen war, um Stavenwüffke nach Jürgen Bonken zu fragen.

»Du darfst nicht so laut sein, Ipke Tamen«, mahnte Jens Klähn, »Du weißt doch, Binne Bonken sucht dann nachts wieder ihren Vater am Strande und läuft den Irrlichtern nach!«

In Binne Bonkens Augen glänzten die Tränen. Aber sie wagten sich nicht heraus in das Sonnenlicht, nicht heraus in die lachende Lust des Frühlingstages; sie fanden keinen Weg die Wangen herab, auf denen lauter Maienglück wohnte.

Wie die Jungen Binne Bonkens Traumaugen sahen, schwiegen sie.

»Siehst Du«, sagte Jens Klähn, »Binne will weinen. Du verdirbst ihr die Freude.«

Aber Ipke Tamen hörte diese Worte nicht mehr; den Kopf hintenübergebeugt, stand er schon mit erhobenen Händen im Grase, und die Augen der anderen Kinder folgten seinem deutenden Finger; droben schwamm ein Storch mit breiten Schwingen in mächtigen Kreisen über der Hallig.

Der Mund blieb den Kindern offenstehen, und Ipke Tamen wunderte sich: »Gebt acht, das gibt etwas! Wie er die Beine ausstreckt und wie er, ohne mit den Flügeln zu schlagen, doch in den Lüften bleibt!«

»Er kommt immer tiefer! Er will sich auf ein Dach setzen!«

Da fiel es Hertje Nomsen ein: »Ich sag' Euch, wenn ein Storch kommt, so bringt er einem ein Brüderchen oder ein Schwesterchen.«

»Ist ja all Unsinn!« brummte Ipke Tamen.

»So – Olk Eike Klähn wird's wohl wissen«, meisterte ihn Jens Klähn.

Aber Ipke Tamen ließ sich nicht irre machen: »Uwe Nomsen wohl auch, he? Uwe Nomsen seine Geschichte von den kleinen Kindern gefällt mir übrigens famos ...«

»Hurra, da sitzt er! Hurra, ein Storch auf Ocke Frerksens Haus!«

Und jetzt fiel es auch Binne Bonken ein: »Wo ein Storch auf dem Hause sitzt, gibt's eine Braut.«

»Hurra, der Kapitän nimmt eine Braut! Was macht er dann aber mit Krassen Frerksen, seiner Frau?«

Jens Klähn sah den vorlauten Jungen, der seit dem ersten März doch bei Ocke Frerksen daheim war, unfreundlich von der Seite an: »Ipke Tamen, Du hast uns zum besten! So hat das Binne Bonken gar nicht gemeint! – Mutter sagte übrigens, die kleinen Kinder kämen aus der Hummerkiste.«

Aber Ipke Tamen wußte das besser: »Junge, Junge, die Hummerkisten sind nichts weiter als ein schlechtes Strandgut; die haben die Schiffer auf See über Bord geworfen, wenn sie ihnen leer geworden sind. Du hast genug an der Kante antreiben sehen – aber ein Kind hast Du noch in keiner gefunden.«

Hertje Nomsen zweifelte: »Aber die Frau von Ekke Nekkepenns könnte doch ein Kindlein hineinsetzen, wenn eine Hummerkiste lange als Strandgut liegt? So denken sich das die Leute auch.«

»Das ginge schon eher an«, sagte Ipke, der Skeptiker, »aber ich weiß die Sache ganz anders von Uwe Nomsen, und Uwe Nomsen kann das fein erzählen. Wir haben neulich den ganzen Nachmittag davon gesprochen.«

Ipke Tamen verstand es, die drei neugierig zu machen.

»Soll ich Euch erzählen?« fragte er.

»Na, was sagt denn Uwe Nomsen? So red doch, Du!« stieß ihn Jens Klähn an.

Und schon setzten sich alle voll großäugiger Erwartung ins Gras.

»Also los! Damit Ihr endlich mal klug werdet, wie sich's für große Kinder schickt!«

Nun hockten sie um Ipke Tamen herum, so dicht beisammen, daß die gelben Haare der vier Köpfe ineinanderwehten. Und der Wind lief leis um sie herum, der sonnengoldene Seewind, und streichelte die gelben Haare und die roten Blumen im grünen Grase. Nun saßen sie um Ipke Tamen mit so verlangenden leuchtenden Augen, nur Ipke Tamen allein hatte nicht vergessen, den Mund zu schließen. War auch keine Kunst – der wußte die Geschichte schon.

Und Jens Klähn stieß ihn noch einmal an. »Also!« rief er ihm ungeduldig zu und nahm ihm dieses Wort von den Lippen, weil er wußte, daß Ipke Tamen jede Geschichte mit »also« beginne.

»Also –« endlich, das war der Anfang!

»Uwe Nomsen sagt: Vor alten Zeiten, wie das Wünschen noch geholfen hat, ist einmal die Frau von Ekke Nekkepenns in schwerer Not auf dem Watt gesessen und hat ihre Meerfrauen um Hilfe gerufen. Hat aber keine gehört; denn die Nixen hören bekanntlich bloß, wenn sie im Wasser gerufen werden. Ran, was Ekke Nekkepenns seine Frau ist, hat aber immer weiter geklagt, und weil um diese Zeit gerade eine Halligfrau draußen auf dem Porrenfang gewesen ist, so ist sie zu ihr hingegangen und hat der schönen Seejungfer in ihren Nöten beigestanden. Ich sag' Euch, schön ist die gewesen, es ist nicht zu sagen. Einen Reif aus Silber hat sie in den goldenen Haaren gehabt und kleine Muschelperlen in den Ohren. Eine Reihe silberner Perlen hat sie um den Hals getragen; an der haben rote Korallen wie Blutstropfen gehängt. Diese Kette hat sie der Halligfrau zum Lohne mit auf den Heimweg gegeben. Die hat ihr Lebtag keine Porren mehr fangen müssen! Und noch einen Lohn sollten die Halligfrauen haben: sie sollten hinfort ihre kleinen Kinder aus dem Wasser fischen, wenn sie welche haben wollten ...«

»Warum denn das?«

Ipke Tamen überlegte. »Das ist jedenfalls am einfachsten. Darüber muß ich doch Uwe Nomsen noch einmal fragen – der weiß in derlei Dingen genau Bescheid. Also seit jener Zeit holen die Frauen ihre kleinen Kinder aus dem Wasser, und das mit dem Storch ist ein Märchen ...«

»Aus der Hummerkiste!« jubelte Hertje Nomsen und klopfte in die Hände.

»Nein, nein, so laß mich man erst fertig sein!« warf Ipke Tamen ein. »Da hat nun Ran, die schöne Meerfrau, eine Seejungfer zur Bewachung der Kleinen hingesetzt. Aber die Seejungfer soll sehr ärgerlich darüber sein.«

»Warum denn das?« wollte Jens Klähn wieder wissen.

»Weil die Kinder, welche von den Halligfrauen geholt werden, dem Geschlecht der Meerbewohner verloren gehen. Nixen und Wassermänner werden seitdem immer weniger. Und jedesmal, wenn eine Frau ein Kind holt, gerät die Wächterin außer sich vor Zorn. Einmal ist es geschehen, da ist eine Halligfrau vom Mähen gekommen und hat, die Sense über der Schulter, ein Kind begehrt. Aber wie sie sich danach gebückt hat, ist die Flut gekommen, und weil die Frau draußen auf dem Watt kniete, ist sie ertrunken. Die Sense aber hat die Wasserfrau behalten. Und wenn eine von der Hallig ein Kind sich fischen möchte, so darf's ihr die Seejungfer zwar nicht wehren, aber sie hackt die Frau mit der Sense ins Bein. So sagt Uwe Nomsen.«

6.

In den Tagen, in denen der grüne Sammet des kurzen Halligrasens weicher wurde und deren goldene Morgen voll Staunen die bunten Wunder betrachteten, die die Nächte heimlich in das schwellende Grün gewirkt hatten, ward Ipke Tamen häufiger an der Seite Uwe Nomsens gesehen; die Geschichte mit der schönen Meerfrau hatte den Kindern noch für die nächste Zeit zu denken und zu reden gegeben.

Und weil Hertje Nomsen und Jens Klähn durch mancherlei Fragen endlich auch in Ipke Tamen den Zweifel geweckt hatten, mußte Uwe Nomsens unerforschliche Weisheit Rat schaffen.

Nur Binne Bonken hatte sich bei dem beschieden, was der Junge damals berichtete. »Das ist vernünftig von Binne Bonken gewesen«, meinte Ipke Tamen, »sonst freilich ist mit ihr nicht viel anzufangen; denn in ihren Traumaugen laufen immer gleich die Tränen zusammen, wenn einer nach Jungenart einmal mit ihr reden oder spielen will.«

Wie gegen den Abend hin die See wie eine blanke Platte rings um Klähns-Hallig lag und nur die klingenden Wellen an der Kante verrieten, daß auch das segnende Gold dieses Frühlingstages sie nicht ganz eingeschläfert habe, schlenderte Ipke Tamen wieder einmal mit Nomsen am Rand einer Fenne dahin.

»Wie alt bist Du denn eigentlich, Uwe Nomsen?«

»Sechzehn vorbei und so alt wie Jochen Klähn.«

»Hui! Und weißt Geschichten, an die vielleicht selbst Eike Klähn ihr Lebtag nicht gedacht hat. Hast Du die alle aus den Büchern auf des Pfarrers Regalen?«

Da lachte Uwe Nomsen: »Manche.« Und nachdenklich setzte er hinzu: »Manche hab' ich mir aber auch selber ausgedacht.«

Da wuchs Ipke Tamens Staunen: »Selber – ausgedacht? Hm – kann man denn so etwas?«

Sie waren inzwischen an den großen Felsblock gekommen, der einst in der Eiszeit sich auf die Hallig verirrt hat. Ipke Tamen lief in Schaftstiefeln. in deren Rohren er die Hosen unten vor der zähen Kleierde des Watts in Sicherheit gebracht hatte. Es geht keiner ohne Seestiefel von der

Werft um die Kante, außer dem einzigen, der manchmal um die Ebbe so weit draußen im Watt steht, daß die Leute auf der Werft von dem Fernrohre sich sagen lassen müssen: der draußen im Winde, das ist Uwe Nomsen!

Uwe Nomsen hatte auch heute Holzschuhe an den Füßen: Uwe Nomsen will kein Schiffer werden.

Nun standen die beiden an dem Stein. Auf der Luvseite liefen die Wellen in müßigem Spiel noch manchmal gegen ihn an; es war die Zeit der beginnenden Ebbe. Aber die Watte mußten noch ein gut Stück trockenrinnen, bis das Wasser tief stand.

Uwe Nomsen stützte den Arm im Ellbogen gegen den Stein, den er einmal den »feurigen Mann« genannt hatte, weil ihn in Gewitternächten die Irrlichter umtanzen. So angelehnt sah er jetzt den schläfrig heraufrollenden Wellen zu: »Schau, Ipke Tamen, wie sie versuchen, ob sie noch gegen den Fels anrennen können!«

Und es dauerte nicht lange, so besprach sich Uwe Nomsen halblaut mit den verebbenden Wassern. Da merkte Ipke Tamen, daß die Wellen Worte für Uwe Nomsen haben mußten: denn was er sprach, klang manchmal wie die Antwort auf eine Frage.

Endlich, wie die zitternde abendrote See auch im Sprunge den feurigen Mann nicht mehr berühren konnte und Ipke Tamen auf dem Wattgrunde schon längst Muscheln suchte, weil ihn das einsilbige Schauen langweilte, ging ihm Uwe Nomsen hinterdrein.

Ipke schnellte die flachen Austerschalen über die mählich weichende Flut, und Uwe Nomsen, der dem Spiel eine Weile zugeschaut halte, sagte: »Solch eine silberne Muschel klingt in hüpfenden Sprüngen so lange über die goldene Bahn der See, bis sie von dem Arm einer neugierigen Wasserfrau in die Tiefe gezogen wird.«

»Das hast Du wieder einmal merkwürdig gedacht!« klang plötzlich eine Stimme in die versonnene Freude Nomsens. Es war die Jochen Klähns. So lautlos war der über Frühlingsgras und Wattgrund geschritten, daß auch Ipke überrascht zu ihm aufschaute.

Und Jochen Klähn schlug Nomsen mit leisem Schlage lachend auf die Schulter: »Wenn Eike Klähn *Deine* Ahne wäre, Uwe Nomsen, da wärst Du am Ende zu erklären!«

»Ich zu erklären?« fragte Nomsen zurück. »Warum nur dann?«

»Sehr einfach! Weil in Großmutter Eikes Herzen alle Gespenster, alle Unterirdischen, alle Nixen und Märchenkönige leibhaftig ein und aus gegangen sind, von denen auf den Inseln jemals die Rede gewesen ist. Den Puck sieht sie an Sommermittagen wohl auch heute noch manchmal in der Bodenluke sitzen. Na, die andern sind ihr möglicherweise inzwischen abhanden gekommen.«

Überdem hatte sich Ipke Tamen zu den beiden herangefunden, und nun schritten sie zu dritt dem Grasland entgegen, über das an diesem Abende wieder zum erstenmal der weiche Duft von frischem Heu sich herübertastete.

Uwe Nomsen sann so vor sich hin, während ihm Jochen Klähn die Hand in den gebogenen Arm gelegt hatte. Die Möwen schlugen das zitternde Gold der untergehenden Sonne mit dem Silber ihrer Schwingen, und die Strandschwalben schossen wie sausende Pfeile über den Grund.

Uwe Nomsen hatte noch der vorigen Worte Klähns gedacht. Da blieb er plötzlich stehen und schaute dem Freunde in das lächelnde Gesicht: »Hm – eigentlich wundert's mich nicht, wenn ich nicht so bin wie Du, Jochen! Das mag sein, weil Vater Nomsen auf See geblieben ist, wie ich noch nicht einmal sechs Jahr alt war. Nachher kam noch etwas verspätet Hertje Nomsen an. Da hat Mutter schaffen müssen! Ich sage Dir: bald brüllte das Vieh, bald schrie das Kind. Und Uwe, ›der Große‹ mochte sehen, wo er blieb. Und weil die Menschen nicht mit mir redeten, hab' ich die Sprache der Dinge um mich herum gelernt; die kannte ich schon ganz gut, eh' ich noch die Leute leidlich verstand. Die See sprach; zwei Muscheln, die ich aneinander schlug, oder viele Muscheln, die ich in Reih und Glied auf dem trockengelaufenen Watt aufmarschieren ließ, die sprachen auch. Und die Blumen, die der Wind über dem Gras streifte, die etwa nicht? Und der Wind nun gar – auf den Tag will ich noch warten, an dem der einmal nicht über die Insel läuft, und an dem *der* mir einmal nichts zu erzählen hätte!«

Dann schlenderten die beiden wieder die Kante lang, jener Stelle an der Westecke der Hallig entgegen, an der einst Pipenwarf gelegen hatte.

Ipke Tamen war ein Stück zurückgeblieben; wie Uwe Nomsen *geworden* war und wie er sich selbst erklärte, das kümmerte den Jungen nicht; daß er *da* war – mit seinen Märchen und seinen Träumen, das war ihm genug. Während er so hinter den beiden größeren dreinschritt, sah er:

Jochen Klähn sieht schon aus wie ein seebefahrener Mann, trotz seiner sechzehn Jahre. Er ist hart und schlank; und wenn er in den Kniestiefeln dahinschreitet, deren Schäfte bei jedem Schritt hörbar aneinanderstreifen, so ist das, als wenn der Wind an einem Mastbaum sich reibt. Man könnte meinen, Jochen sei schon auf Schifferschule gewesen. Uwe Nomsen ist wohl auch groß – dafür ist er Melf Nomsens Sohn. Aber er ist weicher, lässiger im Schritt, und seine Schultern haben reichlich Platz in der grauen Joppe, während die Schultern von Jochen Klähn die Jacke sprengen möchten. Überdies hat Nomsen lange schlotternde Hosen an und stapft in Holzschuhen durch den Tag, wie sie die Frauen tragen. In Holzschuhen kann einer auf den Inseln nicht daran denken, einen weiten Weg zu gehen, und nicht einmal daran, draußen im Watt die Pfähle zu den Buhnen einzurammen, die die Kraft der See brechen sollen, wenn sie vor dem Winde in tollen Sprüngen gegen die Hallig anstürmt. Solche Holzschuhe zöge ihm der Kleigrund gar bald aus, dachte Ipke Tamen.

Nun standen sie an der Westecke des Eilands, um die ein Stück drüben das heimtückische Tief läuft, und standen an den Backsteintrümmern, die die Flut im Spiele rund gerollt hatte.

Hier hatte vor Jahren eine Werft gestanden, auf der einst Schiffer Lürsen sich sein Haus baute.

Geborstene Pfähle ragten aus dem Grunde, über den heute die See zweimal des Tages heraufkroch. Als Schiffer Lürsen seine Werft baute, war es vom Stande seines Hauses bis zur Halligkante noch weiter als einen Steinwurf entfernt.

Während rings das rote Gold des Abends in weichem Glanze lag und der Wind so sanft über die Fluren wehte – hier bei Pipenwarf hörte man ihn immer pfeifen, auch jetzt – da drückte sich Ipke Tamen die Kappe fester auf die Ohren: »Sie haben Lürsens Werft nicht umsonst die ›Pipe‹ (Pfeife) genannt! Wenn ich Lürsen gewesen wäre, ich hätte nicht daran gedacht, an dieser Stelle eine Werft zu bauen und dem Wind und der See mein Haus so vor die Nase zu setzen!«

Jochen Klähn schlug ihn auf die Achsel: »Junge, Junge, damals hat die Hallig wohl anders ausgesehen als heute!«

Aber Ipke Tamens Zweifel war nicht so rasch zum Schweigen gebracht: »Na, wie lange hat denn die Werft gestanden?«

Uwe Nomsen überlegte: »Zwei Jahre mag sie gehalten haben – nun ja, weil keiner Lust hatte, Lürsens Nachfahr zu sein, wie der gestorben war. Da haben sie die ›Pipe‹ verfallen lassen.«

Während sie so redeten, schaute Jochen Klähn von dem Hügel Backsteintrümmer wie ein Sieger die beiden Buhnen ab, die sein Vater und er während des letzten Jahres von dieser Stelle aus gegen das tückische Tief hin über das Watt in See geschoben hatten. Er deutete auf die

Dämme: »Jetzt schlagen sich die Fluten draußen an den Buhnenköpfen die Stirnen ein, laufen matt gegen das Land, und was sie rauben, ist nicht mehr so viel als damals. Wenn die Dämme schon vor Jahren gestanden hätten, wäre Pipenwarf nicht verfallen.«

Ipke Tamen schaute Uwe Nomsen fragend an. »Glaubst Du das auch?« wollten seine Augen wissen.

Aber Uwe Nomsen antwortete nicht. Da fragte der Junge laut: »Wie lang ist denn Schiffer Lürsen eigentlich tot?«

»Zwölf Jahre.«

»So ist Lüdde Lürsen, sein Sohn, kaum fünf Jahr gewesen, als ihn Kapitän Frerksen ins Haus nahm?«

»Woll, woll. Übrigens«, fuhr Jochen Klähn fort, »ich habe vorhin durch das Fenster zu Lüdde Lürsen hineingefragt, ob er mitgehe, Uwe Nomsen zu suchen? Aber er lehnte bleich in Ocke Frerksens Sorgenstuhl und hustete. Ich glaube, er ist sehr krank.«

7.

Das ging Uwe Nomsen hart an: durch den Tau des Frühmorgens hindurch in die hochstehende Sonne des Mittags die Sense zu schwingen. Alle waren sie in diesen Tagen draußen im Heu, selbst Ocke Frerksen, der seit jener unheilvollen Märznacht nicht mehr zu Schiffe gegangen war und der auch nicht mehr den scharfen Schnitt des Stahles durch das kurze blumenübersäte Gras sausen hörte.

Da sanken die Schwaden unter dem kräftigen Sensenschwung, und die Sonne schlang ein Band von Perlen um die Stirnen dieser Könige der Arbeit. Auf den gebräunten Wangen lachte die Gesundheit und in den blitzenden Augen die Lebensfreude. Die Sensen wuchsen den Mähern in die Hände.

Aber Uwe Nomsen ging's hart an. Mit diesen Blumen hatte er einen Mai lang geredet. Und nun sanken sie unter dem sausenden Schnitte der Sense. Darum war Uwe Nomsen der Stillste von allen. Seine Träume hatten ihn hinausgetragen über die Meere der Erde von Jugend an. Aber sie hatten sein Herz weich und sehnsüchtig gemacht, und als die Zeit kam, da er sich hätte verheuern müssen, da sah er sich mit tausend Fäden an die Heimatscholle geknüpft, und sein Herz wollte nicht lassen von der lieben Welt, die es sich zurechtgebaut hatte um Haus und Herd.

Seine Hand war zu weich geworden für den harten Griff in Tauen und Wanten, und ihm bangte davor, als Steuermann seines Lebensschiffes das Gestade der Halligen aus dem Auge zu verlieren. Hier war seine Welt – die war wohl anders, als sie die Halligleute kannten; aber er war vertraut mit ihr. Der anderen, der großen weiten, und der Zeit in dieser Welt war Uwe Nomsen ein Fremdling geblieben.

Das sagte Jochen Klähn ihm gerad' heraus.

Und so kam's, daß Nomsen, der Träumer, keinen Plan fürs Leben schmiedete, als Jochen Klähn mit dem seinen längst fertig war. Es war so: Jochen Klähn wollte diesem Leben entgegengehen und viel von ihm fordern. Uwe Nomsen aber ließ das Leben an sich herankommen und wartete, was es für ihn in den Händen halten werde.

Jochen Klähn wollte lernen, wollte nach Flensburg auf die Schifferschule. Und wenn die drei Winter vorbei wären, die er dort zu verbringen hatte – was dann werde, davon hatte Jochen Klähn sich seinen Plan gemacht; er hatte mit seinem Vater Knudt Klähn manchen Abend darüber gesprochen, und sie hatten alles sorglich erwogen. Weil die Halligleute aber keinen Glauben an das beabsichtigte Werk der Klähns hatten, so mußte Jung Jochen einstweilen schweigen: die Zeit sollte reifen.

Uwe Nomsen dagegen wollte über den kleinen Pflichten des Hauses sein Leben weiterträumen. Die lagen nun schon drei Jahre auf ihm, so jung er noch war; denn seit drei Jahren war Melf Nomsen tot. Und er tat diese Pflichten getreulich, und er tat ohne Seufzen, was not war. Auch heute. Aber seiner weichen Hand kam's hart an, sein Arm ermüdete, und auf seine Stirn setzte die Sommersonne lachend einen Doppelreif schimmernder Perlen. Und seine Seele sehnte sich in die Ruhe ihrer Träume, sehnte sich nach den Wundern, von denen die Bücher erzählten, die auf den langen Regalen beim Pfarrer standen und die ihm alle zugängig waren.

8.

In der Mitte des Nachmittags gingen die Frauen schon mit den Harken über den dörrenden Wieswuchs und schichteten ihn zu Haufen; denn der Seewind schlug seinen feuchten Silberhauch darüber, sobald die Sonne sich zum Niedergang anschickte. Und wenn das feine Gewebe der Nebel über der See zu wehen begann, durfte auch Uwe Nomsen wieder einsam sein.

Jochen Klähn, der tagsüber mit seinem Vater meist draußen auf dem Watt stehen mußte, um die Buhnen mit neuem Astwerk zu durchflechten, wo die See sich hineingewühlt hatte, fand in der Dämmerung den Weg oft und gern zu Uwe Nomsen, dessen Seele eine sondere Gewalt über Jochen Klähns Herz besaß. Der nüchterne rechnende Junge der Tat gab sich ihren Verführungskünsten nicht ungern hin, und wenn sie dann recht lange zusammen in dem samtigen Grase gesessen hatten, kam auch in seine Augen etwas von dem Märchenlichte, das in dem Blick Uwe Nomsens war.

Wenn dann nach solchem Beisammensein der Alltag mit seinen trockenen Pflichten wieder nach Nomsen rief, ward es ihm nicht so leicht wie Jochen, diesem Rufe zu folgen.

»Ich möchte sein wie Du, Jochen Klähn!« wünschte dann Uwe Nomsen nachdenklich. Aber bald zögerte er: »Nein, doch nicht ganz! Denn dann könnte ich mir keine Welt bauen und dürfte in der schönen, der bunten, über der der Zauberglanz liegt, nur manchmal zu Gaste sein, wie Du.«

Jochen Klähn überdachte die Rede Nomsens und antwortete: »Nein, auch so ist's nicht, sondern Jochen Klähn und Uwe Nomsen sollten einer sein. Das gäb' einen rechten Kerl!«

Da schlug Uwe Nomsen sich mit der flachen Hand aufs Knie, und seine Augen leuchteten: »Siehst Du, Jochen Klähn, Du hast wieder das Richtige getroffen!«

Heute stand Jung Jochen mit den anderen drüben auf dem Meedeland und harkte den Rest des halbgetrockneten Grases zusammen. Der Abendwind lief mit nassen Schuhen durch das Watt und lief auf das weiche Gras.

Da nahm auf der gegen Pipenwarf zu gelegenen Fenne Uwe Nomsen die Sense auf die Schulter und schritt an dem plätschernden Saume der See zu dem »feurigen Mann«, schritt um Pipenwarf, wo der Wind hinter den geborstenen Stämmen seine Flöten stimmte, und sah, wie die Wellen Schalen voll weißen Schaum um seine Füße warfen.

Und während Uwe Nomsen daran dachte, wie Wind und See, die heute so leise waren, doch immer am Werke sind, die Inseln zu verderben, ging von drüben Lüdde Lürsen über das Grasland herüber.

Lürsen ging ganz allein. Und Nomsen dachte: er schreitet nicht so fest wie Jochen Klähn und ist noch um einen Kopf größer als der. Aber er schwankt wie ein Rohr, gegen das der Wind stößt.

Lüdde Lürsen hatte die Hände in den Hosentaschen und schritt weite müde Schritte. Um den Hals trug er ein weißes Tuch; so hat's ihm seine Pflegemutter Krassen Frerksen geheißen. Sie sorgt sich um den langen hageren Jungen, der in diesem Jahre nicht einmal mehr imstande gewesen ist, eine Sense zu schwingen.

Überdem war Lüdde Lürsen herangekommen.

»Du solltest in der nassen Abendluft nicht mehr am Strande sein!« rief ihm Uwe Nomsen entgegen.

Lüdde Lürsen hustete, und wie der Anfall vorüber war, faßte er Nomsen am Joppenärmel, um ihn mit zum Heimgehen zu veranlassen: »Die Luft tut mir wohl. Der Husten ist nicht so rauh, wenn ich am Strande bin, als wenn ich immer in der Stube hocken muß, weil sie sagen, der Wind sei draußen zu hart.«

Aber Uwe Nomsen schüttelte den Kopf: »Dann solltest Du im Mittagslicht an der Kante laufen und nicht, wenn der Nachttau sich schon silbern auf die Kleider legt. Und Du solltest Dir auch nicht gerade Pipenwarf aussuchen, an der man den Wind sogar hören kann, wenn er an der Südseite nicht einmal die Blumen bewegt.«

Lüdde Lürsen dachte daran, daß er für heut abend Jochen Klähn sich bestellt habe. Aller Glanz in der Luft löschte aus. Die Nebel spannen.

»Gehst Du mit heim. Nomsen? – So komm. Jochen Klähn wird inzwischen auch vom Grasland herauf sein und will heute zu uns herüberkommen. Er hat mir versprochen, den ganzen Abend zu bleiben. Ich liege ja so wie so wach im Bette. Ocke Frerksen sitzt bei Herlich Nomsen und läßt sich von Deiner Mutter die Ohren wärmen. Wir sind heut ganz allein. So komm!«

Da gingen die beiden. Sie gingen auf die Werft, und als Uwe Nomsen die Sense über den Balken gehängt hatte, schritt er mit Lüdde Lürsen an der Innenseite der Häuser über den Damm aus runden Steinen, und sie kehrten in dem Hause des Kapitäns ein.

Wie sie in die Stube Ocke Frerksens traten, war's schon ganz dämmrig geworden. Jochen Klähn war bereits da und goß den Tee auf.

Ipke Tamen, der jüngere Pflegesohn des Kapitäns, lag schon im Bettschrank und schlief.

9.

Durch die geöffneten Fenster der kleinen Stube in Ocke Frerksens Hause schwamm der weiche Duft von frischem Heu und legte sich schmeichelnd um die Stirnen der Jünglinge. Draußen auf den Weidefennen, die von den Hürden umsäumt waren, lag das Vieh wiederkäuend im Gras, und nur hin und wieder irrte ein sanftes Brummen des Behagens ein Stück in das Dunkel der Nacht.

In voriger Zeit hatte Ocke Frerksen in dem kleinen Raume gehaust. Der bunte Schmuck, den er von den Südseeinseln heimgetragen hatte und der noch jetzt auf dem Wandbrett aufgestellt war, sowie das zierlich geschnitzte Schiffsmodell, das an zwei Fäden von der Decke hing, gaben Zeugnis davon. Auch des Kapitäns niedere blaubemalte Schiffskiste stand noch an dem Pfeiler zwischen den Fenstern. Manchmal sägte der Wurm in dem alten Holze.

Das ist die gleiche Schiffskiste, auf der Ocke Frerksen als Jüngling gesessen und Segel genäht hat, wie Jochen Klähn im Nachbarhause auf der seines Vaters sitzt und auch Segel näht. Die des Kapitäns hat den Mann auf allen Fahrten begleitet und trägt auf der Innenseite des Deckels das Bild eines Eilands inmitten hochgehender See – einer Insel im Winde. Darunter steht mit knorrigen, fast hilflosen Buchstaben geschrieben: »So sah meine Hallig aus, wie ich ein Kind war 1841.«

Die Buchstaben waren eckig und grob wie Ocke Frerksen, und Ocke Frerksen war's auch, der sie einst mit schwarzer Farbe unter das Bild gestrichen, das er mit harten Farben und harten Zügen vor vielen Jahren auf ferner hoher See gemalt hatte. Keiner sah beim Anschauen dieses Bildes, daß es von weicher, heimlicher Heimatsehnsucht eingegeben war. Und keiner erkannte, daß der, der es in die Schiffskiste gestrichen, damals alle Herrlichkeit und allen Reichtum der südlichen Meere um dies arme Eiland hingegeben haben würde.

Uwe Nomsen hat einmal gesagt: »Vor mehr denn fünfzig Jahren mag Klähns-Hallig diesem Bild in der Schiffskiste ähnlich gewesen sein; heute hat die Flut das Eiland zur Hälfte gefressen.«

Seit Lüdde Lürsen vom Husten geplagt war, mied der immer tabakrauchende Kapitän die Stube, in welcher die drei jetzt beim Tee saßen und in deren Wänden die Bettschränke Lüdde Lürsens und seines jüngeren Pflegebruders sich befanden. In dem einen lag Ipke Tamen in tiefem

Schlummer, den auch die Unterhaltung der drei nicht verscheuchen konnte. Lüdde Lürsen schob die Tür ein wenig weiter zu, so daß nur noch ein handbreiter Spalt das gedämpfte Licht der Lampe in das Schrankbett fallen ließ.

Und die Sommernacht ging ins Zimmer und hauchte ihren Frieden ringsum.

Draußen vor den Fenstern flüsterten die Blätter des schwarzen Flieders, jenes niederen Strauches, der vielästig und wild von Wuchs war, dem der Seewind aber nicht gestattete, auf das Dach zu schauen. Und nun drängte er sich gegen die Hauswand und drängte sich gegen die Fenster, als wolle er sich mit den Händen an der Kante des Rohrdachs halten, um sich hinaufzuziehen.

Aber der Seewind litt's nicht. Da mußte der Busch sich bescheiden, wie die anderen Sträucher und Bäume auf der Hallig sich beschicken. Auch wie der große Birnbaum drunten bei Hannes Paulsen, der seine Äste so trutzig und sparrig breit dem Meerwind entgegenstemmt und doch nicht vermocht hat, bis an den Dachfirst zu langen. Das ist der gleiche Birnbaum, den Paulsens Vorweser, Großvater Bonken, mit all seinem Hausrat vor der großen Flut 1824 auf den Dachboden gerettet hat, weiß Uwe Nomsen zu erzählen; dort hat er die Flut überdauert.

Seit jenem Jahre ist die See den Leuten nicht wieder zu den Fenstern hineingestiegen. Über das Vorland, auf dem sie die Tage her Gras gehauen haben, springt sie im Jahre hundertmal. Und an der Werftböschung hat sie seit der großen Flut schon oft wieder genagt, aber in die Häuser hat sie den Weg doch nicht noch einmal gefunden.

Und nun versucht der Birnbaum bei Hannes Paulsen in jedem Frühling, versucht er mit jedem Johannestriebe noch ein Stück höher zu dringen, um endlich doch einen Blick über den Dachfirst zu tun; wie die Welt drüben aussieht, möchte er gern wissen. Aber immer wieder läuft der Wind über ihn hinweg und tritt ihn zusammen.

Und die Sommernacht trug den Duft trocknender Blumen und gedörrten Grases auf den Händen herbei und in den Falten ihres Kleides. Nun lag er auf dem Tische zwischen den Teetassen und auf den Bänken, die an der Wand von blauweißen holländischen Kacheln hinliefen. Und er legte sich schlafen im Gärtlein auf der Werft, auf den Fenstersteinen und in dem dichten flüsternden Laubwerk des Fliederbusches. Da vergaßen auch die Blätter ihren lispelnden Zwiespruch und schliefen ein.

Jochen Klähn lehnte am Fenster.

Lüdde Lürsen saß im Lehnstuhl aus Rohr und ließ sich von Uwe Nomsen den Tee reichen. Er hustete.

»Die Luft war nie so weich wie heute, mein' ich«, sagte Lürsen, »in den zwölf Jahren nicht, da ich in Ocke Frerksens Hause bin. Der Wind macht mir immer so zu schaffen; er bläst mir den Atem in die Brust zurück.«

Jochen Klähn war von der Fensterbank unter das an der Decke hängende Schiffsmodell getreten. »Die Nixe« stand am Galion mit feiner Goldschrift geschrieben; ein kunstfertiger Bootsmann hatte das Modell auf langer Fahrt für Lürsens Vater geschnitzt. Jochen Klähn deutete auf das zierliche Werk. »Höre, Lürsen, ist Deine Mutter damals auch mit auf der Nixe gewesen, wie die auf Hörnumsand Schiffbruch hatte?«

Lüdde Lürsen setzte das Teeglas auf den Tisch: »Nein doch! Die war schon drei Jahre tot. Ich stand im vierten.«

Nun sann Lüdde Lürsen mit toten Augen in den roten Schein der Lampe: »Mein Vater hätte das Haus nicht auf die ›Pipe‹ bauen sollen. Die Werft, die er damals aufwarf, war nicht zu halten. Frerk Lürsen grub sich sein Grab, als er den Grund schaufelte. Nun ja – er wollte gesund werden! Er wußte nicht, daß der Tod in ihm fraß. O, er hatte einen klugen Kopf und er hatte einen festen Mut –«

Jochen Klähn fiel dem Sinnenden in die Rede: »... und er hätte die ›Pipe‹ gehalten, hätt' er zu Mut und Verstand auch noch Kraft und Gesundheit besessen.«

Aber Lüdde Lürsen wehrte ärgerlich ab: »Niemals! Wie kann einer dies vergehende Land überhaupt zur Heimat sich wählen! Wie mag einer einen Schein von Liebe, von Treue zu dieser Scholle haben, zu dieser erbärmlichen Scholle, die ihm unter den Füßen fortbricht!«

Da legte sich Uwe Nomsen ins Zeug: »Du solltest nicht so reden, Lüdde Lürsen! Die Hallig ist nicht Deine Heimat, und Dir hat sie wohl nicht viel gegeben, ja – sie hat Dir vielleicht sogar geraubt. was Du besessen hast.« Um seinen Mund zuckte der Mißmut, als er fortfuhr: »Und das nicht einmal! Dein Vater trug den Stachel des Todes in der Brust, als er kam. Übrigens – das Haus, welches er auf Pipenwarf gesetzt hat, stünde vielleicht heute noch. Aber Ihr wißt ja: allabendlich um die gleiche Zeit, in der damals die ›Nixe‹ auf Hörnumsand zerschellte, und just um die gleiche Stunde, in welcher später Dein Vater in der Dämmerung die Augen für immer schloß, da ging ein Klopfen im Haus auf Pipenwarf. Das ist noch Jahre hernach gehört worden, ist gehört worden, bis das

Haus endlich mit der Werft in die See gespült wurde. Deshalb hat ja keiner auf Pipenwarf wohnen mögen. Wäre das nicht gewesen und hätte sich einer hineingesetzt, der die Werft flickte, wenn die See daran herumgefressen hatte, dann wär's anders gekommen.«

Jochen Klähn lachte: »Eike Klähn sagt das auch, das mit dem geheimnisvollen Klopfen.«

»Sie wissen das alle und viele haben's gehört«, behauptete Nomsen.

Lüdde Lürsen dachte noch in stillem Sinnen der vorigen Zeit, als Uwe Nomsen wieder begann: »Es ist ein Geräusch gewesen, wie wenn unsichtbare Hände bemüht wären, einen Schreindeckel mit Brecheisen zu sprengen. Sie meinten deshalb: Frerk Lürsen habe am Ende noch einen Schatz, in Kästen vergraben, im Hause aufbewahrt. Und um den Unterirdischen das Handwerk zu legen, haben sie das Dach endlich abgetragen, da die Werft ja doch unter dem Hause fortbrach.«

Als Lüdde Lürsen das hörte, lachte er bitter auf: »Aber das Gold in den Kästen haben sie nicht gefunden! Und ich mußte froh sein, daß Ocke Frerksen gerade ein Kind brauchen konnte, wenn auch man bloß ein fremdes. Ja ja – er wollte die Werft halten, mein Vater Frerk Lürsen! Aber die Scholle war nicht dankbar dafür, hahaha!«

Wie häßlich dies Lachen klang!

Jochen Klähn lief mit großen Schritten durch die Stube, und auch Uwe Nomsen stand von seinem Stuhl auf: »Du bist verbittert, Lüdde Lürsen!«

»Nein, Uwe Nomsen, nur ein Träumer bin ich nicht, der mit geschlossenen Augen in den Tag hineinduselt! Ein Träumer bin ich nicht, der am Strande steht, jedes Jahr acht Fuß von der Kante in die See stürzen sieht und sagt: ›Es ist nicht wahr, Wellen und Wind fressen unsere Inseln nicht. Dazu haben wir sie viel zu lieb!‹ Ein Träumer bin ich nicht – meine Augen sind offen und sie belügen mich nicht ...«

Lüdde Lürsen hustete heftig; er hatte laut und eifrig geredet.

Nomsen ließ den Anfall vorbeigehen, und er warf, wie er sich auf den Stuhl setzte, einen scheuen, fast versorgten Blick zu Jochen Klähn hinüber, der mit verschränkten Armen abwartend wieder gegen die Fensterbank lehnte. Er dachte: »Wir sind ihrer nur drei und doch steht in diesen dreien das ganze Volk der Inselfriesen widereinander, das sonst so einmütig ist. Die einen, es ist kaum eine Handvoll und sind meist solche, die zugewandert sind, die sagen: laßt diese Scholle vergehen. Für sie spricht Lüdde Lürsen, und sie sind ohne Treue. Die andern – das sind die vielen, das sind die Lauen – die sagen: wir lieben die Inseln im

Winde und warten, was Gott mit ihnen vor hat. Für die redet Uwe Nomsen. Und die dritten – es sind wohl nur ihrer drei, seit Jürgen Bonken tot ist, und die tragen den Namen Klähn – die wollen die See in die Schranken fordern.«

Über diesen Gedanken begannen Jochens Augen zu leuchten. Und er trat an den Tisch: »Lüdde Lürsen, was hast Du gesagt? Die See frißt, was unser ist? Ja, so sagt Ihr alle und schaut tatlos zu. Lürsen, so soll man der See Einhalt tun, soll ihr ein Bollwerk setzen! Und wenn sie mit ihren gierigen Armen nach unserem Lande langt, so soll man der See diese Arme zerschmettern. Und wenn sie an unseren Werften frißt, soll man ihr die Zähne einschlagen!«

Da regte sich Ipke Tamen im Bettschrank. Jochen Klähn hatte zur Bekräftigung seiner Worte die Hand hart auf den Tisch geschlagen und hinein in des Jungen Traum. Da lallte Ipke im Schlafe: »... Jawohl – Zähne – einschlagen – zerschmettern!«

Die drei lachten, und Klähns Augen leuchteten; denn er wußte, wenn die Leute der Inseln ihnen erst glauben, und wenn sie glauben, daß die See zu besiegen sei, dann ist diese »verlorene Heimat« gerettet.

Uwe Nomsen deutete auf den Bettschrank des Jungen: »Jawohl, Zähne einschlagen, da wäre der wohl dabei. Aber –« wandte er sich an Jochen Klähn – »woher hast Du nur diese tolle Weisheit?«

Da stellte sich Jung Jochen festen Mutes vor Nomsen: »Das nennst Du tolle Weisheit?«

Uwe Nomsen war schnell zur Antwort bereit: »Natürlich, oder hältst Du's nicht für toll, wenn einer mit Schippe und Besen gegen den ›blanken Hans‹ anwill?«

Jochen Klähn warf sich in die Brust: »Einer? Alle sollten wir gegen die See an, alle!«

Da richtete sich auch Uwe Nomsen hoch auf: »Dann wollten wir eben alle einen verlorenen Kampf kämpfen. Geht, schmiedet die Ketten, legt die Riesin See hinein und wartet darauf, wie sie sich das gefallen läßt! Oder, Jochen Klähn: mit tausend Armen langt sie nach unsern Inseln. Nehmt Keulen von Eisen und zerschlagt ihr diese Arme! Tausend andere werden ihr wachsen. Und dann, wenn sie sieghaft auf Eure Halligkante steigt, wieder einmal auf Eure Dächer springt und graue Fahnen flattern läßt, dann erkennt: wir haben vergeblich gekämpft! Nein, Jochen Klähn. das ist töricht; denn die See redet deutlich und redet seit tausend Jahren:

ihr seid mein! Und sie geht langsam, aber sie ist unersättlich in ihrer Gier.«

Wie Lüdde Lürsen des Träumers Nomsen feste Worte hörte, schlug er mit matter Lust in die Hände und höhnte: »Nun, Jochen Klähn, was sagst Du dazu? Wie steht's mit dem Zähneeinschlagen?«

Da zögerte Jochen Klähn einen Augenblick, nicht, weil ihn die Bestimmtheit Nomsens verblüfft hatte, sondern weil er sich bewußt ward: Jetzt standen sie an der Stelle, auf welche sein Lebensplan sich gründete. Er wußte: an das Werk, das von den Klähns gegen die vordringende See aufgerichtet werden soll, fehlt den Inselleuten der Glaube. Und wo kein Glaube ist, ist kein Wille. Darum zögerte er mit seiner Antwort; dann sagte er still: »Die Zeit hätte vielleicht nicht mehr fern gelegen, in der wir den Kampf um die Heimat gegen die See begonnen hätten, wenn –«

»Aha, wenn ...« fiel ihm Lürsen ins Wort.

»... der Beste nicht tot wäre: Jürgen Bonken.«

Klähn schaute in das sanfte Licht der Lampe; dann fuhr er fort: »Das war ein Mann! Jürgen Bonken hat halbe Nächte mit Knudt Klähn zusammengesessen, und halbe Nächte haben sie beraten, wie dem ›blanken Hans‹ beizukommen sei. Ihr alle habt's nicht gewußt, weil Ihr ja doch nicht an uns geglaubt hättet. Und Olk Eike hat den Kopf dazu geschüttelt. Aber denkt an Jürgen Bonken! War der ein Träumer, he? Und Knudt Klähn? Ich weiß – die beiden, wenn sie noch ein paar Jahre Wegs miteinander hätten gehen dürfen, die beiden hätten dem ›blanken Hans‹ den Weg verstellt, hätten ihm den Fuß auf den Nacken gesetzt!« Jochen Klähn schaute trüben Blickes zu Boden: »Dann kam jene Märznacht, aus der Jürgen Bonken nicht heimkehrte. Und nun ist Vater allein, und ist keiner, der ihn versteht –«

»Als Jung Jochen mit seinen siebzehn Jahren!« fiel Lüdde Lürsen ihm ins Wort. Und dann ließ Lürsen seine schlanken durchsichtigen Finger hinter dem weißen Halstuche dahingleiten, als habe er das vorhin zu fest geschlungen: »O, Jochen Klähn, was für Toren seid Ihr! Ich rat' Euch: kämpft den Kampf um diese armselige Heimat nicht! Sie ist nichts wert, diese treulose Scholle! Und was habt Ihr davon, wenn Ihr Euch ein Leben lang um sie abmüht«, fuhr Lürsen, nach Atem ringend, fort, »wenn Ihr vergeblich Eure gute Kraft in die Schanze schlagt? Nehmt diese Kraft und zieht hinüber aufs Festland, baut Euren Grund, und Ihr werdet Scheuern voll Getreide ernten. Oder werdet Seefahrer, bis es der Flut endlich doch einmal einfällt, Euch hinabzuschlingen. Aber nur das eine versucht nicht: eine Handvoll Sand und Klei gegen die Übermacht der See zu schützen. Ich sage: diese Heimat ist treulos, sie verläßt uns – so sollen wir sie auch verlassen.«

Als Lürsen so gesprochen hatte und das heiße brennende Licht des Zornes dabei in seinen Augen angegangen war, sank er erschöpft gegen die Lehne seines Stuhles zurück.

Aber wie sein Herz in Unmut überlief, das war selbst Uwe Nomsen zu hart; und doch war seine Stimme voll Ruhe und sein beredter Blick kündete das Mitleid mit dem Kranken: »Nicht so, Lüdde Lürsen! Du schiltst diese arme Heimat und sie ist doch schön. Sie ist schön in ihrer Einsamkeit und lieblich in ihrer Schönheit und kargt niemals mit ihren kleinen Freuden.«

Da ging in Lüdde Lürsens Augen das Licht zum andern Male an. Es war scharf, es war grell, und es reichte doch nicht einmal, das nahe Herz hell zu machen: »Träumer! Träumer, die Ihr seid! Du, Uwe Nomsen, und nicht minder Du, Jochen Klähn! Seht Ihr denn nicht, daß es diese vergehenden Inseln gewesen sind, die Euch so arm, so still, so bescheiden, so ernst gemacht haben, daß kaum ein helles Lachen sich auf Euer Antlitz wagt? Ihr wirkt, wie keiner auf dem Festlande; Ihr seid jeden Augenblick des Tages und der Nacht gewärtig, daß Euch die brüllende See hinaus in den Wind ruft, und Ihr seid bereit, für Eure kümmerliche Armut und Euer mühseliges Tagewerk Euer Leben einzusetzen. Seht Ihr denn nicht, daß Ihr ewig die Gebenden seid? Haha, das wär' mir eine Heimat, die eine Handvoll Gras und Blumen gibt für all Euer Mühen. Ist das den Einsatz wert? Laßt sie vergehen, sag' ich!«

Jochen Klähn hub an, mit langen Schritten im Zimmer hin und her zu wandern. Seine Lippen lagen fest geschlossen aufeinander; seine Augen mieden die des Kranken; denn er fürchtete, einen ungleichen Kampf zu beginnen, wenn er Lürsen entgegenträte. Der Junge muß dann den nächsten Tag im Bett liegen, wie schon öfter, wenn sein zäher Kleinmut gegen die rotwangige Kraft Jochen Klähns sich gewendet hatte.

Aber Uwe Nomsens Blicken begegneten die Augen Jochen Klähns und fragten schweigend: Nun, Uwe Nomsen, du denkst anders als Lürsen, und denkst doch nicht so wie ich; was sagst du dazu?

»Lürsen«, hub Uwe Nomsen nach einer Weile an, »meinst Du, daß Du freudiger in die Welt schautest, wenn Du drüben auf dem Festland in harter Fron mit Pflug und Egge den Grund aufreißen müßtest? Glaubst Du, daß Du weniger vergrämt wärst, wenn Dich das Schicksal auf eine glücklichere Erde gestellt hätte? Nein, Lürsen, Du wärst's nicht, denn Du bist krank. Wenn Du erst wieder gesund bist, wirst Du froher an Deinem Eilande werden. Der Segen und die Kraft der Heimaterde wirken Wunder, Lüdde Lürsen!«

»Krank?« lachte Lürsen. »O, das bißchen Husten! Säh' ich ein gutes Ende für die Pläne der Klähns, ich wollte zugreifen wie einer, und wahrlich, ich wollte nicht der Schlechteste sein!«

Und dann sprang wieder das stille Lächeln auf Nomsens Gesicht, das ihm die schmalen Lippen behaglich breit zog und ihm die Stirn glättete, so daß ein sanfter Glanz darüber war: »Ich denke, wir lassen sie so, wie sie ist, diese Heimat!«

Er hoffte, Lürsens Unmut zu besänftigen.

Der aber grollte weiter. »Eine Heimat von des Meeres Gnaden!« sagte er dumpf.

»Von Gottes Gnaden, Lüdde Lürsen! Denn wenn wir's mit unseren Kräften auch niemals vermögen, *er* kann die See zügeln, wenn er mag. Und uns überleben sie noch, so wie sie sind, die Inseln im Winde. Mir gefallen sie, und ich mag gern draußen am Strande liegen, wenn die Arbeit im Hause getan ist und ...«

»Träumen willst Du«, fiel ihm Jochen Klähn in die Rede, »willst Deine Sonntagsseele spazieren führen und über das Grasland und über die See sehen wie über die Seiten eines Buches, aus dem Feiertag weht. Und Du willst in die Wellen horchen wie in die Klänge der Sonntagsglocken. Und Dein Buch der Heimat, das hat der liebe Gott in einer Sonntagslaune aufgeschrieben, meinst Du, und an einem der drei großen Feiertage des Jahres, Uwe Nomsen, wie er so recht in sonniger Schöpferlaune war, da hat er *Dich* hineingesetzt in diese Heimat, Dich, mit Deiner Feiertagsseele, die sich im Alltage nicht zurechtfinden mag. Es gibt Menschen, die haben keinen Sonntag im ganzen Jahr. Derer sind viele. Aber es gibt auch Menschen, die haben keinen Alltag. Die gehen zu den Pflichten der Werktage, als schritten sie an der Hand der Glockenklänge in die Sonntagsfrühe hinein, und ihre Herzen läuten immerfort Feiertag. Uwe Nomsen, verstehst Du mich? Uwe Nomsen, Du siehst die Welt im Sonntagskleid, und Deine Feiertagsseele hat Schwingen. Du schwebst zwei Fuß hoch über der Erde und stößt Dich nicht. Du lauschst in die Wogen, die nagend am Strand hinrennen, wie in die Glocken, die durch die Sonntagsmorgen gehen. Du fühlst den Duft von Heu und träumst von den weichen Düften des Weihrauchs. Uwe Nomsen, verstehst Du mich?

Du schließt die Augen – nicht, weil Du Deine Heimat nicht vergehen sehen magst, sondern weil Dir diese Wahrheit wie Staub auf die Sonnenseele fällt. Und Deine Seele fürchtet den Staub. – Lüdde Lürsen, verstehst Du mich auch? Weißt Du, daß Du noch nie einen Feiertag gehabt hast? Weißt Du, daß Du Götzendienst treibst mit Deinen kleinen Sorgen? Götzendienst mit Deiner Krankheit? Weißt Du, daß Du Dir über das liebe warme, goldene Licht der Frühsonne den Staub des Alltags legst und Dir die kargen Freuden verbitterst, die Dir das Leben gibt? Lüdde Lürsen, Du hast eine Werktagsseele! Und wenn Du hineingehst in den Sonntagsmorgen, und die Feierglocken gesellen sich zu Dir und locken: Komm mit, komm mit! und der Sonnenschein leiht Dir seine Flügel und der Meerwind geht hindurch durch die goldenen wehenden Schwingen – dann stehst Du da und sagst: ich kann nicht. Nein – *dazwischen* ist der Weg! Lacht immer! – Was mich betrifft, so geh' ich zwischen Euch beiden. Ich will mir Feiertage machen, weil ich sie liebe. Auch ich geh' am liebsten auf den Sonnenwegen tauiger Feiertagsfrühe, aber ich will auch gehen im Alltag, wenn Alltag ist. Und ich will trotzigen Schrittes schreiten und festen Muts. So hat's mich Jürgen Bonken gelehrt. So hab' ich's Knudt Klähn abgesehen.«

»Schulmeister Jochen Klähn!« sagte Lüdde Lürsen scharf.

»Sag ›Prediger‹!« meinte Uwe Nomsen.

»Und wie denkst Du denn nun den ›blanken Hans‹ zu zwingen, ›Pastor‹ Klähn? Mit schönen Worten läßt der sich nicht beikommen –«

Da sagte Jochen Klähn laut und klar: »Nein, aber mit ein wenig Klugheit! Die See reißt ein, sagt Ihr. Und vor der Zerstörerin beugt Ihr Euch. Aber die See baut auch auf. Sie trägt gewaltige Mengen Sinkstoffe herbei –«

»Und schwemmt sie wieder fort!« fiel ihm Lürsen in die Rede.

»Ja, weil wir ihnen keinen Wall geben, hinter denen sie sich festmachen. Weil wir die Flut immer wieder von neuem darüberbrausen lasten, bis sie allen Schlick wieder fortgetragen hat. So sagt Knudt Klähn: Seht Ihr nicht, wie gegen Osten hin das Land wächst? Seht Ihr nicht, wie der Queller auf der neugewonnenen Scholle verheißungsvoll sich ansiedelt und verkündet, daß in einigen Jahren weites Weideland sich dehnt, wo jetzt noch grauer Schlick liegt? Erkennt Ihr nicht, daß die See nicht nur Zerstörer, sondern auch Baumeister sein kann? Und als Baumeister müssen wir sie in unsere Dienste stellen – das ist der Plan Knudt Klähns. Wir müssen das, was sie uns bringt, vor ihr selbst schützen. Sie muß sich nach und nach selber ein Bollwerk bauen, mit den eigenen gewaltigen Armen. Wißt Ihr's nicht von Siegfried, dem jungen? Der hatte Macht, einen Amboß in den Grund zu schlagen. Aber er hatte auch Kraft, ein gutes Schwert zu schmieden.«

Lüdde Lürsen schaute Klähn verwundert ins Gesicht: »Du sprichst wie ein Buch, Jochen.«

»Ich spreche wie Knudt Klähn, spreche wie Jürgen Bonken, wenn er lebte. In dem hat uns das Schicksal den besten genommen.«

Während sie so redeten und aus Jochen Klähns Herzen Feuer in seine Augen geflogen war, rief die Uhr elf. »Es geht auf Mitternacht.«

Da gingen die zwei in ihre Häuser. –

Als am nächsten Morgen Knudt Klähn. der hochgewachsene blonde Schiffer – dem das Stück Himmel im Auge war und der, wenn er über See blickte, aussah, als schaue er den kommenden Jahren ins Herz –, in Seestiefeln hinab zum Strande ging, folgte ihm Jochen. Jeder hatte eine Axt über der Schulter.

Sie wollten ein Wrackholz zerkleinern; das hatte sich drunten an die von ihnen vor zwei Jahren auf fünfzig Meter ins Watt gebauten Buhnen gelegt, zwischen denen das Land um mehr denn anderthalb Spannen aufgeschlickt war. Sie sprachen davon, im nächsten Frühjahr dies Land aufzukrüppeln, zum erstenmal zu bearbeiten.

Lüdde Lürsen stand am Fenster und sah, wie die beiden über das kurze Gras gegen die Buhnen schritten. Er hatte sein weißes Halstuch um und war blasser als sonst.

»Die gehen der See die Zähne einschlagen«, sagte er halblaut vor sich hin.

»Hurra! Zähne einschlagen!« rief Ipke Tamen und rannte hinterdrein.

10.

Die Frauen hatten die duftigen Lasten des Heus in weiße Tücher gebunden und auf den Köpfen heimgetragen. Auch wer auf einer der umliegenden Halligen Meedeland besaß, hatte geerntet. Dann segelten die Boote hin und wieder, heimwärts hoch mit dem duftigen Wieswuchs beladen. In dem einen stand Uwe Nomsen schweigsam achter, und Jens Klähn und Binne Bonken hockten im Heu, und der Wind schwellte das braune Segel über ihnen. Das war ein Fahren im Glück. Uwe Nomsen war Steuermann.

Wie das Meedeland kahl war, gingen die roten Kühe darauf. Ein Hütejunge war da, der war von Niebüll herübergekommen; er war in Taglohn. Und der Wind lief über die Fennen und zertrat die Blumen, die noch einmal in die Sonne sehen wollten. Er warf eine Salzflut herauf und blies die Nebel darüber.

In diesen Tagen rüsteten sie in den Hallighäusern zur Segelfahrt nach dem Festlande: In Husum beladen sie die Boote, tauschen ein und kaufen, Küche und Keller mit Vorrat zu füllen für den Winter, der seine trutzigen Eisstücke über das Watt wirft und zu Bergen baut. Dann ist kein Weg zwischen den Inseln – nur der heulende Wind findet einen.

Ocke Frerksen war daheim geblieben – zu den Krämern nach Husum segelt er nicht mit; das besorgt Uwe Nomsen für ihn. Der steuert Frau Krassen Frerksen hinüber. Aber handeln muß sie selber; denn sie meint: Uwe Nomsen bezahlt willig die geforderten Preise und mag nicht feilschen.

In voriger Zeit war sie mit blankeren Augen und froherem Blick ausgezogen, den Wintervorrat heimzubringen. Damals kam der Kapitän noch mit gefülltem Geldbeutel von See. Das ist nun nicht mehr, und in Frerksens Hause haben sie schon den Sommer lang von dem Ersparten gezehrt. Krassen Frerksen sagt zu Uwe Nomsen: Das sollte nicht ihr größter Gram sein, wenn nur Frerksen erst wieder eine Hoffnung haben wollte. Aber der sitzt daheim, und alle Freude hat ihn geflohen. Er hält die Hand um das Ohr und möchte hören, was der Wind spricht. Wenn er den Wind zum erstenmal wieder versteht, dann wird die Sonne auch von neuem aus Ocke Frerksens Auge scheinen.

Aber er versteht den Wind nicht.

Sein Auge jedoch ist noch scharf wie damals, da er den »Amilhujo« steuerte, und dies Auge verrät ihm: Lüdde Lürsen wird mit jedem Tage bleicher. Lüdde Lürsen hat jetzt manchmal die glänzenden Augen von Frerk Lürsen, als der zu schwach war, von Pipenwarf herunterzugehen. Um Lüdde Lürsens Mund hat das Leid tiefe Falten geschlagen – glaubt einer gar nicht, daß es dazu Zeit gehabt hat in so raschen siebzehn Jahren! Daß dies Leid auf Lüdde Lürsens Stimme in den letzten Wochen auch einen Staub geblasen hatte, davon diese Stimme leiser und rauh geworden war, das merkte Ocke Frerksen freilich nicht. Aber er merkte: Krassen Frerksen hatte oft rotgeweinte Augen, und Krassen Frerksen füllte die Schüsseln auf dem Tische nicht mehr bis zum Rande wie in früheren Jahren. Das kommt daher, weil der Kapitän ein armer tauber Mann ist, und Krassen muß rechnen, sorgsam rechnen, seit der Mann wrack geworden ist wie das Schiff, das er geführt hat.

Er hat auf hundert Fahrten das Steuer in der Hand gehalten. Aber jetzt hatte der Tag keine Pflichten mehr für ihn.

Keine Pflichten mehr?

Hatte der Kapitän nicht das Steuer seines Lebensschiffes in der Faust? Und nicht das Steuer von dem Lebensschiffe seiner Leute? Muß ein Mann wie er, dem der Seewind noch nicht lange das Reif, silber in die Haare geblasen hat, diese Schiffe nicht regieren können?

Wenn Ocke Frerksen so dachte, ballte sich ihm die Faust, und er schlug diese Faust unwillig auf den Tisch.

Wenn einer den Gram und die Armut auf dem Schiffe hat, dann ist schlimmes Fahren!

Und diesen beiden schleichenden Gesellen war Ocke Frerksens Kraft nicht gewachsen. Das war sein Schmerz.

Einst hatte ihm der harsche Seewind die Stirn klar und den Blick blank geweht – jetzt suchte der Kapitän in den Winkeln des Hauses nach kleinen Pflichten. Und in den Winkeln des Hauses hockte die Sorge. Aber der kleinen Pflichten war der Mann entwöhnt, der einer Brigg mit vollen Segeln den Weg über die wogende See gewiesen hatte. Die leichte Last dieser Pflichten hatten in der vorigen Zeit Ipke Tamen das Kind und Lürsen der Kranke getragen, und nun sollte der Mann an ihnen froh werden?

Und nun sollte der Mann diesen Tagen zufrieden in die Augen schauen können, die ihm nichts weiter geben wollten? Und er sollte sich dabei bescheiden?

Ein schlechter Mann, der mit geizigen Tagen nicht um ihren Reichtum ringt.

Wie der Kapitän so dachte, kam er über die steile Holzstiege im Vorhaus hinangestiegen, hatte die Falltür aufgeschlagen, die über dieser Treppe ist, und zwängte nun seinen mächtigen Leib mit den immer noch trutzigen Schultern durch das viereckige Loch auf den Boden.

In dem winkligen verdämmerten Raume lag ein Rest Heu, lag Staub, lag alter Hausrat und manche Erinnerung an weit zurückliegende Seefahrt.

Einst waren etliche dieser Dinge des Kapitäns Freude gewesen; heute fraßen Rost und Moder daran.

Durch das Glas im Rohre des Daches fiel ein mißmutiges halbtotes Licht; die Spinnen hatten darum gesponnen. Aber dies Licht war noch lebendig genug, um auf die Dinge deuten und sagen zu können: Verfall, Verfall!

Und mitten darin stand Ocke Frerksen. »Es ist hart«, sagte er und sank schier verzagt auf ein Bund Heu.

Leise kamen wieder die düsteren Gedanken …: Du mußt dich in dieser kleinen Welt wieder zurechtfinden lernen, Kapitän! Es sind andere Menschen auf den Inseln, die auch nicht mehr fahren können, weil ihnen der Seewind die Gicht in die Glieder geblasen hat. Es sind andere da, die noch nicht fahren können und die doch von ihren Tagen mehr fordern und mehr sich erzwingen als du. Die Priele wimmeln von Porren; auf dem trockenen Watt hocken in der Nacht die Graugänse und die Krickenten in Scharen. Die Inselleute beschleichen sie und schlagen etliche davon mit ihren Netzen. Aber das ist hart, mit dem Schlagnetz in der Faust auf einen armseligen Entvogel zu lauern, wenn diese Faust ihr Lebtag das Steuer eines stolzen Schiffes geführt hat. Und die Klähns – die sind ja auch noch! – Ja, Knudt Klähn mit seiner starken Kraft und mit seinen klaren Augen fährt freilich nicht. Aber Knudt Klähn wirft seine Kraft doch hin für ein verlorenes Ding; die Klähns wollen gegen die See an, die Klähns wollen siegen in einem Kampfe – um eine Handvoll Erde! An diesen Sieg mag aber keiner glauben. Und was ist Ocke Frerksen geholfen, wenn er den Klähns ihre verlorene Schlacht mit schlagen hilft? …

Die Dämmerung spann dichter durch das verstaubte Glas. Da nahm der Kapitän das Schlagnetz vom Balken und stieg wieder durch die Luke hinab.

Und wie die Nacht vollends auf die Insel gefallen ist, hängt er die Lampe sich vor die Brust und geht hinaus auf das Watt. Unter dem rechten Arme hat er das Schlagnetz, den Südwester hat er fest bis auf die Ohren gezogen. So hat er einst im Wind am Steuer gestanden.

Rufen die Wildgänse nicht?

Er geht gegen den Wind, geht immerfort bis an den Rand der Flut; dort muß er sie in Scharen treffen, und in Scharen die Enten. Aber wie er ihnen nahe kommt, fliegen sie vor ihm auf; sie fliehen vor dem polternden Schritt, seinem Schritt, den er selbst nicht hört, und irren nun kreischend über ihm durch die Nacht.

Und Ocke Frerksen kehrt nach Stunden ohne Beute auf die Werft zurück. Die See schickt ihn heim; sie kriecht wie ein Raubtier auf dem Bauche gegen ihn an. Er hört sie nicht; aber sie hat ein glühendes Auge.

Der Schein der Lampe vor des Kapitäns Brust fällt gerade darauf. Mit diesem Auge glotzt sie ihn an, und darunter droht ihm eine Reihe schneeweißer Zähne. Wenn er hören könnte: die See faucht wie eine Bestie, sie zischt wie eine Schlange hinter ihm drein.

Er warf das Netz mißmutig in die Ecke der Vordiele. Krassen Frerksen hatte gewacht und erwartete ihn. Ihr Auge war ohne Hoffnung: Wenn doch nur Lüdde Lürsen mitgehen könnte!

Aber ein Gang über das herbstnächtliche Watt, immer an der Flutkante, immer in dem stiebenden Nebel, der sich wie Silber über die Kleider schlägt und naß in sie hinein – das geht nicht! Der Junge hustete sich die Seele aus dem Leibe.

Krassen sah heimlich zu Frerksen empor, machte sich hinter dem Ofen zu schaffen und wischte sich die verstohlene Träne fort, die die Wange hinab wollte. Dann nimmt die Frau die Laterne vom Türpfosten und will das Licht darin austun. Aber der Taube wehrt es ihr.

Seit das Sausen in seinen Ohren ist, spricht er hohl, als rede er durch eine Muschel.

Seine Stirn ist noch finsterer, weil er nun erfahren hat, er ist noch schlechter als die Halben denen es wenigstens gelingt, mit Hilfe der Nacht eine Graugans zu überlisten.

Die Uhr zeigte schon nach elf.

Aber Ocke Frerksen stieg mit der Laterne doch noch einmal die schmale Leiter auf der Vordiele hinauf und leuchtete unter dem Dach umher; er wollte das alte Gewehr suchen, das seine Seefahrten mitgemacht hat.

Da hängt es am Nagel, es ist ganz mit Rost beschlagen.

Wie er die Hand danach ausgestreckt hat, besinnt er sich: es geht ja gar keiner der Inselleute mit dem Gewehr auf die Gänse und Enten; denn die lassen am Tage keinen Jäger auf Schußnähe herankommen und werden durch den Knall so scheu gemacht, daß sie die Gefahr auf lange Zeit fliehen. Und die Nachbarn werden dem Kapitän grollen, wenn er die Scharen von Vögeln durch sein unsinniges Schießen von den Watten vertreibt; weiß Frerksen denn nicht mehr, daß nur das Schlagnetz reiche Beute sichert? Woll, woll, wenn einer keine tauben Ohren hat! Aber die Kinder wollen essen, und ein Mann mit gesunden Gliedern und Augen kann seine Leute doch nicht hungern lassen!

Über solchem Sinnen ward die Falte des Kummers auf Frerksens Stirn noch tiefer, und die Narben, die ihm der Mißmut um den Mund geschlagen hat, wurden länger.

Da hing er das Gewehr mit einem Seufzer wieder an den alten Platz. »Es ist eine Dummheit!« grollte er.

Und der Mann, der ein Menschenalter aufrecht wie ein Mastbaum gestanden hatte, hielt die Laterne in der Rechten und leuchtete nun tiefgebückt auf dem Dachboden in Staub und altem Hausrat umher.

Er stieß auf einmal unwillig eine Kiste mit dem Fuße vor sich hin. Da stürzte die um und Knochen polterten heraus.

Wie das Geräusch durch das nachtstille Hallighaus rannte, öffnete Frau Krassen drunten die Tür, die auf die Vordiele führte und horchte heraus. Sie schaute durch die Bodenluke und sah: vor den Füßen des alten Mannes liegt der goldene Schein des Lichts auf alten Knochen, an denen die salzige See herumgenagt hat. Die sind braun und rauh. Wer weiß noch, wer die einst gesammelt und für den Verkauf bestimmt hat?

So soll man sie *jetzt* verkaufen, fällt dem Kapitän ein, jetzt tut es not!

Nun kniete er in den Staub, sammelte die Knochen wieder in die Kiste und trug diese die Leiter hinunter auf die Vordiele. Auf dem Watt und am Strande liegen noch tausend Knochen. Wenn man sie sammelt und dem Althändler verkauft, so ist das doch *ein* karger Ertrag aus dem Kampf mit diesen verleideten Tagen, bis andere wieder etwas Besseres für Frerksen in den Händen halten.

11.

Und richtig, in der Frühe des nebligen Morgens stampfte Ocke Frerksen schon rund um die Hallig und stampfte hinaus aufs Watt.

Der Blick, der einst die Fernen und die Leuchtfeuer der Nächte gesucht hatte, lief nun den schweren Schritten eines sorgenmüden Mannes vorauf und lief durch klebrigen Klei.

Wen die Sorge sendet, der macht sich vertraut mit dem Staube, in den Leben und Glück den Rest ihrer Gaben geworfen haben.

Zerbrochene Backsteine, die die Zähne der Wogen benagt, hatte die See verächtlich ans Land geworfen. Die Menschen geben ihr solche Splitter alljährlich zurück, wenn sie im Scheine der Märzsonne ihr Meedeland abharken. Aber immer von neuem spült sie die Flut herauf. Sie hat die Hütten gebrochen, die vor Jahren draußen standen, wo jetzt schon längst die graue Welle wiegt, und sie hat Menschenglück und Heimat verschlungen, nun gibt sie die armen Reste den Menschen wieder zurück. Draußen hat einst die Kirche gestanden; um diese Kirche haben die Inselleute ihre Gräber gegraben und ihre Toten beerdigt. Aber die See hat die Kirche gebrochen und hat die Gräber wie die Hyäne der Wüste aufgekratzt; die schlechten Knochen wirft sie nun ans Land. Und diese Knochen suchte Ocke Frerksens Sorge.

Die hat das graue Spinnwebekleid an; er trägt sie auf seinen starken Armen durch die Nebel und über den Schlammgrund, und sie zeigt ihm mit der welken Hand, was er sucht: »Dort! Und dort!«

Ocke Frerksens Sack füllte sich: Knochen von Seegetier, Knochen aus den Schlächtereien des Festlandes, Knochen, die einst in Särgen gewesen sind und die das Meer mit geschäftigen Händen herausgewühlt hat ...

Und während dieser armen Mühen, zu arm für die unverbrauchte Kraft, erzählte ihm die Sorge in einem fort. Sie hatte eine staubige Stimme. Und sie redete in des Mannes Herz hinein.

Ocke Frerksens *Herz* aber war nicht taub.

12.

Der Wind wehte und hatte alle Flöten und Pfeifen hervorgesucht, auf denen er blasen konnte; die Pfeifen erklangen an der Westecke bei Pipenwarf und waren alle auf den hohen spitzen Ton gestimmt, den Uwe Nomsen »niederträchtig« nannte.

In der Bodenluke des Giebels bei Nomsen, in der Eike Klähn während der Sommermittage den Puck vermutet, weil dort die Totenuhr schlägt und eine kleine Grille geigt, in der Bodenluke flötete der Wind dagegen auf weichem Holze. Das klang ganz wehmütig und versonnen und kam daher, daß er gedacht hatte: er könne durch die Luke mit tollem Sausen einfahren und unter dem Rohrdach das Heu herumwirbeln.

Und nun hatte ihm Uwe Nomsen das Türlein mit Brettholz verschlagen!

Der Nebel rollte in dicken Ballen über Land und See und rollte in den Windmonat hinein.

Durch den Nebel irrten die Klagen der Wildgänse, schnitt der spitze Ruf des Regenpfeifers.

Die Boote lagen auch schon auf dem Grase, sie lagen wie tot. Aber bis dort hinunter auf das Vorland konnte von der Werft in diesen Tagen kein Auge blicken: das triefende Grau des späten Jahres hing davor.

Nur Ocke Frerksen und seine Sorge stapften ungesehen darin umher.

Und in den Stuben huben die Spinnräder an zu surren. In den Stuben saßen die Männer auf den Schiffskisten und nähten Flicken auf die braunen Segel oder strickten Porrennetze.

In diesen Tagen der Stille, die noch viel tiefer werden sollte, wenn die Hoffnung auf eine letzte Herbstsonne sich erfüllt haben würde, nährte Olk Eike im Lehnstuhl eine heimliche Freude. Darüber verloren sich die scharfen Schatten um den Mund der alten Frau, und in ihre Augen kam ein sanftes Licht – wie von verspäteter Sonne, als sie sprach: »Wenn Jochen im Windmonat auf Schifferschule geht, wird Antje Klähn wieder heimgekommen sein. Wie lange dient Antje schon auf dem Festlande?«

»Es jährt sich im Christmonat, Olk.«

»Und im Christmonat wird Jochen siebzehn. Dann ist seine Schwester jetzt sechzehn Jahre«, sann die alte Frau.

»Ja, Olk.«

»Das Kind hatte seidenweiche Haare, weißt Du noch, Goede Klähn?«

»Ja, Olk.«

»Und diese Haare ringelten sich über der klaren Stirn, und ihre Augen waren blank wie die See im Maimonat. Ich bin froh, daß ich Antje noch sehen darf … Aber mir ist, als wäre noch eine andere Freude auf dem Wege zu mir, eine große Freude, Goede Klähn. Ich weiß nur nicht, von wannen sie kommt. Auf diese Freude will ich noch warten, wie mein Sohn Ketel auf Habel auf die Erfüllung einer heimlichen frohen Hoffnung wartet. Freue Dich, Goede Klähn, freu Dich; denn von einem Deiner Kinder wird mir meine Freude kommen …«

Und während Olk Eike so sprach, kam ein erdenfremder Glanz in ihre Augen, und sie hob ihre Hände, als ob sie segne.

Als Ocke Frerksen in diesen Tagen Jochen Klähn einmal auf dem Steindamme der Werft begegnete, winkte er ihn heran: »Jochen, hast Du das Boot vergessen, das im breiten Priele liegt?«

Da wurden die Augen des Jungen noch heller: »Nein, Kapitän, das Boot hat noch Arbeit!«

»Hat – noch – Arbeit?«

»Ja, ich will segeln und Schwester Antje von Lütt-Jens Werft abholen; denn sie kommt heim, eh' ich auf Schifferschule gehe.«

Jochen Klähn schrie dem Kapitän die frohe Botschaft in die Ohren. Da trat der einen Schritt zurück: »Antje Klähn kommt?«

Die Freude war auf dem Weg aus Ocke Frerksens Herzen in die leidmüden Augen. Aber sie fand sich doch nicht hinein.

13.

Ipke Tamen stürzte mit blanken Augen in die Stube: »Hurra! Antje Klähn ist da! Antje Klähn ist da! Ich hab' ihr den Korb auf die Werft getragen! O, was ist die groß geworden. So groß! Sie ist aus Husum gekommen. Weil Jochen im Winter auf Schifferschule geht nach – na, wohin? Ich weiß nicht – da kann sie nicht mehr in Husum bleiben.«

Ipke rannte an den Häusern hin wie der Frühlingswind und sang wie der Frühlingswind, und sein Herz sprang ihm in die blanken Augen und jubelte es hinaus: Antje Klähn ist gekommen!

Er hatte vergessen, daß die Sechzehnjährige nicht mehr »Hänschen« oder »Klafuner« mit ihm spielen werde.

Und er lief wieder nach Hause und nahm Krassen Frerksen an die Hand, die Schweigsame, die Versorgte, und zog Lüdde Lürsen hinüber in das Haus Knudt Klähns, der drunten im Priel noch um das Boot zu tun hatte.

Und sie kamen alle und sahen Antje Klähn und ihren sechzehn Jahren in die lachenden Augen.

14.

Der späte Herbst hatte den erhofften Rest goldenen Lichts noch geschenkt; aber er hatte kaum hingereicht, einen Tag mit seinem Glanze zu füllen. Nun lag wieder die graue Stille über der Welt, in der Ocke Frerksen seine Wege suchte.

Manchmal, wenn er mit schwerer Last im Nachmittage nach Hause ging, sahen sie ihn auf der Werft kommen. Dann traf es sich wohl auch, daß ihm einer auf dem Steindamm entgegentrat und ihm ein ermutigendes Wort in die tauben Ohren rief oder ihm von jenseits des Fethings fröhlichen Sinnes ein deutsames Zeichen machte.

Aber das heimliche Mitleid auf den Gesichtern der Nachbarn entging dem Alten nicht. Das sagte ihm: »Ocke Frerksen, es ist so traurig!«

Und so kam's, daß ein wohlgemeintes Wort des Trostes erst recht wie eine Last auf des Kapitäns Seele fiel.

Darum dachte er: ich will von nun an in der Einsamkeit der Nebeltage bleiben, bis die Nacht hereinbricht, damit ich ungesehen meinen Sack voll Armut heimtragen kann.

So hatte sich dies Herz gewandelt, daß ihm die verhüllenden Nebel willkommen waren, die der Seefahrer Frerksen noch vor einem Jahre mit einem herzhaften Fluche verwünscht hatte; denn diese Nebel bargen den Blicken der Menschen die Lasten, die der Mann trug – die auf der Seele: die staubige Sorge, und die auf dem Rücken: die armen Knochen.

Unter dem Hollerbusch im Gärtlein des Kapitäns, ganz unter dem vielverzweigten Astwerke, stand die Kiste, über welcher der Heimkehrende seinen gefüllten Knochensack umstülpte. Wenn sie voll war, wog er ihren Inhalt und schätzte nach dem Gewichte den kargen Erlös, den ihm der Lumpenmann dafür zahlen werde.

Manchmal, wenn harte Regenböen Ocke Frerksen im Hause hielten und der Tag sich neigte, sprachen sie auch in Klähns Stube von der Sorge, die nebenan eingezogen war, und berichteten dem heimgekehrten Mädchen, wie das allmählich gekommen sei.

Wenn dann die Arbeit um das Vieh getan war, ging Antje Klähn mit dem Spinnrade, den stillen Mann zu erheitern; ein lachendes Herz in hellen Augen ist segnend wie Frühlingssonne.

Sobald das fröhliche Licht dieser Augen in die Einsamkeit Ocke Frerksens fiel, da war's, als klopfe die Freude wieder zag an das Herz des Kapitäns. In die blauen Wölklein über der Kalkpfeife kam Leben; seine breite Hand glitt über sein Gesicht, als könne sie die Spinnenfäden abwischen, die graue Gedanken heimlich darübergesponnen hatten, und sein Mund stammelte und die Freude klang hindurch: »Antje Klähn, Antje Klähn!«

Und er hielt die junge Hand in der breiten harten Seemannshand und streichelte sie. Seine Blicke tauchten in die blanken Mädchenaugen, ja – das war der blaue Maienhimmel, den er so lange nicht mehr gesehen hatte! Da stand er in all seiner freudigen Herrlichkeit: der blaue Maienhimmel, unter dem auf See der klingende Wind geht.

Und Antje Klähn vergaß alsbald zu spinnen und erzählte von ihrem jungen Glück und erzählte von dem Jahre, in dem sie dem Eilande fern gewesen war.

Aber wenn sie gesprochen hatte, redete Frerksen von Dingen, die ohne Bezug auf die Worte des Mädchens waren, weil er sie nicht verstanden hatte.

Da gab Antje Klähn ihren Worten einen harten Klang und neigte sich dabei gegen die tauben Ohren.

Und ob sie gleich jedes Wort des Trostes mied, weil ihr Herz ihr sagte, daß für große Wunden Worte ein schlechter Balsam seien, so ward sie es dennoch inne: sie tröstete Ocke Frerksen. Sie tröstete ihn mit dem Reichtum ihrer Jugend, mit der Sonne des Glücks ihrer Frühlingsseele. Sonne weckt schlummernde Keime, und ihre goldene Hand segnet die wintergraue Scholle.

Des Kapitäns Augen, aus denen die Sorge allen Glanz geblasen hatte, fingen in solchen Stunden wieder an zu reden.

Ob Antje nun immer dableibe?

Da lachte Antje Klähn – sie wußte: Ocke Frerksen braucht ihre Freude. »Immer? Ich möchte wohl. O, das wäre schön! Immer? Das weiß ich noch nicht, und es wird wohl nicht sein können. Aber solange Jochen von Hause fort ist. Und das wird lange sein; denn drei Winter geht er nach Flensburg auf die Schifferschule, und während der zwei Sommer, die zwischen diesen Wintern liegen, nimmt er Heuer für kleine Fahrt ...«

»Das weiß ich schon!«

»... und dann fährt er nach Grönland auf den Walfischfang und nach Amerika, und er bleibt auf See, bis Jens erwachsen ist, meint Vater. Nämlich Mutter Goede will nicht beide Jungen zugleich auf dem Wasser wissen.«

»Woll, woll!«

Antje Klähn machte stolze Augen: »Jochen geht übrigens schon morgen. Er ist voll froher Zuversicht und will eine Menge lernen.«

Während sie so sprachen, hatte die Uhr schon wiederholt zur Heimkehr gemahnt. Aber auch Lüdde Lürsen, der manchmal aus dem Nebenzimmer hereintrat, weil ihn Antje Klähns klares Lachen gerufen hatte, brauchte des Mädchens Freude. Und als Antje den beiden die Hand reichte, gab sie das Versprechen, so oft herüberzugehen, als daheim keine Pflicht auf sie warte.

Wie sie nun ins Dunkel der Nacht aus Frerksens Haustür trat, lag da auf den nassen runden Steinen Herlich Nomsens weißer Fox mit den schwarzen Ohren und dem schwarzen Rückenfleck. Seine Zähne gingen hart über einen festen Gegenstand und glitten knirschend daran ab. Der Hund knurrte: er kannte Antje Klähn nicht mehr.

Jochen, der mit der Stalllaterne drüben in der Tür stand, kam herüber und scheuchte den Fox von dem großen Knochen, an dem er nagte. Antje warf ihn mit dem Fuß beiseite.

Aber Jochen Klähn bückte sich danach: »Den bringst Du morgen Ocke Frerksen. Du weißt, er sammelt Knochen, um sie zu verkaufen.«

Dann gingen die beiden und besahen sich im Stalle bei der Lampe noch einmal den Fund. Auch Mutter Goede Klähn kam und wog ihn in ihrer Hand. Er war über eine Elle lang, am einen Ende stärker und trug dort die Kugel, die einst in einer Hüftpfanne geruht hatte. Er hatte bräunliche Farbe und war porös geworden. Jochen deutete darauf, und als er die Lampe an den Nagel hing, fragte er: »Ein Oberschenkelknochen? Wenn's ist, so hat ihn die See drüben herausgescharrt –«

»Wo?«

»Auf dem alten Friedhof, über den sie jetzt bei jeder Flut läuft.«

Jochen Klähn ward stille. Antje wollte den Knochen früh in Ocke Frerksens Kiste werfen.

Als die Kinder in Klähns Hause schlafen gegangen waren und nur noch Jochen mit nachdenklichem Gesicht bei den Eltern am Tisch saß, und weil er des Fundes dachte, während Olk Eike hinter dem Ofen vor sich hindämmerte, fragte Jochen die Alte: »Weiß Urgroßmutter, wo Ocke Frerksens Eltern begraben liegen?«

Die Ahnfrau antwortete nicht.

»Hat mich Olk Eike verstanden?«

Da klang die dünne Stimme aus dem Halbschatten des Winkels hervor: »Ja doch, ja – ich muß mir das nur überlegen … Draußen ist ein Friedhof gewesen, draußen, noch ein Stück über Pipenwarf an der Westecke: dort haben wir Frerksens Mutter begraben.«

Wie Goede Klähn das hörte, sah sie Jochen mit einem langen Blick an: »Mich überläuft's eiskalt bei dem Gedanken. Wenn das wäre!«

»Was?«

»Die lange Lene … Ocke Frerksens Mutter …«

Eike Klähn hatte mittlerweile ihren Gedankenfaden weiter gesponnen und sich besonnen: »Kind, da geht aber schon seit fünfzig Jahren die See.

Und die lange Lene – hi«, machte Eike Klähn. »wie lang war sie doch? Einen Kopf größer als Ocke Frerksen. Die mußte gebückt durch alle Türen gehen.« –

Wie dann auch Großmutter Eike zu Bette gegangen war, gingen Goede und Knudt Klähn noch einmal mit der Laterne in den Stall; der Mann nahm den braunen Knochen prüfend in die Hand und zog die Achseln in die Höhe: »Wer kann's wissen?«

»Der Gedanke ist grausig: die See wäscht die Gebeine aus den Gräbern, und Ocke Frerksen verkauft die Knochen seiner Mutter an den Althändler.«

»Wer kann's wissen?«

Man sprach an diesem Abend nicht mehr davon.

Und Antje Klähn warf am nächsten Morgen den Knochen in die Kiste des Kapitäns.

15.

Unter der jungen Sonne, die Antje Klähns Frohmut in die niederen Stuben warf, gingen die folgenden zwei Jahre still ihren Gang. Jedes trug sein Bündel Leid, jedes sein Hücklein Glück.

Jochen Klähn war den dritten Winter auf der Schifferschule zu Flensburg und stand vor dem Steuermannsexamen. Die Vorbildung, welche er seitens des Pfarrers erfahren, und die zielsichere Willenskraft, die ihm – ein Erbteil Knudt Klähns – geworden, hatten eine glückliche Grundlage gebildet, auf welche der Lernende mit Erfolg gebaut hatte.

Die Prüfung ging vorüber, und die wenigen Tage, welche zwischen dieser und dem stillen Auszug aus dem Elternhause lagen, forderten die Vorbereitungen für die lange Seereise für sich.

Der Ostwind erwachte wieder, der dem Frühling voraufläuft, jagte die winterlichen Nebel fort und trieb die letzten Schollen des Eises von den Watten in See.

Wie das Gras noch unter den Sohlen knisterte, weil der Grund vom Frost noch nicht völlig freigegeben war, machten Knudt und Jochen Klähn drunten am Priel das Segelboot seefertig. Es hatte die Wintermonate hindurch kieloben verankert auf dem Vorland gelegen.

Das war ein schweigsam Wirken und war ein stummes, rasches Segeln vor dem klingenden Ostwind gegen Hallig Habel, deren Umrisse mit der

Einsiedelei Ketel Klähns scharf und klar in dem harten Lichte des Vorfrühlings standen.

Als der Mann auf Habelwerft das Boot der Klähns mit vollem Segel heranfliegen sah, schritt er aus seinem Hause und schritt an die morsche Kante der Insel, die das Treibeis über Winter wieder mitleidlos zerfressen hatte.

Frau Sikke teilte die Stille von Habel wortkarger denn je schon längst von neuem mit Ketel Klähn und hatte sich widerwillig in das immer versonnenere Schweigen des alten Mannes gefunden, der seinen Lebenszweck in dem Kampfe gegen die See erkannte, die er ohne Waffen zu schlagen gedachte. Deshalb nahm Frau Silke hartnäckig die Partei jener, die in wehmütiger Gleichgültigkeit dem Zerstörungswerke der Wogen zuschauten und ihren Trost in der Hoffnung fanden: »Uns überdauert diese Scholle noch!«

Nun legte das Boot an Ketels Hallig an, und die drei Männer schritten der Werft entgegen.

Als sie an dem braunen Tische beim Tee saßen und schwiegen, dachte Jochen Klähn: Es ist alles hart in diesem kleinen Hause, hart und blank, als hätte der Ostwind hindurchgeblasen. Die Stühle sind ohne Lehnen und die Bänke sind ohne Polster. Und es sind nur Dinge vorhanden, die jeder Tag fordert – nirgends ein Schmuck, nirgends ein farbiges Band, nichts, das einen sanften Ton, eine weiche Stimmung hier hereinzutragen vermöchte. Das ist so, weil der alte Mann nichts von diesem Hause fordert, als daß es ihn in seinen Nächten schütze. Auch das Harmonium, auf dem Ketel Klähn manchmal spielt, muß die Sanftheit seiner Stimmen zwischen diesen kalten Wänden verlieren. Das Choralbuch steht aufgeschlagen dort. »O Ewigkeit, du Donnerwort« ist zuletzt erklungen. Das ist ein starkes Lied und ist die Weise, die auch aus dem stürzenden Treibeis klingt, wenn Flut und Sturm die Scholle durcheinanderwerfen. Daheim ist es anders, da blühen schon die Fuchsien in den Scherben auf den Fensterbänken, und die flammenroten Storchschnäbel drängen ins Licht und schauen nach dem Frühling …

Frau Sikkes Stricknadeln fingen an zu lispeln und weckten Jochen Klähn aus seinem stillen Sinnen: »Ich bin gekommen, Abschied zu nehmen.« –

»Ja. – Nun, Knudt Klähn?« Des alten Mannes Stirn verfinsterte sich, als er diese Frage dumpf und karg an den Schiffer richtete.

Der fuhr sich mit der Hand durch das leis gewellte Blondhaar über der freien Stirn, der strich sich mit der breiten Hand langsam über den kurzen vollen Bart: »Du meinst, ob kein Platz für Jochen Klähn daheim sei? Du meinst, ob wir aufgegeben haben, was wir mit festem Mut begannen?« Knudt Klähn blies den blauen Rauch des Tabaks sinnend über die Lippen: »Nicht aufgegeben! Aber aus eigener Tasche läßt sich nichts mehr schaffen, keine Buhnenpfähle und kein Reisholz zum flechten. Darum heißt es, sich bescheiden und die gebauten Dämme flicken! Darum heißt es: warten, bis der Staat uns hilft! Aber bis dahin wird's noch weit sein; und das gäbe faule und müßige Tage, zu schlecht, einem jungen Menschen die Arme hart und das Herz mutig zu machen, mutig für eine andere Zeit. Nur auf See ist Kampf und ist Stärke, auf Klähns Hallig dagegen ist jetzt nur untätiges Zuschauen und zages Harren.«

Da ward Frau Sikke auf ihrem Sitze länger: »Willst Du mehr, Knudt Klähn?«

Ketel warf ihr einen häßlichen Blick zu; aber Frau Sikke blieb mutig und wartete auf den Angriff.

»Mehr? Ja. Aber wir dürfen nicht schneller laufen wollen als die Zeit!«

Ketel Klähn schlug mit harter Faust auf den Tisch: »So geh, Jochen Klähn, geh! Ich hatte viel von Dir gehofft, von Dir und Deinem Vater ...« Ketel Klähn war ans Fenster getreten: »Viel – von Euch – gehofft ... Wenn Ihr Euch aber *auch* fürchtet ...«

Frau Sikkes Augen wendeten sich gegen den alten Mann: »Siehst Du, Klähn! Siehst Du!«

Nun kehrte Ketel Klähn denen am Tische den Rücken, stützte die Hände auf die Fensterbank und schaute über See. Er dachte: der Schiffer Knudt ist der erste gewesen, der die starke Hand zum Schlage gegen die See erhoben hat. Die Leute haben Ketel Klähn und Knudt Klähn schon oft verglichen und gesagt: Ketel sucht immer mit den Augen im Schlamm, Knudt aber sieht weit hinaus, als säh' er anderen Jahren ins Herz. Wenn das wahr ist – könnte Knudt Klähn nicht auch jetzt recht haben? Vielleicht!

Und als der Alte sich wieder vom Fenster wandte und zu seinem Schemel zurückkehrte, reichte er dem Neunzehnjährigen die harte Hand: »Fahr gut, Jochen Klähn, und komm stark heim!«

Da stellte der Urenkel Olk Eikes sich neben ihn, und sie sahen: er ist eines halben Hauptes länger als der Alte. Und jetzt sprach er – sein Wort war still und klar, wie seine Stirn und seine Augen still und klar waren:

»Das will ich, Onkel Ketel, und ich denke, wenn die Heimat mich braucht und mich ruft, will ich nicht säumen.«

»Das tue. Und nun leb wohl!«

Auch Frau Sikke schüttelte dem Scheidenden die Rechte: »Du hast frohe Augen, Jochen Klähn, und Du hast ein hochgemutes Herz. Leb wohl!« –

Wie die Männer wieder dem Boot entgegengingen, und weil kein Wort die Stille störte, die seit dem Abschied ihnen sich zugesellt hatte, dachte Jochen Klähn: Das ist ein ehrliches treues Wünschen gewesen, das mir die Hand vorhin im Scheiden geschüttelt hat!

Und er versann sich schier darüber, warum er in voriger Zeit das niemals erkannt hatte: in der Inselstille von Habel verleben zwei Menschen ihr Dasein ohne Glück und ohne Stern. Ihr ganzes Eiland mißt nicht mehr als drei Steinwürfe; sie leben unter *einem* Dach, und ihre Herzen haben sich in dieser kleinen Welt dennoch nicht gefunden. Es ist ein seltsames Ding um die Herzen dieser Menschen, sie sind trutzig und hart, und doch lauert vor ihren Türen ein Glück. Aber sie erkennen dies Glück nicht, weil sie sich einbilden, ein Glück müsse anders aussehen und müsse ihnen von ganz anderswo kommen. – Wenn nicht in *mir*, wo möcht' ich sonst ein Glück zu finden mir getrauen? – Da waren sie an die Kante gekommen.

Jochen Klähn stand zuerst im Boot und schlang das Tau aus dem Ringe. Der Schiffer Knudt stieg hinterdrein; und als das Segel stand, riß der Ostwind das Fahrzeug herum und trieb's quer über See – einer andern Stelle von Klähns-Hallig entgegen, als jenem Priel, aus dessen Mündung sie ihre Fahrt angetreten hatten.

Ketel Klähn schaute ihnen nicht lange nach.

Wie sie an die Insel gekommen waren, die Ruder gebraucht hatten, um endlich doch in das Priel einzulaufen, und wie Jochen Klähn das Boot mit dem Haken an die Landungsstelle gebracht hatte, sagte er: »Laß mich heut alles allein tun, was um das Boot geschehen muß, Vater!«

Da sah Knudt Klähn seinen Sohn an, dann ging er.

Er will Abschied nehmen, dachte er.

Und Jochen Klähn legte die Sitzbretter um, ließ das Segel nieder und barg es. Dann machte er das Boot doppelt fest; denn er meinte: es ist noch früh im Jahr, die Stürme sind noch nicht dagewesen, und die anderen Fahrzeuge liegen noch auf dem Sande.

Er tat alles mit sorgender Liebe, wie einer, der vor dem Scheiden sein Haus bereitet.

Während des Nachmittags traten die Leute in den Häusern manchmal an ihre Fenster: sie warten auf Jochen Klähn, der morgen früh fortgeht.

Und Jochen Klähn kam. Er trat in jedes Haus; und sie sagten ihm dort ein liebes Wort und einen treuen Wunsch. Manche weinten um ihn, manche taten froh und mutig; denn sie dachten, sie müßten ihm ihr Herz verbergen.

Als er dann mit Uwe Nomsen noch auf ein Wort in Nomsens Tür stand, lief Binne Bonken den Steindamm entlang. Der Ostwind spielte mit ihren goldenen Haaren, und sie mühte sich, dem wilden mit beiden Händen zu wehren. Sie kam heran: »Nun gehst Du auch fort, Jochen Klähn!«

Ihre Stimme war weich und war wie die einer Jungfrau, ein volles Herz klang hinein. Daran dachte Jochen und schüttelte ihr die Hand: »Wenn ich wiederkomme, bist Du ein großes Mädchen geworden, Binne Bonken.«

»Ja, Jochen Klähn, und wir werden Dich nicht vergessen und werden oft von Dir reden. So geh und komm gut wieder heim. Ich weiß, es werden viele auf Dich warten.«

Da ging sie hin; und auch Uwe Nomsen schaute ihr nach, wie sie bei Witwe Bonken im Hause verschwand: »Sie ist nun doch erst elf gewesen; aber die redet klug. Sie hat ein ruhiges Gesicht und hat ein stilles, feines Herz.« –

Dann schloß sich der Ring der Häuser; bloß bei Ocke Frerksen und seinen Leuten mußte noch kurze Einkehr gehalten sein. Der Kapitän saß rauchend auf der blauen Schiffskiste, die er in die Stube an der Vordiele getragen hatte, und nähte mit steifem Zwirn ein steifes Segel.

»Du willst fort, Jochen Klähn?«

»Morgen früh.«

Der Kapitän war aufgestanden und hüllte sich in eine dichte Wolke Tabakrauches: »Fahr gut – hörst Du?«

»Ja, Kapitän!«

Er sah dem Jungen fest in das Gesicht, und sein Herz schlug lauter. Und sein Herz hieß dem schweigsamen Munde: rede!

Aber Ocke Frerksen sprach nicht. Er wandte sich ab – es sollte ihm in dieser Stunde, in der er an die eigene Ausfahrt dachte, keiner in die Augen sehen …

Lüdde Lürsen im Pesel war frohen Muts, war aber noch bleicher als erst. Er saß im Rohrstuhl, und seine Arme lagen kraftlos auf den Seitenlehnen.

»Wenn erst die Sonne wieder da ist, Jochen Klähn, das wird schön! Da will ich hineinlaufen und will hinter dem tückischen Ostwinde herlachen, der mir so hart in die Brust greift! Und – paß auf: wenn Du wiederkommst – vielleicht hat sich dann auch Lüdde Lürsen besonnen! Und wir stehen dann gemeinsam und stark drunten bei Pipenwarf und schwingen die schweren Eisenhämmer, Jochen Klähn – Du und ich! Und wir schlagen der See die Zähne ein – Du und ich!«

Da nickte Jochen Klähn dem Kranken froh zu und dachte: in allen Häusern haben sie von mir und meiner Zukunft gesprochen; Lüdde Lürsen spricht von sich und der seinen.

Aber Jocken Klähn konnte nicht ohne verräterische Wehmut in Lürsens bleiches Gesicht sehen, deshalb suchte er die Uhr, als er sagte: »Ja, Lüdde Lürsen, das wollen wir!«

Dann ging er hinaus, und das Herz zitterte ihm; denn er wußte: ich habe in dieser Stunde allem Leid und Glück auf Klähns-Werft in die Augen gesehen.

Nun trat er daheim durch die Tür.

Es war anders als sonst. Die Dämmerung des Abends legte sich leise an die Fenster, und eine letzte Nacht trat in die Stube.

Wie sie Jochen heimkehren hörten, begannen sie in Stall und Küche über ihren Pflichten zu hasten, die noch heute ihrer warteten.

Es war niemand in der Stube als Olk Eike, die im weichen Stuhle hinter dem Ofen träumte.

Dann kam Knudt Klähn von draußen, und wie er sah, daß sein Sohn schon da sei, nahm er die kaum gefüllte Kalkpfeife aus dem Munde und legte sie auf das Wandbrett, damit sie dort oben verlösche. Heut sollte Sonntag sein im Hause Klähns.

Nur die Uhr sprach in die schummerige Stille, und Jochen Klähn fühlte: es ist hier viel heimliche Liebe um mich.

Früher als sonst erschien Mutter Goede Klähn mit dem Tee und dem Abendbrote. Sie trug viel volle Teller auf den Tisch. Und früher als sonst war Antje Klähn mit der Besorgung des Viehes fertig.

Goede Klähn hatte das schwarze Kopftuch für diesen Abend noch einmal sorgsam zur Haube gebunden. Sie hatten ihre Kleider und ihre Herzen bereitet und waren gekommen als zu einer stillen, ernsten Feier.

Und wie sie gegessen hatten, der Tisch abgetragen war und Olk Eike schon wieder im verdämmerten Winkel hinter dem Ofen saß und an die vielen schweren der vierundneunzig Jahre dachte, durch die sie gelaufen war, gingen auch die anderen schweigsam an ihre Plätze.

»Wir stehen wieder einmal am Abschiednehmen«, sagte Olk Eike. »Ich habe vielmal Abschied genommen – und zweimal für immer. Das ist in dem Jahre gewesen, in dem mir die See den Gatten und den Sohn gefressen hat ...«

Sie hörten die Alte sprechen und wußten: Urgroßmutter Eike redet laut, aber sie redet nur mit ihrem Herzen.

Und wie die Alte schwieg, dachten sie auch daran, daß sie eine Welt von Glück hatte sterben sehen.

Da redete Olk Eike wieder: »Das war ein großes Leid in jenem Jahr; es ist keins größer gewesen. Wie ich damals die Nacht hindurch geweint habe und die Kissen unter meinem Haupte am frühen Morgen feucht waren, weil die Tränen der Nacht darauf geronnen waren, von da an ist es gewesen, als wäre das Weinen in mir gestorben ...«

Und sie schloß die Augen und tastete mit ihren Händen vor sich im Dunkel, in das der sanfte rote Schein durch den Schirm der Lampe rann. Da ging Jochen Klähn hinzu und kniete zu Olk Eikes Füßen. Und die Alte legte ihm die welken Hände auf das blonde kurzgeschnittene Haar: »Mein Sohn Jochen, ich werde Dich nicht wiedersehen, wenn Du morgen früh hinausgegangen sein wirst. Aber ich weiß, Du wirst wiederkommen, und Du wirst ihnen eine Freude sein. Du wirst wiederkommen, wenn sie lange auf Dich gewartet haben, und die Heimat wird Dich rufen, und Du wirst ein Held sein.«

Wie bei einem Seherworte hob sich ihr Blick, und ihre Hände hoben sich und schwebten über dem Scheitel des Knienden.

Es war, als sähe sie, als greife sie hinein in die Jahre, die noch künftig waren, weil sie die nicht mehr erleben konnte und gleichwohl in dieser Stunde noch an ihnen teilhaben wollte.

Olk Eike schaute weithin – wie die Klähns alle. Und ihr Blick war selten rückwärts gerichtet, selten rückwärts auf den weiten Weg, den sie gegangen war; denn auf diesem Wege hatte ihr das Leben zuviel Leid getan, als daß sie es der Mühe wert hielt, noch einmal nach ihm sich umzuschauen. Was sie erwartete, lag vor ihr, lag in einer anderen Welt.

Olk Eike, siehst Du hinüber über die Grenzen, über die noch kein sterbliches Auge zu blicken vermochte?

16.

Als Jochen Klähn hinausgezogen war und Uwe Nomsen den Seherspruch von Olk Eike erfuhr, ward er still. Sie teilten ihm die Worte mit, wie man etwas Eigenartiges weiterberichtet, das mehr um des Zweifels als um des Glaubens willen nicht vergessen wird, den man ihm entgegenbringt.

Lüdde Lürsen hatte Uwe Nomsen den Scheidegruß Eikes erzählt, als ihn Uwe am Krankenlager besuchte.

»Was meinst Du dazu, Uwe Nomsen?«

Uwe Nomsen zuckte mit den Achseln: »Die Alte sieht weit – ich weiß nicht, sie ist doch nicht schwach am Geiste ...«

»Nein, klar, als wär' sie siebzig Jahr jünger.«

»Sie sieht weit, sag' ich«, fuhr Nomsen fort. »Aber wie war's denn mit dem Totenhemd, von dem sie sprach, daß sie ein Gesicht gehabt habe? Hatte sie das nicht an sich selbst erlebt?«

Lüdde Lürsen lächelte: »Gewiß. Aber das Totenhemd muß lange warten.«

»Wo viel Glaube wohnt, wohnt viel Aberglaube, Lürsen; weißt Du noch, als Tate Sönksens Kind von dem hohen Stock in das Priel stürzte und ertrank. Da hat Eike Klähn aber doch recht behalten.«

»Damals?«

»Ja. Da riß sie Jens Klähn und Binne Bonken, die in der Stube waren, ans Fenster. ›Seht hinaus, Kinder‹, sagte sie. ›Könnt Ihr den Sarg auch sehen? – ›Welchen Sarg, Olk?‹ – ›Nun, es geht doch ein Leichenzug vor dem Fenster vorüber. Sie tragen ein Licht vorauf, und der Sarg ist ganz in Blumen. Es ist ein Kindersarg.‹ – Weil die Kinder nichts sahen, schauten sie sich verwundert an, dann blickten sie scheu nach Olk Eike und stürzten aus dem Zimmer. ›Goede Klähn, geh hinein!‹ riefen sie in den Stall, ›Olk Eike hat dat Likschünen.‹ Und Wochen darauf ertrank Tate Sönksens Kind. Das war damals, als der Pastor Tate Sönksen in das Herz redete und ihn zu dem hohen Stege führte, dem schmalen Brette, das so hoch und klitschig über das tiefe Priel läuft: ›Tate Sönksen, Ihr müßt den Steg verbreitern.‹ – ›Nein, Pastor‹, sagte Tate, ›Olk Eike hett's sehn.‹ Er meinte: das sei so bestimmt gewesen, sonst hätte Eike Klähn das ›zweite Gesicht‹ nicht haben können.«

Uwe Nomsen sann eine Weile vor sich hin: »Das ist die Geschichte: Wie Tate Sönksen sein Gewissen in Schlaf sang. Und das Schlummerlied hieß: Eike Klähn hett's sehn.« –

Nun war die Sonne des Sommers dagewesen, auf die Lüdde Lürsen gewartet hatte, ehe Jochen Klähn zur langen Fahrt die Heimat verließ.

»Er ist so rasch vorübergegangen, der Sommer«, sagte Lüdde Lürsen, während er von dem Schrankbett aus in den grauen Tag schaute, der gegen die Scheiben gehaucht hatte: »Uwe Nomsen, ich wollte dies Jahr mit Euch auf dem Graslande stehen und mähen, ich wollte –«

Lürsens Mund schloß sich. Dann sagte er: »Warum soll man immer von verlorenem Hoffen reden: das verbittert das Herz. Aber das kommt daher, daß mich der Doktor in das Bett gesperrt hat. Ich will heraus, Nomsen, komm, hilf mir!«

Da war Uwe Nomsen Lüdde Lürsen behilflich beim Verlassen des Bettes. Seit die Nebel gingen und seit der Sturm so wild auf die Werft sprang und oft mit beiden Fäusten an die Scheiben schlug, daß sie klirrten, kamen die Anfälle häufiger.

Nach einer Weile saß Lürsen im Rohrstuhl am Fenster. Da ging Antje Klähn draußen vorbei, lehnte die Stirn an die Scheibe und dämmte mit beiden Händen über den Schläfen das Licht ab. So konnte sie den Kranken sehen, und weil sie fühlte, daß ihr Anblick Lüdde Lürsen froh mache, trat sie zu ihm in die Stube.

Die dumpfe Luft der Nacht lag noch darin, die Wärme des Ofens, das Summen letzter Fliegen – und draußen blies der Seewind jeden Zweig mit seinem erfrischenden Salzhauch an.

Antje Klähn zögerte betroffen an der Tür, weil ihr die Schwere dieser Luft entgegenschlug. Und die weiße schmale Hand, die Lüdde Lürsen hob, erzählte ihr die traurige Geschichte weiter, die die Dumpfheit der Krankenstube begonnen hatte – erzählte sie kurz und grausam zu Ende.

Darum faßte sie mitleidig die ihr gebotene Hand. Antje Klähn wollte froh sein, wollte reden, aber sie mußte sich schweigsam bescheiden bei dem Bewußtsein, daß sie durch ihr Kommen schon so viel Freude bringe, als der Kranke erwarte. Sie suchte nach einem Worte des Trostes, aber sie fand's nicht; sie suchte nach einer Hoffnung, aber es war keine da.

Wie Uwe Nomsen die Betroffenheit des Mädchens und die Hilflosigkeit dieses freudigen Herzens erkannte, das immer zum Schenken seiner reichen Schätze bereit war, sah er die Größe des Leids in diesem Hause klarer denn je. Und er wußte: Ocke Frerksen läuft durch Sturm und sprühenden Spätherbstregen in die graue Einsamkeit des Watts, weil er dort das starke Brausen des Seewinds empfindet, weil er dort den wilden Wogen der Flut gegenübersteht. Dort draußen ist Siegen und reizendes Leben; in seinem Hause ist Siechen und schleichender Tod.

Und Lüdde Lürsen, der sich das weiße Halstuch umgelegt hatte, reichte dem Mädchen seine Hand wieder über die knisternde Seitenlehne des Rohrstuhls. Da dachte Uwe Nomsen: er greift nach dem Leben und drängt sich aus dem Reiche der grauen Schatten in die Sonne der Freude, die aus Antje Klähns Augen geht.

Er saß abseits und schwieg, während Antje leise von etwas Frohem mit dem Kranken sprach. Und er dachte: Lüdde Lürsens Seele ist voller Sehnsucht nach Antjes sonnigem Lachen; seine Seele ist wie die Blume, die nach dem Frühling dürstet. Was ihm das Leben schuldig geblieben ist an Glanz und Freuden: Antje Klähn kann ihm alles geben.

»Komm«, sagte der Kranke zu ihr, »komm, setz Dich dorthin, an das andere Fenster, da bist Du besser im Licht. Mach ihr Platz, Uwe! So. Und nun sieh mich an! Eh' Du wieder zurück auf die Hallig kamst, wie ich anfing krank zu werden, war ich unwirsch und höhnte die Menschen, höhnte vor allem Jochen Klähn. Und heute weiß ich auch, warum. Damals wußt' ich's noch nicht: ich neidete dem Jungen seine trutzige Kraft, die sich der See entgegenstellen wollte. O, wie hab' ich ihn heimlich verlacht! Aber das war nichts als blasser Neid, weil ich wußte: mich wirbelt der Wind herum, wenn er mich an dem Rockzipfel packt. Damals – ja, da wollt' ich noch etwas von dem Leben haben und hatte ihm doch gar nichts dafür zu geben. Aber das erkannte ich damals noch nicht.«

Lüdde Lürsen sprach langsam und stockend. Darum fragte Antje Klähn: »Willst Du Dir nicht lieber von uns etwas erzählen lassen?«

Lürsen nahm die Hand des Mädchens: »Das sollt Ihr hernach auch; aber ich habe schon seit langem daran gedacht, daß ich Dir das noch sagen möchte, ehe ich hingehe ...«

Antje Klähn zuckte bei diesem Worte zusammen und ihre erschreckten Augen suchten Hilfe bei Uwe Nomsen. »Du bist heute so traurig, Lüdde Lürsen«, sagte sie.

»Nein, Antje, aber ich weiß, ich bin Deinem Bruder viel schuldig geworden, und nur weil er mitleidig war, hat er zu meiner Gehässigkeit geschwiegen. Heute bin ich nicht mehr voll Neid wie damals, und ich weiß: wenn ich Jochen Klähns Kraft in mir verspürt hätte, dann hätt' ich in jenen Tagen zu ihm gesagt: Komm, Jochen, wir zwei, wir wollen mit der See kämpfen! Und wenn wir schwächer sind an ungefüger Kraft, so sind wir stärker an List, und es muß uns gelingen. Aber ich bin krank. Was will ich noch vom Leben? Und was sollt' ich damit? Heute bin ich froh, wenn ich Dich sehen kann, Antje Klähn.«

Er streckte dem Mädchen wieder seine Hand entgegen.

»So will ich häufiger zu Dir herüberkommen, Lüdde Lürsen – jeden Tag.«

Uwe Nomsen horchte auf diese Worte, er horchte hinein, wie er hinein horcht in die Rede der ganz leisen silbernen Wellen, die die weichen Lieder wissen. Er wußte: Antje Klähns *Herz* spricht. Und er dachte: ich wollte Mutter Nomsen sagen, sie solle Antje Klähn an jedem Tage zu sich in unser Haus rufen. Wenn sie aber der Kranke haben will, so wird sie zu ihm gehen. Und weil Nomsen Antje Klähns Mitleid nicht sah, fragte er verwundert: »Jeden Tag, Antje Klähn?«

Und das Mädchen freute sich, daß sie dem Kranken etwas zu geben hatte: »Ja, jeden Tag, bis die Aprilsonne scheint; und dann wollen wir Dich hinausführen in das junge Licht und wollen hören, wie die Lerchen klingen und wollen miteinander in den Segen der Pfingsten gehen und in den weichen Duft der Blumen ...«

Da stützte Lüdde Lürsen den Kopf gegen die Rückenlehne des Stuhles und schaute an die Decke der Stube: »Ach, Antje, ich möchte die Pfingsten nicht hier auf Erden verleben!«

Uwe Nomsen sprang auf und faßte Antje Klähn scharf ins Auge. So hart hatte er sie noch nie angesehen. Und die Sorge schloß ihr den Mund, aber ihre Augen sprachen: Kann ich dafür, daß er so redet? Hab' ich ihm nicht die Sonne zeigen wollen?

Und Uwe Nomsen verstand den stillen Blick und sagte: »Wir wollen von anderem reden, was wir wissen, von etwas Frohem!«

Da wandte Lüdde Lürsen das Gesicht langsam zu Uwe Nomsen und in seinen Augen brannte fieberiger Glanz: »Das ist etwas Frohes, Uwe, wenn ich sage: ich möchte durch das Land der Pfingsten anderswo wandern. Ich fürchte mich nicht mehr vor dem Tode, Uwe Nomsen. Das meinst Du! Das ist vorbei. Damals – da hatt' ich Angst vor dem Sterben. O, wie fürchtete ich mich! Aber jetzt – Antje Klähn, Uwe Nomsen, setzt Euch her zu mir; ganz dicht heran. Ich muß sonst so laut sprechen. So. Gib mir Deine Hand. Antje. Und gib mir die Sonne Deiner Augen. Seht«, sagte er. »jetzt fürcht' ich mich nicht mehr; denn ich bin schon einmal gestorben. Warum erschrickst Du denn, Antje Klähn? Willst Du mir

Deine warme Hand nicht mehr gönnen? Ich bin schon einmal gestorben. Das war damals, wie der Arzt meine Hand hielt und wie seine Uhr so leise ging. Wißt Ihr nicht mehr – an jenem Apriltage, durch den der wilde Wind lief? O, ich weiß es noch gut: dort lehnte Krassen Frerksen, und ihr Schluchzen drang zu mir in den Bettkasten; dort saß Frerksen im Stuhl und murmelte trutzig vor sich hin; draußen stand Ipke Tamen, lauschte an der halbgeöffneten Tür und sagte: ›Jetzt ist Lüdde Lürsen gestorben.‹ Und der Arzt stand an meinem Bette und fühlte an mein Herz und legte die Finger auf meine Lider. ›Es ist vorbei.‹ sagte er, und ich hörte doch seine Uhr und hörte, wie Krassens Stricknadeln auf den Tisch niedergelegt wurden. Dann weiß ich nichts mehr. Und wie ich über dem Mitternachtsschlage der Uhr nebenan erwachte, da blies der harte Wind durch die geöffneten Fenster, und ich nahm mir mein Bett, das sie über die Lehne des Stuhles gehängt hatten; denn ich fror. Aber am Morgen wollte man mir verschweigen, was am Abend zuvor gewesen war. Bis ich's ihnen selber erzählte. Darum möcht' ich Euch das gern noch sagen, weil ich Euch weiter gar nichts geben kann für die Liebe, die ich von Euch genossen habe: Fürchtet Euch nicht vor dem Tode! Ihr erlebt ihn nicht – keiner erlebt ihn an sich, und seine Schrecken sehen nur die Umstehenden. Es war ein Einschlafen, mild und erlösend – und wenn sich mein Herz in jener Nacht nicht noch einmal besonnen hätte, und *wenn* meine Seele den Weg fortgefunden hätte – es war so gar nicht furchtbar. Antje, willst Du nicht den Vorhang ein wenig höher ziehen? Mir ist, die Sonne kommt durch die Wolken, die letzte Spätherbstsonne.«
Lürsen sprach immer leiser, und über sein Antlitz kam eine sanfte Verklärung: »Siehst Du, da spannt sie den goldenen Weg über das Watt. Mir ist, als sollt' ich diesen Weg wandern. Er geht gerade in die rote warme Sonne hinein. Gerade hinein – in – den – Himmel – –«

Lüdde Lürsens Kinn sank auf die Brust und seine Augen schlossen sich.

Es war still im Zimmer. Die Uhr ging. Der Vorhang wehte leis im Winde, der durch die Fensterritze blies. Und als Uwe Nomsen die Hand an Lürsens Stirn legte, um ihm das Haupt zu stützen, denn er dachte: Lürsen ist müde vom langen Sprechen, da fühlte er – Lürsen ist gestorben.

Und Antje Klähn und Uwe Nomsen schauten sich mit einem langen Blick an und wandten die Augen gegen das Fenster.

Auf dem Watt war die goldene Brücke schon wieder abgebrochen.

Die Seele Lüdde Lürsens war hinübergegangen.

17.

Danach ging Uwe Nomsen in sein Haus, in dem er Krassen Frerksen bei seiner Mutter wußte.

»Lüdde Lürsen ist gestorben«, sagte er.

Seine Worte waren halblaut; denn er hatte neben dem Tode gestanden.

Und als die Pflegemutter Lürsens die Kunde vernahm, sank sie in den Stuhl von Herlich Nomsen und bedeckte ihr Gesicht mit ihren Händen. Die Tränen fanden einen Weg zwischen ihren Fingern hindurch; dann trocknete sie sich die verhärmten Wangen mit der blauen Schürze: »Jetzt bricht es herein, Herlich Nomsen – jetzt ist alles aus! Ich habe den Tod lange und langsam kommen sehen, ganz langsam; aber nun, da er eingetreten ist, weiß ich's erst recht: das Schlimmste bleibt mir noch zu bestehen.«

Überdem war die Tür fast geräuschlos aufgegangen und der Schiffer Knudt Klähn war ins Zimmer getreten. Er war gerade von der Buhne heraufgekommen, als ihm Antje Klähn die Botschaft vom Sterben Lürsens brachte. Seine Seestiefel trugen bis oben die Spuren der grauen Kleierde. Er stand aufrecht und stolz.

Weil er die letzten Worte der Frau noch gehört hatte, die mit klangloser Stimme in das Grau dieser Stunde gesprochen waren, und weil er hörte: Krassen Frerksen ist ohne Mut und ist ohne Hoffnung, so trat er an den Stuhl der weinenden Frau, legte die Rechte dicht neben ihren Kopf auf die Lehne und legte seine Linke auf ihre Hände: »Nein, Krassen Frerksen, das Schlimmste ist überstanden.«

Uwe Nomsen und seine Mutter, die stumm zur Seite getreten waren, sahen einander an. Es war eine herrliche Kraft in diesem Mann, in dessen Auge der nahe vorbeischreitende Tod keinen Schatten zu werfen vermochte, in dessen Stimme kein zager Klang aus der angstvollen Stunde hinüberklang.

Aber sie verstanden Knudt Klähn nicht.

Und Krassen Frerksen hob ihre Augen zu ihm auf: »Knudt Klähn, weißt Du auch, was geschehen ist?«

»Ich weiß, Krassen Frerksen, ich weiß alles, und darum sage ich: das Schlimmste ist überstanden. Und ich weiß auch, daß Du Dich fürchtest, Deinen Mann vor das Angesicht des Todes zu stellen, weil Du denkst: das geht über eines Menschen Kraft, geht über die Kraft Frerksens, der schon Lasten trägt. Nein, Frau! So geh hinüber, Krassen, und nimm Dir Herlich Nomsen mit und verrichtet um den Toten, was sein muß. Ich aber will hinaus aufs Watt und will mit Ocke Frerksen reden und will ihn heimgeleiten.«

Da fühlte Krassen Frerksen: der starke Mann nimmt Schweres von ihr und will es für sie tragen.

Und sie stand auf und ging mit Herlich Nomsen. Die beiden gingen über den Steindamm und gingen in das Haus. Da saß Lüdde Lürsen auf dem Stuhl. Und er war tot.

Gegen Mittag schritten die Männer die Werft herauf. Und als Krassen Frerksen ihre Schritte auf der Vordiele des Hauses hörte, ging sie dem Kapitän entgegen. Aus ihrem Herzen, ihrem zitternden verstürmten Herzen fand sich kein Wort auf ihre Lippen. Darum nahm sie Ocke Frerksens Hand und führte ihn vor Lüdde Lürsens letztes Lager, das die Frauen während des Vormittags dem Toten im Pesel aufgeschlagen hatten.

Der Kapitän wußte, was in seinem Hause geschehen war; und nun, da er über die Schwelle schritt, um an den Sarg zu treten, nun prallte er zurück und hatte dem Tode doch hundertmal in die Augen gesehen und ihm, wenn er sein schwarzes Schiff an das des Kapitäns legte, das Kommando schweigend überlassen.

Die Frauen waren bemüht gewesen, seine Schrecken zu mildern; sie hatten Blumen von den Fenstern der Hallighäuser herzugetragen und hatten Lüdde Lürsen zwischen diese letzten Blumen des Jahres gebettet. Es war alles geschehen, was um den Toten geschehen mußte, wie Knudt Klähn gesagt hatte.

Den Sarg, in dem er nun lag, hatte Lürsen bei Lebzeiten oft gesehen, er hatte in Herlich Nomsens Haus gestanden; denn wo der Tod allenthalben anlegen kann, und wo er so oft vorübersegelt in Sturm und Wetter, ist man gewöhnt, sich für ihn zu rüsten.

Ocke Frerksen trat an den Sarg und legte seine Hand auf die des Toten.

Und wie sie schweigend eine Weile gestanden hatten, wandte er sich ab. Sie gingen in das Zimmer nebenan, und Ocke Frerksen sank auf seine Schiffskiste, stützte die Ellbogen auf die Knie und sann mit finsterer Stirn …

»Knudt Klähn«, sagte er und sah scheu über die Frauen und über den Schiffer hinweg, »Knudt Klähn – ich habe seit drei Jahren ein Gespenst geflohen, das habt Ihr damals auch vorüberhuschen sehen. Aber Ihr habt es vergessen.«

Die Stimme Ocke Frerksens klang dumpf und war ohne Hoffnung. Da erfaßte der Schiffer seine Hand: »Kapitän, wir haben die Stunden her miteinander stille geredet und sind dem Tode begegnet, aber er hat uns nicht zag gesehen. Komm, Kapitän, wir gehen hinunter an die Buhne. Der Winter steht vor der Tür, und die Stürme wollen wehen, und wir müssen gerüstet sein. Es ist noch viel Arbeit an den Buhnen. Die wartet auf uns. Komm, Kapitän! Du sollst mir helfen, und ich will Dir Geld dafür geben.«

Ocke Frerksen sah Knudt Klähn ungläubig an: »Du willst mir Geld für meine Arbeit geben? Knudt Klähn, das ist zu spät! Und doch – wir reden noch einmal davon, Knudt Klähn. Aber jetzt hör zu!«

In den Augen Ocke Frerksens brannte ein flackerndes Licht, das wehte, als wenn ein Wind hineinblase.

»Ihr habt's vergessen. Du – und Du – und Du! Aber ich hab's manchmal wiedergesehen –«

»Wovon redest Du denn, Kapitän?« fragte der Schiffer voll banger Ahnung.

Ocke Frerksen sprang auf und faßte Knudt Klähn mit beiden Händen an den Flügeln seiner Joppe: »Das Gespenst mein' ich! Das ist zum erstenmal gekommen, wie der Knochen draußen auf dem Damme gelegen hat. Wißt Ihr sie noch – die Geschichte von dem braunen Knochen? Es ist nicht möglich. Hab' ich damals gesagt, nicht möglich!«

Ocke Frerksen lief mit dröhnenden Schritten durch die Stube. Er riß die Fenster auf, er drang auf sein Weib ein und faßte sie hart am Arme.

»Krassen!« schrie er.

»Mein Gott, Frerksen, was ist Dir?«

Knudt Klähn suchte ihn zurückzuhalten.

Aber der Kapitän trotzte ihm: »Krassen, rede die Wahrheit und sieh mich an!«

Da schaute ihm die leidmüde Frau zitternd in die irrenden Augen: »Faß mich nicht so hart an. Du tust mir weh!«

»Weib, hab' ich die Knochen meiner Mutter verhandelt für einen Dreier? Für einen armen Dreier verkauft an den Lumpenhändler? Hab' ich, he? – Weißt Du's auch schon?« Mit einem irren Lachen wandte er sich an Knudt Klähn: »Weißt Du's schon? Ich habe meiner Mutter Beine verkauft, für einen Dreier, Knudt Klähn, für – einen – Dreier!«

Da sank der starke Mann schweißtriefend in den Stuhl, in dem vor zwei Stunden Lüdde Lürsen das Herz gebrochen war: »Die Knochen der langen Lene für einen Dreier, Knudt Klähn – für einen Dreier!«

Der Schiffer wischte ihm den Schweiß von der Stirn und führte ihn aus dem Sterbehause. Er nahm ihn wieder mit hinab an das Priel und berichtete ihm: das Boot fordere noch einen Anker, es möchte Sturm kommen, das Vorland könnte untergehen, vielleicht wäre schon schlecht Wetter in See.

Er schickte seine Augen weit hinaus, diese blauen stillen Augen, und er sprach, als ginge er freudig zu einer Arbeit: »Der Wind sett en beten mehr an, Frerksen!«

Knudt Klähn war geschäftig; er verankerte das Boot, hob die Hand prüfend gegen den Wind und veranlaßte den Kapitän, mit ihm rührig zu sein: »Komm, Frerksen, wir gehen zu der Buhne und sehen, wie sie das Wetter ertragen will, das draußen in der See schon lebendig geworden ist!«

Überdem vergaß der Kapitän die schwere Stunde, die hinter ihm lag. Und Klähn, der sonst nur deutete und mit den Augen sprach, wenn er neben Frerksen ging, neigte sich zu dem Ohre des Alten und berichtete unausgesetzt Neues: »Die Brettwand zu dem Pesel hätte gezittert, meint Olk Eike. Und wenn die Brettwand zittert, so will sie sagen: paßt auf, Ihr Leute, es ist ein Wetter auf dem Wege!«

Endlich hob auch Ocke Frerksen die Blicke wieder von den triefenden Gründen, hob die Hand in den Wind und machte deutsame Augen: »Knudt Klähn, ich glaube, wir können auf das Hochwasser *warten* – ich meine: das kommt noch vor Abend. Wir haben Südwest.«

Wie er so sprach, richtete er sich plötzlich hoch auf und spähte in See.

Klähns Augen waren längst draußen, und er war froh, daß der Kapitän die Dinge wieder sah. die um ihn waren.

Ein Boot trieb führerlos auf dem überfluteten Watt.

»Wo ist das hergekommen?« fragte der Kapitän.

»Das Boot des Postschiffers!« antwortete Klähn. »Es ist um Mittag in Langeneß weggetrieben.«

Die Wolken flogen tief und eilig. Es war, als läge schon die blaue Dämmerung des Abends über der Insel. Frerksen hielt die Hand prüfend in den Sturm: »Der Wind will von Nordwesten laufen. Weißt Du's, Klähn?«

Die Flut über den Watten ward lebendig. Die Wellen rollten vor dem immer stärker wehenden Winde und trugen Kämme von weißem Schaum. Sie sprangen gegen den Felsblock und sprangen um die ragenden Stämme von Pipenwarf. Die Möwen schlugen kreischend ihren Flug im Sturm, und immer drohender stiegen die Wolken aus der See.

Knudt Klähn mühte sich nicht mehr, dem Alten durch Worte sich verständlich zu machen, der Wind riß sie ihm von den Lippen.

Wenn alles lebendig wird ringsum, und wenn Sturm und See durcheinanderschreien, gilt keines anderen Wort und Wille. Und auch Ocke Frerksens Sorge hat zu schweigen.

Da kochte zischend die erste Sturzsee über die Kante des Eilands, und Knudt Klähn deutete nach der Werft.

Um die Häuser waren schon alle Hände in fieberhafter Tätigkeit. Die Nacht legte sich auf ihr geschäftiges Mühen. Lichter wurden herausgetan.

Alles Holz fort!

Fort alles, was treiben kann!

Eine Stunde vergeht, eine hastige zitternde Stunde.

Von der See her kommt ein Zischen, und schäumend stürzen Berge von Wasser über die Halligkante.

Der Sturm springt wie toll in den zerschellten Wassern umher. Triefend rennt er die Werft hinan. Er brüllt vor wilder Lust, rennt gegen den Giebel von Herlich Nomsens Haus, prallt zurück, schlägt mit den Fäusten gegen die Türen, stürzt sich in den Fething, schüttelt sich und spritzt das Wasser gegen die Scheiben.

»Alle Luken dicht!«

Das ist die dröhnende Stimme des Kapitäns.

Hui! Da ist der Wind wieder unten an der Kante, zerstampft die See mit rasendem Fuß, bläst den grauen Schaum weit über das Land. Nun klirren Eisnadeln gegen die geschlossenen Läden. Wild rennt er an den Läden vorüber, und wo ein goldener Schimmer durch eine Spalte rinnt, legt er den Mund an und schreit hindurch.

Knudt Klähn drängt ihn in der Finsternis zur Seite und ringt sich vor das Haus des Kapitäns: »Ocke Frerksen, herüber zu mir!« Er klopft hart mit den Stiefeln gegen die Tür: »Auf! Auf!«

Frau Krassen öffnet: »Was rufst Du, Klähn?«

»Herüber zu mir! Bring Du den Jungen! – Komm, Kapitän!«

Knudt faßt den Mann unter und zieht ihn barhaupt in sein Haus.

Ipke Tamen vergräbt das Gesicht in Krassen Frerksens Rock. Sie zieht die Tür hinter sich zu. Der Wind reißt sie ihr wieder aus der Hand und drängt sich in das Haus … »Es ist ja ein Toter drin!«

In Nacht und Sturm geht nun auch Goede Klähn vor Frerksens Tür: »Goede Klähn, hilf! Da, nimm Ipke!«

So ringen sie sich durch den Wind und ringen sich heim. Knudt Klähn macht von innen die Tür dicht.

Lüdde Lürsen blieb allein in dem einsamen Hause.

18.

Schlaft ihr? fragt der Wind und rennt umher.

Schlaft ihr?

Alle Läden sind vor und dicht gemacht.

Herlich Nomsen und Kei Bonken, die Witwen, sitzen in einem Zimmer beisammen und lauschen in den Sturm. Währenddem stopft Uwe Nomsen die Lücke im Dach, die der Wind vorhin getreten hat, als er auf das Rohr sprang. Binne und Hertje schlafen im Bettschrank. Aber Mutter Kei Bonken weckt die Kinder: sie sollen sich ankleiden.

»Kommt die See?« fragen sie verängstigt.

»Vielleicht!«

Kei Bonken hört ihr Vieh im Stalle brüllen. Binne ist ganz still und schaut fragweis auf die Mutter. Wenn der Wind das Stallfenster eingedrückt hätte? Die Kühe sind ja so laut!

Inzwischen kam Uwe Nomsen von oben und löschte die Laterne aus, als er die Stubentür hinter sich geschlossen hatte. Ihre Scheiben waren verräuchert; denn der Wind hatte das Flämmlein von dem Lichte reißen wollen. Hui! Wie hat der Sturm durch die Lücke des Daches gefaucht! Das Rohr brach, rauschte, richtete sich auf: der Wind wühlte mit beiden Händen im Dachstroh und fuhr Uwe Nomsen obendrein in die Haare. Aber Nomsen stopfte Hadern in das Loch, und sein Knie und die Lattenstützen wurden des Windes Herr.

Als der erkannte, daß er hier nichts schaffen konnte, stob er hinüber und rüttelte an den Läden von Knudt Klähns Haus. Ocke Frerksen saß mit wachen Augen und las den Frauen und Knudt von den Lippen, was der Wind sprach und was die Wogen sagten. Da erfuhr er: die Flut geht kochend über das Vorland, steigt wohl auch noch herauf auf die Werft.

Der Sturm treibt die Wellen mit der klatschenden Geißel vor sich her und drängt sie schon an die Böschung der Werft, wie verängstigte Schafe gegen die Hürde. Sie müssen hinauf.

»Mutter!« klagte Ipke Tamen und legte Krassen Frerksen den Arm um den Hals. An einem Tage dem Tod ins Auge zu sehen und der verderblichen Wut der Elemente gegenüberzustehen, das machte sein junges Herz verzagt.

Da klatscht wieder die Geißel des Windes in die Wasser. Jetzt springen sie herauf. Huihi! Er rennt über sie weg und stellt sich an die Westecke der Werft. Nun paßt auf! Er bläst in die Muschel. Die klingt heute dumpf wie ein Nebelhorn. Fort mit der Muschel – durch die Finger! So!

Und vor dem schrillen Klange bäumen sich die Wasser hoch auf, suchen einen Weg durch die schwarze Nacht, stürzen gegen die Läden.

Mit einem Sprunge sind die Menschen von ihren Sitzen.

Ocke Frerksen hört's nicht, aber er weiß, was geschehen ist. Die Laterne hängt brennend am Türpfosten. Er nimmt sie und leuchtet hinaus auf die Vordiele.

Goede Klähn hängt die Uhr von der Wand. »Die Bilder herunter! Die Betten heraus, Antje!«

Schon steht die Leiter an der Bodenluke über der Diele. Knudt Klähn hat den linken Fuß auf die untere Sprosse gesetzt und zieht Ocke Frerksen an der Joppe von der Stubentür herüber: »Hinauf, Kapitän! Ich reiche die Laterne nach! Antje, hinauf!«

Ocke Frerksen drückt die Falltür über der Leiter auf und steigt auf den Boden. Da, die Uhr! Die Betten! Was nicht niet- und nagelfest ist, hinauf, hinauf! Und sie leiten auch Urgroßmutter Eike hinan. Die hat die Bibel unter dem Arme. –

Drüben, jenseits des Fethings, bei Herlich Nomsen, geht's nicht anders. Da sitzt Kei Bonken an der Luke und wirft ins Heu, was ihr im Fluge von drunten durch die Hände geht.

An den Fensterstöcken herab ringeln sich im Strahle des Lampenlichts schon in allen Häusern die glitzernden Schlangen der salzigen Flut. Die See wühlt an der Türschwelle, kratzt sich ein Loch, schlängelt sich hindurch und zwängt sich herein auf die Vordiele. Die Schlange gebiert andere, bekommt hundert Köpfe, die kriechen durcheinander, während die Frauen und die Kinder unter dem Dache Zuflucht suchen.

Knudt Klähn und Jens, der Vierzehnjährige, stapfen in Seestiefeln durch Darnsk und Pesel; sie nehmen von den Wänden, was noch vergessen wurde; sie dichten die Spalten in den Rahmen der Fenster mit Werg und Pech.

Von Zeit zu Zeit fliegt's draußen wie Lasten an die Läden. Und um die Tür des Hauses kocht die Flut.

Aber die Menschen sind still; an eine Flucht, höher hinauf – fort – ist nicht zu denken. Auf den Böden ist ihre Sicherheit; und langen die kalten Arme der wild gewordenen See auch durch das Dach hindurch – nein, so gierig war sie noch nie! Sie frißt den Inselleuten heimlich den Boden unter den Füßen weg. sie wühlt die Gräber ihrer Ahnen auf, aber sie springt nicht durch die Dächer ihrer Häuser ... Jetzt noch nicht!

Das Wasser in den Stuben wächst. Knudt Klähn steht schon bis an die Schäfte der hohen Stiefel darin. Da schickt er Jens durch die Luke unter das Dach; zuletzt kommt der Mann mit den stillen Augen, mit dem Herzen vom ewigen Gleichklang selbst. Er hat diese halbe Nacht hindurch nicht eine Minute gehastet. Ruhig sind seine Augen an den Wänden der Zimmer entlanggegangen. Spähend hat er die Türen auf ihre Dichtung geprüft. Nun ist nichts mehr für ihn zu tun; jetzt hat die See alles in Händen. Er klopft die kurze Kalkpfeife am Stiefelschaft aus, ehe er die Stiege emporsteigt: es liegt Heu unterm Dache. Die Glut verglimmt zischend im Wasser, und schweigend tritt der Schiffer droben unter die Seinen.

Der Wind stampft über das Rohrdach.

In der Vordiele und in den Stuben leckt die See plätschernd an den blauen holländischen Kacheln, die von ungelenker Hand mit Bildern aus der jüdischen Geschichte bemalt sind, – steigt und steigt.

Jens Klähn kniet an der Luke über der Treppe und schaut hinunter. Er deutet auf die Kacheln: »Olk Eike, wann sind die doch hergekommen?«

»Dat weer all lang för min Tyt.«

»Jakob geht über den Jordan, Sodom und Gomorrha werden vom Feuer gefressen, Isaak soll geopfert werden – ist die Sintflut auch auf den Kacheln, Olk?«

»Sönken, Sönken, lät mi doch min Faden spinnen!«

Olk Eike blätterte in dem vergilbten Bibelbuche und ihre Lippen bewegten sich. Da lächelte Knudt Klähn.

Weil Ipke Tamen sah, daß Jens Klähn mutig war – warum soll der Sohn nicht mutig sein, wenn der Vater der brüllenden See so still ins Gesicht sieht wie einem Sommertage? – so kroch auch Ipke aus dem Heu und kniete neben Jens an die Luke. Sie sahen, wie Sodom und Gomorrha nun auch noch im *Wasser* untergingen und wie der junge Jakob, »nichts als diesen Stab« in der Hand, seinen Fuß wirklich in die Fluten setzte. –

Die Mitternacht ging vorüber. Die Kühe brüllten noch in den Ställen, denn die Flut stand ein halbes Meter hoch in den Häusern.

Da ward der Wind draußen müde. Er pfiff immer nur auf einem Ton und lief in gleichmäßigem Schritt über die Firsten.

Im Heu unter den Dächern lauschten die Menschen. Uwe Nomsen im Nachbarhause verstand ihn am besten. »Dort ist gut gehen«, sagte er, wie er ihn droben laufen hörte. Er steckte eine neue Kerze in die Laterne.

»Warum gut gehen?« fragte Binne Bonken ungläubig zurück. »Meinst Du auf dem Grassoden?«

»Eben da. Dort geht er weich, geht er immer, wenn er sich die Füß' ordentlich wund gestampft hat.«

Binne Bonkens Augen staunten und sagten: »Uwe Nomsen, ich versteh' Dich nicht.«

Uwe Nomsen aber hob den Finger und blickte das Kind schelmisch an: »Binne Bonken, hör doch, der Flötenspieler!«

Der Wind hatte wieder eine Ritze gefunden und pfiff darauf.

»Späl mi eenen, min Jong; Du shast ok en Appel hebben!« rief Uwe Nomsen den sausenden Wind an.

Sie lachten: – der Umgang mit der Gefahr macht vertraut mit ihr.

Und weil der Wind nicht mehr mit ihr spielte, und weil der Wind sie nicht mehr schlug, ward auch die See müde. Sie ging langsam zurück: Sodom und Gomorrha tauchten wieder heraus, und Jakob ging trocknen Fußes über den Jordan.

Währenddem war der Flötenspieler eingeschlafen, der so in dunkler Nacht auf dem Dache saß; und das Vieh in den Ställen wurde still; Knudt Klähn zog die Uhr: »Um elf Uhr war Hochwasser?[1] Mit dem Frühlicht ist alles verlaufen.«

»Die Pipe wird vollends weg sein«, sagte Jens Klähn und hob den Blick fragend zu seinem Vater.

»Hm«, machte der.

Und an die Pipe dachten sie auch in Herlich Nomsens Haus und Uwe Nomsen erzählte zur selben Zeit Binne Bonken: »Die Pipe hält kein Mensch, den letzten Fuß Erde muß sie haben.«

»Warum?«

1   Hier im Sinne der regelmäßig wiederkehrenden Flut.

Da setzte sich Uwe Nomsen neben Binne Bonken und seine Schwester Hertje auf das Heu: »Das will ich Euch sagen – so wie es Eike Klähn berichtet.«

»Was weiß denn Eike Klähn?« fragte Binne lächelnd und rückte in der Erwartung einer feinen Geschichte dicht an Nomsen.

Der erzählte: »Dat wier ok all noch för Olk Eikes Tyt, da hat Reimer Sulf Reimer Solaken, der mit dem Ewer draußen lag, einst am hellen Mittag ein wunderschönes Meerweib auf dem Sande gefangen. Die Wasserfrau war weiß wie der Winterschnee und hatte goldene Haare. Der Schiffer hat sie über Pipenwarf geschleppt, um sie diesseits in ein Priel zu setzen. Aber ehe sie untertauchte und dort verschwand, hatte sie mit glockenklarer Stimme gesprochen: ›Ich gelob Euch – so weit mich der Schiffer getragen hat, soll die See Euer Land fressen!‹ – Seit jener Zeit ist Pipenwarf den Nixen verfallen.«

Hertje Nomsen lachte: »Olk Eike ist wie ein Märchenbuch!«

»Läßt aber nicht jeden Tag in sich lesen«, sagte Frau Kei Bonken und zog lächelnd die Brauen hoch.

Überdem schlief der Sturm auf dem Dache vollends ein.

Ringsum klappten die Läden auf; man hörte Faustschläge von innen gegen die Rahmen; die Fenster, die der Seewind über Sommer gedörrt hatte, waren verquollen. Die See spülte immer noch bis hoch an den Rand der Werft. Aber nicht die See wollte man sehen, den Tag, den Tag!

Abgetriebene Boote, Stückholz, Strohbündel wiegten in der Flut. Es war ein schmutziger Morgen: naß, grau, unsauber, mürrisch – darum wollte er nicht kommen.

Die Holunderbüsche, um die des Nachts die graue Flut gesprungen war, trieften vom Nebel und die Dachkanten tropften; die Haare derer, die durch die geöffneten Fenster den Tag suchten, legten sich naß um die Stirnen.

Aber in den Ofen brannten die Feuer und die Schornsteine rauchten – die Ditten waren mit auf die Böden gerettet worden oder auf den Herdplatten von der Flut unversehrt geblieben. Über Wänden und Fußböden lag ein dünner Überzug fettiger Erde.

Der Rauch aus den Schornsteinen wälzte sich über die Dächer und sank über die Kanten schläfrig herunter in die Gärten.

Und noch immer floh die Nacht nicht. – Es war, als wolle sie verdecken, was in ihrem Schutze geschehen.

Die Türen der Häuser taten sich auf, die Stalltüren wurden geöffnet. Das Vieh wurde trocken gestellt; und als das Nötigste verrichtet und die Tiere gefüttert waren, schleppten sie da und dort aus den Ställen die toten Schafe. Manche der Schafe waren blindlings in die andringenden Fluten gestürmt, manche hatten sich zwar in die Ställe gerettet, aber die salzige Flut kletterte zu hoch – und nur die, die auf Futterkästen und in den Krippen vor den mörderischen Wassern Zuflucht gesucht hatten, warteten nun blökend und verschüchtert des Futters.

Alsbald aber waren alle Hände um den mit salziger Flut gefüllten Fething beschäftigt, in dem das Süßwasser für die Ställe ertrunken war.

Und mählich verlief sich die See vor dem langsam herüberschreitenden Tage. Durch das bleierne Frühlicht rieselte lauer Frühlingsregen. Die Gärten, die Werftböschung hinab rauschte das in die Zisternen gedrungene, mit Schöpfern heraufgeholte Salzwasser der zurückgehenden See nach und in den von der bitteren Flut befreiten Fething, in die Sammelbecken des Wassers für den Wirtschaftsgebrauch rann mit feinem Zischen das süße Wasser des Himmels. Alle vorhandenen Gefäße standen draußen, um das kostbare Gut zu fassen, dessen einzige Quelle für die Inseln im Winde nicht der Sand des Grundes, sondern die eilende Wolke ist.

19.

Um diese Zeit stand Ocke Frerksen in der Tür seines Hauses, sein ergrauendes Haar streifte den Stein über seinem Haupte. Er hatte den Arm erhoben; die Köpfe der Nachbarn wendeten sich nach ihm.

Verlangt der Kapitän Hilfe?

Wer ihn sah, lief herzu. Aber Frerksen sprach nicht. Auf seinem Antlitz lag tiefe Stille, und um seinen Mund war eine herbe Verschlossenheit. Nur seine Augen redeten. –

Und wie sich die Leute, unklar über seine Wünsche, vor seinem Hause versammelt hatten, trat er zurück und winkte stumm, daß sie ihm folgten. Schweigsam schritt der starke Mann vor den Nachbarn her, führte sie durch die Stube und öffnete die Tür zu der Kammer – dort schlief Lüdde Lürsen.

Man ging auf den Zehen hinein.

Tretet doch fest auf, ihr Menschen, die ihr euch mit trutzigen Schritten gegen den Sturm zu gehen gewöhnt habt! Lüdde Lürsen erwacht nicht!

Aber kein Schritt ward hörbar. Kein Laut sprengte die festgeschlossenen Lippen der Leute. Sie atmeten kaum.

Da war ein Stuhl gestürzt. Da lagen die blühenden Geranien auf den Steinplatten des Grundes – gefallen, aus den Töpfen gespült, von den rohen Händen der schmutzigen See durcheinandergeworfen, gebrochen.

Und gestern hatten sie so rein und feierlich mit ihrem flammenden Rot um das weiße Gesicht Lüdde Lürsens gebrannt. Und gestern hatten sie so warm über den starren Händen des Toten geleuchtet.

Auch der Sarg war fort.

Nicht weit. Nicht weit. Die See hatte ihn auf die Hände genommen, hatte ihn gehoben und langsam auf Ocke Frerksens Schiffskiste niedergesetzt, über deren Deckel die Wasser nur eine Spanne hoch gespült hatten.

Nun stand er und lehnte mit der einen Längsseite an dem Gewände des Pesels – kein Wellenschlag hatte ihn dort verdrängen können.

Und Lüdde Lürsen schlief in seinem Frieden.

Die See hatte alles durcheinandergeworfen, hatte die junge Schönheit des Frühlings in den Blüten zertreten und hatte mit dem Sargboden die Blumentöpfe in Scherben gedrückt. Aber der Majestät des Todes hatte sie schweigend gedient.

Gott ist stärker als sie!

Und der Tod, dachte Knudt Klähn.

20.

Ein stiller Winter ging über Klähns-Hallig, ein Winter, der keine Nachricht bringen konnte von jenen, die draußen waren; denn kein Boot vermochte einen Weg durch Nebel und treibendes Eis zu finden.

In diesen Winter war Knudt Klähn mit doppelt wachen Augen getreten, weil er wußte: wenn sie die Luken aller Häuser dicht gemacht haben, daß kein hastiger Wind hindurchfege, da spinnt die Sorge in den Ecken um so heimlicher.

Ocke Frerksen hatte keinen Frühling und keine neue Fahrt zu erwarten. Darum sagte der Kapitän: »Das sind arme Tage, in denen nicht für die folgenden zu sorgen ist; das sind faule Tage, und in ihnen verstauben die Herzen.«

Wenn ein Morgen langsam auf die Kante der Hallig gestiegen war und den Kapitän geweckt hatte, rief Knudt Klähn von drüben schon nach Frerksen: »Steck die Pfeife an, Kapitän; es ist viel Arbeit heute!«

Und Ocke Frerksen fuhr in die Seestiefel, nahm den gebräunten Kalkstummel zwischen die Zähne in die linke Mundecke, drückte sich den brüchigen Südwester auf das immer stärker ergrauende Haar und stapfte zu Knudt Klähn.

»Arbeit, sagst Du?« – Dabei fiel sein Blick auf das Seehundsfell, das über Klähns Schiffskiste hing; das sah Frerksen mit traurigen Augen: »Nicht einmal einen Hund kann einer mehr schlagen, wenn er taube Ohren hat!«

Der Alte haderte um jedes Ding mit seinem Schicksal.

Da nahm Knudt Klähn die Haut von der Wand und warf sie in die Kiste. »Wir haben bessere Arbeit, Frerksen, als auf dem Sande einen armseligen Hund zu schlagen!«

Der Kapitän zuckte wehmütig mit den Achseln. Es war eine harte Pflicht, die Knudt Klähn an jedem Tage rief: sie galt tauben Ohren und einem verkümmerten Herzen.

Auch heute saß der Schiffer neben dem Kapitän rauchend über die Karte der friesischen Utlande gebeugt. Draußen ging eine Luft, die nicht wußte, ob sie dem Winter nach- oder dem Frühling vorlief. Der Kapitän hatte die auf dem Tische ausgebreitete Karte vorher nie gesehen; sie war aus Jürgen Bonkens Schiffskiste in den Besitz Knudt Klähns übergegangen.

»Wie heißt das?«

Frerksen legte den Finger unter die Schriftzeichen und fuhr daran hin. »*Ducatus Sleswicensis … Nova tabula edita a …* Wie heißt der Mann? *Joh. Baptista Homanno, Norimbergae* –« buchstabierte der Kapitän.

»Homann!« erklärte Klähn.

Frerksen schüttelte den Kopf: »Klähn, dat is nich deutsch, nich dütsch un ok nich meckelnborgsch. Die drei Sprachen versteh’ ich außerdem.«

Klähn lächelte, »’s ist das Bild der Inseln um 1634 – vor der großen Flut, Frerksen!«

»Woll, woll. 1634. Wo ist denn Nordstrandischmoor! Ah so! Das gab’s ja damals noch gar nicht! Das war damals noch die große Insel Nordstrand; nun ist die See daraufgelaufen. Kennt einer sein eigen Heimatland nicht einmal mehr, so hat’s die See zerrissen, und wie hat sie gearbeitet! Alles in Stücke gefressen. Woll, woll – Gräber aufgescharrt, woll, ich weiß …«

Der Kapitän ließ die Karte, die er ein wenig gegen das Licht gehoben hatte, auf den Tisch fallen, stützte die Stirn auf die Hand und starrte zum Fenster hinaus. Die Knochen der langen Lene ... die Toten standen wieder auf und rüttelten des Kapitäns Gewissen.

Da schlug ihm der Schiffer hart auf die Schulter: »Frerksen! Frerksen, hierher gesehen. Einen Mann wie Dich, den brauch' ich gerade. Mir ist's just recht, daß Du nicht mehr fährst. Mir und der Heimat, Frerksen! Siehst Du nicht: wir zweie warten auf Dich?«

Aber Frerksen schaute zu Klähn auf wie einer, der keinen Weg sieht und nicht weiß, wo er herbergen soll, und ist doch schon Nacht ringsum: »Was kannst Du mit einem halben Menschen wollen, Knudt Klähn?« –

Das ist's: Ocke Frerksen hat eine trutzige Kraft und weiß es nicht, oder er weiß wenigstens nicht, wie er sie gebrauchen soll. Und sie wär' ein gut Gewaffen in dem Kampf gegen die See! Wenn dies Herz doch wenigstens mit seinem Trutz gegen Klähns Willen sich aufbäumen wollte. Das wär' eine Lust, und das wär' ein Sieg! Aber Frerksen mag nicht; er ist lau, er ist zag.

Da schlägt Knudt Klähn den morschen Kalkstummel auf das Tischblatt, daß er in Stücke geht: »Ist das ein Halber, der ein Paar solche Augen im Kopfe hat und solche Glieder am mächtigen Leibe? Kapitän, Du mußt noch Deine helle Freude an Dir haben. Hergesehen!«

So schlägt Klähn dem Alten Feuer ins Herz: Hergesehen!

Er langt sich eine neue Kalkpfeife vom Brett und deutet auf die Karte: »Da ist das große Nordstrand, das alte ...«

»Hm«, brummte der Kapitän, »alles weg. Das alte Nordstrand – die See hat's gefressen und hat uns die Knochen liegen lassen. Diese Knochen nennen sie nun die ›Halligen‹, und wir nennen sie ›unsere Heimat‹. Ha-haha, wenn die See bei Laune ist, frißt sie auch die noch!«

Frerksen sprach bitter; die Pfeife ward ihm kalt über seiner Rede; aber Knudt Klähn hörte: das ist ein ehrlicher Haß, der drängt sich aus dem Herzen herauf, und dies Herz wird wach. Es fängt ein Feuer an zu brennen. Schür diesen Brand, Knudt Klähn!

Und der Schiffer hörte mit heimlicher Freude in die harten Worte des Hasses und deutete unentwegt auf die Karte, die von dem Vernichtungs-werke der See erzählte: »Und da im Norden von Nordstrand, dicht an der Kante, die Hallig Gröde, weiter nördlich: Appelland, dann Lunding-land, zuletzt Oland.«

»Lundingland?« fragte der Kapitän. »Auf der Karte, ja, aber die See hat's längst fortgespült. Und Appelland – wann war's doch – 1860? Ganz recht. 1860, da war's noch so groß wie Langeneß. Alles weg. Und zwischen Gröde und Langeneß, wo heute die Süderaue mit dem Schlütt geht, war damals nur ein ganz schmales Tief. Weißt Du noch, Knudt Klähn, und heute – haha, heute liegt ein Meer dazwischen! Und hier, wie heißt das doch? Südhorn? Galmsbüll? Is alles nich mehr. Weißt Du noch, daß es da war, Klähn? Ich hab's noch gesehen.«

Frerksen starrte dem Schiffer ins Gesicht. Da sah der: solche Augen hat die Mutlosigkeit nicht. Solche Augen hat der Haß.

Der Kapitän stand auf; da verlöschte das Feuer in seinem Blicke wieder, und über seine Stirn flog der freudlose Schatten von vorhin, als Frerksen fortfuhr: »Sage mir bloß, Knudt Klähn, warum zeigst Du mir denn das alles? Willst Du sagen: sieh, Kapitän, so verderben wir? So frißt uns die See, uns, unsere Kinder, unser Hab und Gut, unsere Arbeit und unsere Mühe? Willst Du mir sagen: Pellworm, Nordstrand, Nordstrandischmoor sind die armen Trümmer von dem riesenhaften Alt-Nordstrand, aus dem einer Föhr, Amrum und alle Halligen von heute dazu hätte machen können? Was willst Du damit, Knudt Klähn?«

Der Schiffer richtete sich hoch auf: »Ich will Dir sagen: mach Deine Augen auf, Kapitän, und sieh! Es ist ja richtig: wir können die See nicht halten, Frerksen, wir können der Wilden kein Zaumzeug anlegen, sie läßt sich nicht von uns zwingen. Aber nur von uns nicht, Kapitän! Wir müßten Berge von Gold und Silber umwerten und sie ihr in Blöcken von Stein auf die Füße wälzen, wir müßten ihr Granit in den Rachen schieben, damit sie sich die Zähne ausbricht.«

Da tat der Kapitän die Hand vom Ohre, die er wie eine Muschel darumgelegt hatte, und sank mit schallendem Lachen in den Rohrstuhl: »Berge von Gold und Silber! Haha! Knudt Klähn, Du hast tolle Einfälle!«

Nun stand der Schiffer breit vor Frerksen, hatte die Hände tief in die Taschen geschoben und blies dicke Wolken Tabakrauchs über die Lippen: »Nenn's wie Du magst! Aber kennen sollst Du diese tollen Einfälle! Verlach sie – immerzu! Wenn ich sie festhalte, wirst Du sie hassen. Und wenn Du sie hassest, wirst Du sie bekämpfen. Und dann wollen wir miteinander ringen, zu sehen, wer recht hat, und im Ringen soll uns die Kraft wachsen. Und was ich weiter denke? Jetzt – hör zu: dann würden wir eine rasche gewaltige Kulturarbeit vollbringen, die nicht ihresgleichen hätte. Aber wir müßten Hilfe haben – Preußen müßt' uns helfen.«

Der Kapitän winkte ärgerlich ab: »Dat gäb' doch allens wedder ›Berliner Blau‹.«

»Nein, Frerksen: Preußen würde sich, wenn es die Halligen hielte, zehntausende von Hektaren Land gewinnen. Das müßte sich ein kerniges, dankbares, festes Geschlecht heranziehen, ein Geschlecht, Frerksen, das mit der See von Kind auf zu kämpfen gewöhnt ist, das mit klarem Blick in die Fernen zu schauen sich geübt hat und das dermaleinst, mit der Waffe in der Faust, zu Deutschland und seinem Kaiser sagen könnte: Wir danken Euch unsere Heimat, das beste, was einer sein nennt; so wollen wir Euch mit dem starken Mut und der herrlichen Kraft, die uns diese Heimat wiedergeschenkt hat, nun auch dienen!«

Da ward Ocke Frerksen lebendig. Ein hartes Eisen und ein harter Stein, die geben Feuer. Und Knudt Klähn schlug Funken aus diesem Herzen: »Knudt Klähn, so geh doch zum Kaiser! Sag ihm: Majestät, eine Handvoll Bettler von wankenden Schollen brauchen Berge von Gold. Knudt Klähn, was gewännst Du denn, wenn Du die Halligen halten könntest? Für Millionen – arme Stücke Land, die kein Korn Roggen, keine Kartoffel tragen. Arme Stücke Land, Knudt Klähn, die vor jedem Winde zittern und über die die See mit kleinem Anlauf springt, so oft sie Lust hat. Arme Stücke Land, die ihre Leute nicht nähren, so daß sie fort müssen und sich dem tückischen Meere anvertrauen, nur daß sie auf der Heimatscholle nicht verhungern. Und dafür Berge von Gold? Auf solch ein Geschäft läßt sich Preußen nicht ein, Schiffer!«

Knudt Klähns Auge ward immer klarer – die Freude sprang hinein: »Das will ich nicht, weil ich's nicht kann! Dazu gehören andere Männer, Frerksen. Aber das kommt, gib acht, und wir zwei, wir müßten's noch erleben! Das wär' etwas. Aber bis die andern Männer kommen, solange wir zwei noch allein sind, müßten wir eben doch schon Hand anlegen, müßten probieren und der See – weil wir nicht die Kraft dazu haben, ihr ein Bein zu stellen – mit List einen Teil der Heimaterde wieder abgewinnen. Wär' das nicht eine Arbeit, der Kraft zweier Männer wert? Sieh die Karte. Sieh rings die Halligkante selbst. Im Westen frißt die See, und ewig heißhungrig, wie sie ist, läßt sie nicht ab. solange man ihr nicht Steine in den Hals wirft. Aber im Osten, wo die Insel selbst schützend davorliegt, da gibt sie freiwillig einen Teil von dem geraubten Gute zurück. Und das Neuland, das aufschlickt, müssen wir ihr heimlich aus den Zähnen rücken.«

Klähn sprach lauter und eifriger, als es seine Art war. Er hatte den Mund gegen Frerksens Ohr geneigt und wußte: kein Wort geht dem Alten verloren. Jetzt – wie ein Frühlingssturm muß der Mut des Schiffers in den Staub dieses Herzens fegen!

Aber dieses Herz fand sich besser zurecht in dem Grau seiner Tage: »Ganz recht, Klähn: das neue Schlickland ist ihr eigen Werk, aber darum macht die See auch damit, was sie mag. Sie zerstört es wieder, wenn die Lust dazu sie überkommt.«

Aus Ocke Frerksen redete der Zweifel; aus Knudt Klähn sprach die Freude, sprach der Mut. Und Knudt Klähn hatte seine Trümpfe noch lange nicht ausgespielt. Er hätte in diesem Augenblicke wohl noch nicht preisgegeben, was er in langen Nächten mit seinem Sohne Jochen, über die Karte gebeugt, erkannt, berechnet, geplant hatte. Die Sorge und die Liebe zur Heimat hatte diese langen Nächte mit den beiden in der niederen Stube wachgesessen. Aber keiner der Halligmänner hatte erfahren, wie diese Pläne reiften: Noch ist's zu früh! Noch dringt die See nicht hart genug auf diese Menschen ein; noch setzt sie den Fuß nicht auf die letzte Breite ihres Weidelandes und rührt nur erst unter der Peitsche des Sturmes an die Werft, die die schützenden Dächer trägt. Aber wenn einst See und Menschen Aug' in Auge sich gegenüberstehen werden, wenn die gierige Flut zum letzten Kampfe ruft, dann mag sie staunen über den tollen Mut dieses armen Geschlechts, das um eine Scholle Landes in den Tod geht. Und das wird kommen – aber dies Letzte muß verhütet werden!

Und Knudt Klähn hätte die Pläne seiner Nächte in diesem Augenblicke noch nicht preisgegeben – aber die Sorge um Ocke Frerksen öffnete dem Schiffer den Mund und das Herz. Anfangs fanden seine Worte nur zaudernd den Weg über die Lippen; denn der Mann wußte: hart, wie der Kampf gegen die See, ist der Kampf gegen den Willen derer, die da sagen: die See ist stark wie Gott, und gegen die See kämpfen heißt: wider Gott kämpfen.

Knudt Klähn legte von neuem den Finger auf die Karte: »Kapitän, siehst Du nicht, wie die See baut? Sie baut aber langsamer, als sie zerstört, und darum verschließt Ihr Euch dieser Wahrnehmung und sagt: nützt alles nichts; den Grassoden verschlingt sie hektarweise und in Fußbreiten gibt sie rohes Land zurück. Und Ihr mögt Euch deshalb um diese kargen Striche Neuland nicht gern mühen, die sich erst nach Jahren dazu verstehen, einen Halm Gras zu tragen, wenn sie den Schweiß Eurer Stirnen getrunken haben.«

Knudt Klähn redete mit eiferndem Feuer; er dachte: wenn Frerksens Ohren noch offen wären, sein Herz würde diesem Ansturme nicht widerstehen können.

Und jetzt saß der Alte und zog die Schäfte der Seestiefel über die Knie, als rüste er zu einem Gange gegen Wind und See. Da erkannte Klähn: Frerksen sträubt sich noch; denn es ist zu lange her, seit er in Hoffnung und in Freude an dem heimatlichen Eilande gehängt hat: darum weiß er mit diesen helläugigen zweien nichts mehr anzufangen. Und wenn ihm auch die *Freude* an der Heimat noch einmal begegnete, die *Hoffnung* auf einen Sieg gegen die See, die wohnt nach der Ansicht des Alten ja doch nur in den närrischen Herzen der beiden Klähns. Früher hat ihm Jürgen Bonken auf der Fahrt in müßigen Stunden wohl auch schon einmal von derlei Dingen erzählt – nun ja, in müßigen Stunden gehen die Herzen wunderliche Wege. Und Ocke Frerksen ist schon damals Jürgen Bonken mit lachenden Zweifeln begegnet: Bonken, was ist das für ein närrischer Gedanke!

Und jetzt zieht der Kapitän an den Schäften der Seestiefel: »Klähn, Klähn, wenn Menschen gegen die See ankönnten – denkst Du, es wär' ihnen in voriger Zeit nicht schon einmal eingefallen, ihr den Weg zu verlegen?«

Der Schiffer schwieg; es war ein hartes Mühen gewesen, eine lange Stunde durch taube Ohren einen Weg in ein unmutig Herz zu suchen. Aber er sah: Ocke Frerksens Seele sinnt. Und darum lehnte er sich mit verschränkten Armen gegen die Fensterbank und wartete. Endlich fanden sich die Worte über des Alten Lippen; es war, als würden sie durch eine Muschel gerufen: »Und was soll denn nach Knudt Klähn geschehen – ohne Geld, ohne Hilfe, ohne Material?«

Da richtete sich der Schiffer wieder hoch auf: »Buhnen ins Watt!«

Frerksen schüttelte den Kopf: »Die eine Eisflut wegfegt wie die Hand die Brocken vom Tisch! Damit glaubst Du etwas schaffen zu können, Knudt Klähn? Hast Du denn vergessen, daß die See Länder frißt? Und Du denkst, sie soll sich an dem Kopf einer Buhne aus Reisig und Klei die Zähne einstoßen?«

Während an diesem Wintertage in der Stube der Mut mit dem Mißmut, die Hoffnung mit der Gleichgültigkeit rang, drangen die hartgesprochenen Worte bis hinaus zu den Frauen, die in Küche und Stall ihrem Tagewerk nachgingen.

Frau Goede hatte ihr Lebtag dem unaufhaltsamen Andringen der See wider die Werft gegenübergestanden und hatte sich gewöhnt, mit dem Auge der Inselleute zu sehen. Wenn von den Plänen der Klähns die Rede war, da schwieg die Frau, und das hieß: mir fehlt der Glaube. Antje Klähn aber vernahm mit lachenden Augen die starken Worte der Kraft, die drinnen an Frerksens Herz schlugen wie an die verschlossene Tür eines Hauses, und riefen: Tu uns auf und hilf uns siegen!

Wie die Arbeiten der Frauen verrichtet waren, und auch Eike Klähn, die in der Küche ihr kleines Werk mit ihren greisen Händen gewirkt und an der Wand sich entlanggegriffen hatte, nun in der Stube ihren gewohnten Platz im Rohrstuhl hinter dem Beileger wieder einnahm, setzte sie ihr Spinnrad in Bewegung. Silberner Flachs war reichlich am Wocken, ein Zeichen, daß das Rad noch immer im Gebrauch war, wenigstens während der Wintertage.

Knudt Klähn aber faltete Homanns Karte der Inseln zusammen und dachte: es ist eine harte Mühe. Jürgen Bonkens Erbe, die Idee der Halligbefestigung und Neugewinnung von Land, gegen die Bedenken der Inselleute zu verteidigen. Der Kapitän glaubte, Knudt Klähn werde sich von ihm noch überzeugen lassen; Knudt Klähn aber dachte: Ocke Frerksen beginnt zu erwachen, und ich will Sorge tragen, daß meine Gedanken die seinen werden, über denen er das heimliche Klopfen der Sorge in seinem Hause vergißt. Ocke Frerksen begann wach zu werden, und seine Augen waren heller als sonst, wenngleich er zu Eike Klähn sich wendete und sprach: »Nicht wahr, Mutter Klähn, wir haben beide zu lange zugesehen, als daß wir dem Knudt auf die Schulter klopfen und zu ihm sagen könnten: Mann, Du hast recht, und was Du willst, das wollen wir auch! Wir haben zu lange zugesehen und haben uns gewöhnt zu glauben: gegen die See ist nichts zu machen. Auch uns hat das Herz weh getan, wenn wir uns sagten: die Heimat verläßt uns, die wir liebhaben. Und heute sollen wir um diese Heimat kämpfen! Heute? Wir sind alt geworden und der Einsatz ist zu groß gegen den in Aussicht stehenden Gewinn. Heute ist die Kraft der See längst zu gewaltig gegenüber der kleinen ohnmächtigen Feste und gegenüber denen, die sie verteidigen sollen.«

Da schloß Knudt Klähn die Karte in den Schrank.

21.

Die letzten Nebel, die den Dächern und Zäunen silbernen Anreif brachten, waren verweht. Da rief der März die Leute von der Werft hinunter auf den Rasen des Vorlands. Und sie ließen nicht auf sich warten: Antje und Jens Klähn, Ipke Tamen, von drüben Uwe und Hertje Nomsen und Binne Bonken gingen mit den eisernen Harken über den Schultern, um von der Grasnarbe die Muscheln und rundgerollten Backsteine abzuharken und wieder hinaus aufs Watt zu tragen. Das waren die gleichen Backsteine, die einst die Menschenwohnungen weit draußen auf jenen Werften bilden halfen, über die nun die graue See ging.

So bahnte die Jugend dem Frühling die Steige.

Uwe Nomsen harkte an der Grenze seines Graslandes, an der das schmale Priel entlang lief, das sie schon als Kinder mit jauchzenden Rufen übersprungen hatten. Antje Klähn stand jenseits an dem Graben; die anderen waren über das Vorland verstreut und zogen eifrig ihre Harken über das wintergraue Gras. Die Muschelscherben knirschten unter den eisernen Zähnen. Da stemmte Uwe Nomsen den Rechen an den Grund: »Antje Klähn, diese Arbeit ruft alljährlich von neuem, und man weiß nicht, wer zäher ist: die See, die die armen Brocken jedes Jahr wieder herauswühlt, oder die Menschen, die sie ihr geduldig immer von neuem zum Fraße vorwerfen.«

Da schaute Antje Klähn mit kecken Augen herüber: »Die Menschen, Uwe Nomsen!«

»Die Menschen?«

»Natürlich; denn die See wird einst doch erkennen müssen, daß ihr Siegeslauf gegen heiligen Heimatboden vermessen ist und daß Menschenweisheit höher ist als ihre stumpfsinnige Stärke.«

Antje Klähns Worte liefen so freudig in den klingenden Wind und riefen so hell in Uwe Nomsens Herz. Da ging er bis hart an den Rand des Priels, stützte sich auf den Harkenstiel und sah mit einem langen Blick in das Antlitz, in dem die Lippen so rot und die Augen so blank waren und um dessen Stirn die Haare in goldenen Ringlein klangen: »Antje Klähn, das ist die Stimme Jochens!«

Da lachte das Mädchen noch froher, wendete die Harke um und stieß das Ende des Stiels kräftig in den lockeren Grund: »Freilich ist sie's! Denkst Du, solche Ideen hab' ich aus mir, Uwe Nomsen? Aber nicht die

Stimme ist's, sondern die Worte Jochens sind. O, ich hab' sie mir genau gemerkt und will nicht eins von allen vergessen, bis er wiederkommt!«
–

So liefen die Gedanken, die das Geheimnis der Nächte Klähns gewesen waren, durch die Häuser.

Der Schiffer fand jeden Tag seinen Weg zu Ocke Frerksen und ergänzte in mühsamer Unterhaltung, wovon zuvor die Rede zwischen ihnen gewesen war. Bald wußten sie alle, was die Männer erwogen und wie tapfer Knudt Klähn zu einem Streite rief, den die See schon so lange kämpfte und über dem doch noch gar keinem im Ernste eingefallen war, an Gegenwehr zu denken.

Die Pläne der Klähns fanden ihren Weg in die Herzen der Jugend und waren wie der Same, der auf gut Land fällt.

Und Uwe Nomsen? Der lobte den Mut der Klähns und stand auf der Seite derer, die keinen Glauben hatten.

Antje Klähn war längst wieder bei der Arbeit – immer das Priel entlang; es war, als sei just dort die Harke am nötigsten. Sie fühlte, wie ihr die stillen Augen Nomsens folgten; sie fühlte: Uwe Nomsen sinnt noch immer über die vorigen Worte.

Da schritt er langsam am Graben daher und sagte: »Du meintest, Du wollest nichts vergessen von dem, was Dir Jochen gesagt hat? Jochen wird aber lange ausbleiben, und wer weiß, wie dann sein Eiland aussieht. Am Ende ist's ihm gar davongelaufen!«

Da hielt Antje Klähn einen Augenblick bei der Arbeit inne, und ihre Stimme war nicht mehr so glockenklar wie vorhin, als sie fragte: »Ist das Dein Ernst, Uwe Nomsen? Und tut Dir das nicht weh?«

»Mein Ernst und mein Scherz, Antje! Denkst Du, ein einziger leidet so um diese vergehende Scholle als ich?«

Darüber war Antje Klähns Auge wieder froh wie erst: »Und möchtest Du nicht mithelfen, das Haus Deiner Mutter, Dein eigen Haus, Uwe Nomsen, der See aus dem Rachen zu reißen?«

Da dachte Uwe Nomsen: warum dringt Antje Klähn so in mich? Will sie mir sagen: sieh, Nomsen – Jochen, das ist einer, wie die Inseln ihn brauchen! Aber du, was kannst du uns nützen? –

»Nun, Uwe Nomsen? Du hast immer noch die Antwort vergessen!« mahnte sie.

Nomsen, der mit über der Brust gekreuzten Armen gestanden und vor sich hingesonnen hatte, strich sich die Haare aus der Stirn, mit denen der Abendwind zu spielen begann: »... der See aus dem Rachen reißen … Das ist wieder Jochen, der so zu Dir geredet hat. Immer denkst Du an ihn, immer sprichst Du von ihm ...«

»Nun, Uwe Nomsen?«

Es war, als raffe der sich auf: »Ich möchte wohl, Antje Klähn! Ich kenne das Ziel der Träume Jürgen Bonkens, die nicht mit ihm gestorben sind. Ha, welcher Hohn: *die* hat die See uns gelassen, aber das *Werkzeug* hat sie uns aus der Hand gerissen! Ich kenne das Ziel – o, Antje, ich weiß nicht, ob *einer* von uns so klar die weiten grünen Gefilde sieht wie ich; die Pflugschar sieht, die die Scholle bricht, ob einer die Rinder und Schafe sieht, die auf den deichgeschützten blütenreichen Koogen gehen sollen, welche uns Jürgen Bonken aus unsern Halligen zu schaffen gedachte. Alles seh' ich, Antje Klähn, aber den *Weg* weiß ich nicht zu diesem Ziele. Wohl seh' ich ihn anheben und seh' ihn hinauslaufen – aber er verdämmert im unermeßlichen Blau. Und deshalb mein' ich: es ist kein Weg für *uns*, Antje Klähn!«

Da lehnte sich das Mädchen gegen den aufgestemmten Harkenstiel: »Ich wußte, daß Du so denkst, Uwe Nomsen. Und wenn Du mit mir darüber sprichst, wenn ich Deine stillen klaren Worte höre so mein' ich wohl auch: Du müßtest recht haben. Aber Vater und Jochen haben lange darüber gesonnen. Vater und Jochen haben schon manches Werk in Angriff genommen und alles zu Ende geführt; sie werden auch jetzt wissen, was gut ist. Ich glaub' an sie!«

»Das ist tapfer von Dir, Antje Klähn. Aber Du solltest auch ein wenig an mich glauben können ...«

»Wir müssen alle tapfer sein, Nomsen, nicht bloß die Klähns!«

Dafür wollte Nomsen dem Mädchen ein eifersüchtiges Wort über das Priel werfen. Darum war es gut, daß in diesem Augenblicke Jens Klähn vom benachbarten Graslande herüberrief: »Gehen wir heim, Antje?«

Der frühe Abend spann schon heimlich über der See. Auf dem Graslande waren da und dort weiße Muschelhäuflein geschichtet, lagen da und dort Haufen rundgerollter Backsteine. Und Jens Klähn schaute mit den drei andern von der Kante herauf, um Antjes Antwort abzuwarten.

Die legte die Hände rund um den Mund: »Geht voran; wir kommen bald nach!«

Der Wind wehte den Mädchen die Röcke breit, wirbelte ihnen die Schürzen in die Höhe, so daß sie unablässig gegen ihn ankämpfen mußten. Er spielte grob. Wenn wenigstens die Jungen nicht dabei wären! Sie mußten sich drehen und wenden, um den Vorwitzigen zu überlisten. Ipke Tamen bot Hertje Nomsen lächelnd seine Hilfe an. »Wart nur, ich zwing ihn schon!« gab die lustig zurück.

Für Binne Bonken hatte der laute Junge selten ein Wort. »Binne Bonken versteht keinen Spaß«, meinte er.

Aber Jens Klähn schützte das stille Kind und sagte unwillig zu dem Jungen: »Wohl versteht sie Scherz, – o, Binne kann lachen wie ein Maitag; aber man darf nicht grob mit ihr sein wie Du! Du tust immer, als wärst Du ein Held; aber wenn die See einmal kommt, dann bist Du zag, Tamen! Weißt Du noch?«

Ipke Tamen ward schamrot und warf einen Blick auf Hertje Nomsen – die hätte nicht hören sollen, das Jens ihn feig nannte. Und Hertje Nomsen lauschte: Was meint denn Jens Klähn?

»Ach so.« sagte Ipke Tamen, »Du redest von dem Tag, an dem Lüdde Lürsen gestorben war? Und wie das Wasser kam? Damals hab’ ich mich freilich gefürchtet. Aber das ist nun vorbei. Übrigens, ich hätte Dich einmal sehen mögen, wenn Du an dem Tage in meiner Haut gesteckt hättest! Heut fürcht’ ich mich nicht mehr. Und wenn ich ein Mann bin, so will ich neben Deinem Vater und Jochen stehen so gut wie einer, vielleicht noch besser!«

So gingen sie zwei und zwei, die Harken über den Schultern, der Werft entgegen; Ipke und Hertje ein Stück voraus, Binne Bonken und Jens Klähn folgten gemächlich; es war, als sollten die zwei anderen nicht hören, was sie heimlich miteinander redeten.

Manchmal schaute Jens nach der Schwester sich um und sah: Antje hat nun auch die Harke über die Schulter gelegt, und jetzt springt sie über das Priel.

Die Kinder blieben einen Augenblick stehen und Binne Bonken meinte: »Antje wird Uwe Nomsen noch helfen wollen. Nomsens Land ist größer, und er ist noch nicht fertig.«

Da mußte Jens lächeln: »... oder er hat sich über der Arbeit wieder einmal versonnen; vielleicht hat er mit dem Winde reden müssen.«

Aber Uwe Nomsen hatte das letzte Häuflein Muscheln längst zusammengeharkt; und nun deutete er nach den vieren, von denen das erste Paar gerade hinter den Häusern verschwand: »Sieh, wie die Kinder Leute werden, Antje Klähn!«

»Warum auch nicht? Auf dem Festlande gehen sie schon mit vierzehn Jahren aus der Schule, und so könnten auch diese vier schon in fremden Häusern sein. Warum sie auf den Inseln nur bis sechzehn gehen?«

»Möchtest Du wieder dienen?« fragte Uwe Nomsen fast zag. Es war, als bange ihm vor der Antwort dieses lachenden Mundes.

»Wenn ich daheim keine Pflichten hätte, ja!«

»Und hättest Du dann gar keine Sehnsucht nach Hause?«

Antje Klähn besann sich: »O doch! Aber wenn Jochen heimkehrt, dann bin ich im Hause wieder übrig, Jochen ist hier besser am Platze. Für ihn gibt's Arbeit, Arbeit, die sonst keiner wird tun können. Und weil sie ihn hier brauchen, darum werde ich wohl wieder fortgehen müssen.« –

»Ich bin froh, daß es bis dahin noch weit ist, Antje!«

Das Mädchen hörte, daß Uwe Nomsens Stimme zitterte, und daß der weiche Klang darin war, den sie schon so oft vernommen hatte. Sie hörte gern in diese warme volle Stimme und dachte: Uwe Nomsens Herz klingt hinein.

Überdem sah Antje Klähn, daß die Kinder schon auf der Werft waren. Die Häuser versanken in das Grau der Dämmerung.

»Die Nacht kommt, Uwe Nomsen!«

Da legte der seine Harke auch über die Schulter. Aber sie gingen langsamen Schrittes und gingen nicht quer über die Fenne, sondern in weitem Bogen sinnend die Kante entlang.

Der Wind lief von der See her, und die Wellen brachen sich am Rande des Geländes. Da sah Uwe Nomsen dem Mädchen ins Gesicht: »Hab' ich Dir vorhin weh getan, Antje?«

»Nicht weh. aber Du solltest Glauben an Jochen haben, Uwe! O, Jochen, das ist ein Junge! Ihr ahnt es nicht, Ihr alle nicht, und Du auch nicht, Uwe! Aber ich sage Dir, Du *wirst* an ihn glauben wie –«

»Sag: an Gott!« fiel ihr Uwe Nomsen eifersüchtig ins Wort.

Antje Klähn mußte lachen: »Beinahe hätt' ich's gesagt!«

Nun gingen sie wieder eine Weile stumm nebeneinander, immer die Kante entlang. Da kamen sie in den Schutz der Werft, hinter der das Singen des Windes schwieg. Das Mädchen zog das leinene Kopftuch ein wenig zurück, so daß ihre Stirn frei ward: »So ist's hinter den Deichen des Festlands wie da hinter der Werft: ordentlich warm. Der Wind reißt einem nicht jedes Wort vom Munde und schlägt einem die nassen Nebel und die Dämmerung nicht so ums Gesicht.«

»Hm«, machte Uwe Nomsen, »und jetzt geht der Wind erst recht sanft. Weißt Du warum?«

»Nun?«

»Er wagt sich nicht herüber zu Antje Klähn; er fürchtet sich vor ihr, weil sie so hart reden kann. Er fürchtet sich ...«

»Wie Uwe Nomsen!«

Hätte doch der Wind dies Wort fortgeschlagen, fortgetragen – weit, rasch, ehe es an Uwe Nomsens Ohr geklungen war! Antje Klähn zog sich das Kopftuch tiefer in die Stirn, damit Uwes waches Auge wenigstens die Flamme nicht sehe, die hineinschlug. Aber der merkt ja doch alles! Der horcht ihr ins Herz und liest in ihrer Seele wie in einem offenen Buche. Das kann er, weil er immer so vor sich hinträumt und alles Kleine immer so lieb ansieht, alles Tote lebendig dichtet. Darum sieht er auch den Weg nicht, auf dem wir zu dem großen Ziel gelangen können.

So dachte Antje Klähn.

Der Wind schaukelte sich auf den Wellen, die heute immer in kurzem Gleichklange gegen Knudt Klähns Buhnen schlugen.

Nun standen die beiden und schauten den Damm entlang, der grau in die graue See lief. Von fern riefen die Wildgänse; wie silberne Tupfen lagen die Möwen schlafend auf dem Grase.

Uwe Nomsen stand so dicht neben dem Mädchen, daß er fühlte, wie ihr Arm seine Joppe streifte. Und die Nacht fiel auf das Land und wehrte den Blicken, die Antje Klähn gern hinausschicken wollte, weit hinaus über das Watt, oder wenigstens einen langen Weg an der Kante der Insel hin. Wenn es nicht schon so finster wäre, könnte sie Uwe Nomsen jetzt sagen, wo die neuen Buhnen errichtet werden sollten – könnte sie ihm sagen ...

Wenn ihr doch nur etwas einfiele, daß sie reden könnte!

Da deutete sie auf den Damm: »Wenn noch ein paar Tage hin sind, will Vater die Buhne wieder fest ins Land nageln. Ocke Frerksen wird ihm dabei helfen. Siehst Du, Uwe, der Winter hat der Lahnung gar nichts getan; nur hier, wo sie sich an die Kante legt, hat die See ein wenig gewühlt. Das ist nicht der Rede wert; übrigens hat das Jochen genau so gesagt. ›Ihr werdet sie wieder einnageln müssen‹, hat er gemeint, das sollte heißen: nach der Insel herein verlängern, weil sich die See dahinter durchbeißen würde. So ist's auch gekommen.«

Uwe Nomsen legte ganz leise seinen Arm in den Antje Klähns.

Die wandte den Blick nach der Werft: in den Häusern waren schon die Lichter angetan. Es schaut um diese Zeit keiner droben aus den Fenstern, und die Augen finden gar keinen Weg mehr durch das Dunkel.

Da ließ sie Uwe Nomsen den Arm. Aber wie sie fühlte, daß er ihn sanft gegen seinen Körper preßte, erschrak sie: »Wir wollen heimgehen, Uwe!«

Dieser Wunsch klang wie aus dem Traumland herüber, und sie vergaß, ihre Schritte gegen die Werft zu lenken.

Ringsum ging die Nacht auf Samtschuhen über das Gras, das in der Dämmerung gegen den Horizont hin schon wieder die frühlingsweichen Linien gezeigt hatte. Die Luft legte sich im Schutze der Werft ganz warm an ihre Stirnen und hatte wieder die milden Hände, die nur streicheln können.

Da band Antje Klähn das Kopftuch ab und zog es hinter dem festgeschlungenen Schürzenbande hindurch. Nun hielt der Abend die Hand zwischen ihr Gesicht und Uwes Augen oder – Uwe hätte ganz nahe kommen müssen.

»Uwe Nomsen sieht das Ziel. Aber er findet den Weg nicht ...« Jetzt durfte Antje so kühn denken – hinter der Hand der Nacht.

Antje Klähns Herz war wie ein Boot, das der Wind aus der sicheren Ruhe abgetrieben: es hatte keinen Anker mehr und sie fühlte: sie kann dies Herz mit eigener Kraft und eigenem Willen nicht wieder in die sichere Stille bringen. Uwe Nomsen etwa? Uwe Nomsens Hand ist weich, und Jochen Klähn hat von ihm gesagt: mit Nomsen ist nicht zu rechnen.

Nun ja, Jochen rechnet anders, und Jochen will etwas anderes ...

Auf einmal wird Antje Klähn, als hätt' ihr Herz schon längst nach Uwe Nomsen gerufen; und ihr ist: da, wo *sie* ihn brauchen kann, ist er ihr noch viel lieber als Jochen. Der drängt hinaus, der sinnt auf ein Werk, das all sein Denken und seine Kraft erfordert; Uwe Nomsen aber bestellt währenddem in sorgender Treue sein Haus und findet auch einmal ein gutes frohes Wort für die, die in der Enge dieses Hauses schaffen.

So wandelten sie wie im Traume. Ihre Arme legten sich fester ineinander, ihre Wangen neigten sich heimlich einander zu.

Da ragte Nomsens Heudieme schwarz vor ihnen empor, und Uwe Nomsen zögerte, aus der lockenden Stille herauszutreten, die im Schutze der Dieme lag. Sie sahen hier kein Licht aus einem Fenster gehen, das sie mahnte: kommt, wir warten daheim!

Nomsen legte die Harke seitwärts an das Heu. Antje Klähns Herz drängte ihm entgegen, aber ihre Hand bedeutete der seinen: Uwe Nomsen, was denkst du denn, daß du mich so in der Nacht hinter der Dieme birgst?

Endlich fand sie ein Wort, das verstand Nomsen, weil seine Stirn so dicht gegen Antjes Gesicht sich senkte, daß sie der warme Odem ihres Mundes streifte.

»Eure Heudieme ist noch hoch wie ein Haus.« flüsterte das Mädchen.

»Ja, und ich geb' Dir ab, so viel Du brauchst, Antje. Wir hatten eine Kuh weniger dieses Jahr, deshalb ist übrig. Auch die Flut hat damals nur wenig verdorben. – Wie der Sommer aus dem Heu haucht! Fühlst Du? Das ist noch vorjährige Sonne, die den Winter über in der Dieme nicht erfroren ist.«

Nomsen sprach langsam, verträumt.

»Nun redest Du wieder anders als andere Menschen, Uwe.«

»Verstehst Du mich dennoch, Antje?«

»Ja, ich verstehe Dich.«

Das klang so weich, das klang so lieb, und die Hand des Mädchens, die die Uwe Nomsens streichelte, wiederholte ganz leise: ja, ich verstehe dich.

Nomsen lehnte an dem weichen Heu. Weil der Wind, der sonst immer im Kreis um die Dieme stob, als wollt' er sich fangen, den süßen Heuhauch heute nicht fortblies, spann der dicht und schmeichlerisch in die Nacht.

»Man kann ihn greifen«, meinte Uwe Nomsen und faßte Antje Klähns Hand wieder, die ihm das Mädchen in froher Angst entzogen hatte.

Dann nahm er ihr die Harke von der Schulter und lehnte sie neben die seine ans Heu.

Antje wußte kaum, daß sie es geschehen ließ. Und dann fühlte sie Nomsens sanft gleitende Hand an ihrer Wange.

»Warum gehen wir denn nicht? Und meine Hand hältst Du immer noch. Warum tust Du denn das?«

An der nahen Kante plätscherte die See und dichtete ein Lied von der Frühlingsnacht.

Antje Klähns Augen suchten die anderen, die träumenden, von denen sie wußte, daß sie ihr nahe waren. Aber die Finsternis stand davor.

»Nun ist gar nichts mehr zwischen uns, Antje!«

Da fühlte sie: Uwe Nomsens heißer Mund berührt die goldenen Haare an ihren Schläfen, an denen vorhin der Wind gespielt hat.

Gar – nichts mehr – zwischen uns – klang's ihr ins Herz.

»Die Nacht!« flüsterte sie.

Da zog er sie an sich. Und ihre Lippen legten sich weich aufeinander. Ganz leise.

22.

An diesem Abend war Uwe Nomsen daheim in den Stall getreten. Weil aber Herlich Nomsen mit der Besorgung des Viehs fertig war, folgte er ihr in die Küche und schritt hinter ihr drein wie ein fröhlich Kind, das für einen Wunsch einen Weg in das Herz der Mutter sucht, noch ehe dieser Wunsch ausgesprochen wird.

»Was will Uwe?« dachte Mutter Nomsen und sah ihrem Sohn in die Augen. Dann lächelte sie und wirkte schweigend ihr Tagwerk zu Ende.

Wie eine Stunde vergangen war, lag Hertje Nomsen schon schlafen, und der Frau, die im Scheine der Lampe nähte, saß Uwe am Tische gegenüber. Der griff bald einmal nach der Zeitung, bald nach dem Buche, in dem die alten Trachten der Friesen abgebildet und ihre Sitten und Bräuche mit Fleiß und Liebe geschildert sind. Seit die jungen Männer auf den Inseln den Gefahren immerwährender Seefahrt sich häufig nicht mehr aussetzen mögen, auf dem Festland Arbeit suchen, und seit die Inselleute Frauen von draußen heimführen, ist mancherlei Wandlung geschehen, meint Uwe Nomsen. Und: was die Väter nach Art ihrer Väter heilig gehalten haben an Tracht und Wesen, das ist dem neuen Geschlechte fremd, ja wohl gar verächtlich geworden.

Über solchen Gedanken wurden seine Augen an den vorigen Abenden ernst. Und wenn er sonst einmal den blauen Band vom Bord genommen hatte, hörte und sah er nicht, was um ihn war. Aber heut ist sein Blick blank von einer heimlichen Freude, merkt Herlich Nomsen; der Glanz einer Sonne ist darin, den hat der feuchte Vorfrühlingstag nicht hinein gezaubert.

Und jetzt schritt Uwe in hastigen Schritten durch das Zimmer, trat ans Fenster, stützte die Arme auf die Fensterbank und lehnte die Stirn an die Scheibe.

»Es sind keine Sterne da«, sagte er; aber seine Augen hatten noch ein spätes Licht gefunden. Das ging aus dem Hause Klähns und tastete sich mit goldenen Händen durch die pechschwarze Nacht herüber zu Nomsen.

Der sagte halblaut: »Sie ist noch wach ... es ist nur gut, daß sie nun nicht mehr daran denken muß, wieder von Hause fortzugehen.«

Herlich Nomsen zog ruhig ihren Faden durch den Saum: »Antje Klähn? O ja, wenn Jochen heimkommt.«

Da sprang dem frohgemuten Jungen das Herz auf die Zunge: »Aber nicht nach Husum, Mutter, sie wird einziehen in das Haus Uwe Nomsens!«

Herlich Nomsen zog ruhig ihren Faden durch den Saum.

»Mutter!«

Da lächelte Frau Herlich klug: »Du meinst, ich seh und höre nicht. Aber wenn einer eine Freude Schritt für Schritt gegen sein Haus anschreiten sieht, hat er sein Herz bereitet ...«

Da kreuzte Uwe Nomsen die Arme vor der Brust und trat mit verwunderten Augen vor die Frau: »Hab' ich mein heimlich Glück so schlecht geborgen?«

Herlich Nomsen legte das Nähzeug in den Schoß. »Nein«, lächelte sie, »aber den Neid, der scheel auf die kleinen Freuden sah, die Antje Klähn Lüdde Lürsen ans Sterbelager trug.«

Uwe schlug die Augen nieder: »Das war nur ein einziges Mal! Und das hast Du gemerkt?«

Nun nähte Herlich Nomsen ihren Saum lächelnd zu Ende.

23.

Wie nur noch die Schafe draußen im kahlen Herbste lagen, mit dem Rücken gegen den Wind, wiederkäuend und unbeweglich wie graue Steinblöcke, und wie der Wind die Möwen in dem Grau der Tage herumwirbelte, daß sie schrien, rüstete man im Hause Knudt Klähns zur Hochzeit.

Vergnüglich schaute Uwe Nomsen den geschäftigen Händen der Frauen zu. Das trautsame Licht der Lampe sah Herlich Nomsen und die zur Jungfrau reifende Hertje allabendlich im gastlichen Nachbarhause. Da ward manche Truhe geöffnet und mancher Streifen blendendes Linnen mit glänzendem Auge bestaunt und mit tastendem Finger geprüft. Selbst

Eike Klähn hatte aus ihren Kästen, in denen des Nachts die Totenuhr schlug, herbeitragen lassen, was ihr an selbstgesponnenem Linnen übrig war.

Das Brautgewand aus seidenem Brokat von hellen, fröhlichen Farben war altem Volksbrauche treu geschnitten.

Fragend und betroffen hatte der Blick Antje Klähns auf den Lippen Nomsens geruht, der die Tracht der Halligfriesinnen für den Ehrentag an seiner Braut zu sehen wünschte. Auch Antje Klähn hatte ihr Auge fern von der Insel gewöhnt, und schon die Konfirmandinnen willigten nur bekümmerten Herzens in den Wunsch der wenigen Eltern, die für den Gang zum Altare die Volkstracht der Inselfriesinnen bestimmten.

Die Herzen fanden sich nicht mehr auf dem Boden der Heimat zurecht. Und wo das Herz keinen Weg mehr weiß, wird das Auge rasch fremd.

Da ward der zierliche Kopfputz geschaffen, dem die anderen den Federhut vorziehen. Da ward das »Futterhemd« sauber genäht, für das die anderen schon die städtische Taille tragen.

Und Urgroßmutter Eike hatte die Silberkette mit den Schaumünzen zu unterst aus ihrer wurmstichigen Truhe hervorgesucht – den kostbaren Schatz, der vor mehr denn siebzig Jahren ihre eigene Brust geschmückt hatte und von dem sie wußte: kein zweiter in der Inselwelt der Westsee ist ihm noch zur Seite zu stellen.

Und so blitzte die Kette im goldenen Licht der Lampe. Olk Eike ließ ihre zitternden Hände darübergleiten wie über ein auferstandenes Glück. Das hatte gelebt in jenen Tagen, von denen es heißt: es ist ein Glanz und Schimmer in der Kirche, wenn die Friesenfrauen die Plätze an Altar und Kanzel, je näher je lieber, füllen.

Die schweren Silbertaler und die goldenen Schaumünzen klangen an der feingliedrigen Kette wie Glocken, und dem Glockentone nach schritt stolze Weihe durch Knudt Klähns Haus.

Schweigend reichte Olk Eike die größte der Goldmünzen, die in der Mitte der Kette hing, Antje hinüber und legte das kostbare Stück in ihre Hand. Sie besah's. Auf der Vorderseite teilte ein Schiff mit vollen Masten und Segeln die Flut; die Rückseite aber wies ein Herz, das wurde von zwei Händen gehalten und stand darum geschrieben: »Ein vernünftig Weib erfrischet des Mannes Herz.«

Antje Klähn las es laut.

»Strach 26«, ergänzte die Ahnfrau.

Auch Uwe Nomsen schaute darauf: »Das ist eine ehrwürdige, eine starke Zeit gewesen, die vorige Zeit, und ist doch, als ob sie längst tot wäre; denn es ist aus den Inselhäusern verschleppt worden, was aus ihr herübergekommen war. So wollen wir wenigstens danach trachten, daß unsere Herzen ihre Erinnerung bewahren; denn das ist ein unwürdig Geschlecht, das die Stärke und die Einfalt seiner Väter verachtet. Die haben die Erde gefragt, die unter ihren Füßen war, was sie von ihnen verlangte; die haben die See gefragt, die sie umbrauste, und haben an ihr ihre Kräfte wachsen lassen. Wir aber fragen die Mode. Aber wir wollen den starken Geist, der ›all noch för onsre Tyt‹ lebendig war, nicht völlig ersterben lasten! So hat der alte Pastor zu mir gesagt, der wehmütigen Herzens dieses unaufhaltsame Wandeln der Dinge und Herzen sah und doch kein Wort fand, seine kleine Gemeinde aufzurichten.« Das war der alte, der treue, leutselige Seelsorger, dem das Wort der Schrift so schwer vom Munde ging und den sie dennoch liebten wie einen Vater.

Er ist längst tot.

Und der neue? O, der hat einen scharfen, schneidigen Ton, der die Seelen wachrüttelt, der den schläfrigen Herzen die Augen aufmacht, der hat den Funken, den der alte Mann in die Seele Uwe Nomsens gelegt hat, zum brennenden Feuer angefacht. Nur ein wenig zu träumerisch ist ihm Uwe Nomsen. Aber das hat der alte Pastor in ihn gepflanzt, und dies versonnene Wesen wurzelt zu tief in dem empfänglichen Boden, in den es gepflanzt ist.

Die Frauen hatten währenddem den Brautstaat um ein Gedeihliches gefördert. Unter dem Stülp, der wie Gold vom Beileger herüberblitzte, war der Tee warm geblieben, der nun aus den Schalen und Gläsern hauchte. Knudt Klähn gab sich und Uwe Nomsen einen lütten Schuß Rum hinein.

Während sie so neben der Freude und einer helläugigen Hoffnung im Scheine der Lampe saßen, warf der Wind den Laden vorm Fenster auf. Jens, der für »erwachsen« gelten wollte und sich nicht wenig auf seinen Mut zugute tat, ging hinaus und machte den Laden wieder fest.

»Wenig Wind«, sagte er, wie er in die Stube trat. »Er läuft von Westen und warm ist's auch, aber naß und gar keine Sterne. Der ›feurige Mann‹ steht übrigens im Watt.«

Hertje Nomsen sprang auf: »Laß sehen, komm!«

Da ging Jens Klähn mit Hertje Nomsen hinaus in die Nacht.

»Sieh nur, Jens, lauter blaue Flämmchen springen um den Stein! Bald sind sie weg, bald spazieren sie wieder drüber und tanzen ihm um die Füße.«

»Weil das Watt trocken liegt und die Luft warm und feucht ist«, belehrte Jens Klähn.

»Woher kommt denn der ›feurige Mann‹?« wollte Hertje wissen; und überdem traten sie wieder in die Stube.

»Mit dem Eis ist er vor tausend Jahren gekommen« sagte Herlich Nomsen.

»Vor tausend Jahren? Sag, vor zehntausend Jahren«, warf Uwe Nomsen ein.

»Das wird man wohl nicht so genau wissen!«

»Ganz genau, Jens! Das kann man am Stein erkennen – ist mir aber zu gelehrt gewesen, drum hab' ich's wieder vergessen. Gewachsen ist er jedenfalls nicht hier; sind doch weit und breit sonst keine Steine, als höchstens Backsteintrümmer.

»Binne Bonken meint, ob das glänzende Leuchten nicht von Stavenwüffke herrühre?« fragte Hertje Nomsen.

»Was Binne Bonken sagt, das gefällt mir gut.« sagte Jens, »das paßt für Schiffer famos. Binne Bonken denkt überhaupt gern Märchen, und früher hat sie's auch geglaubt, das von Stavenwüffke. Wißt Ihr noch, wie sie Jochen Klähn einmal unten an der Kante aufgelesen hat? – Übrigens – wenn das Eis vor zehntausend Jahren solche Steinblöcke getragen hat – hui, das mag Eis gewesen sein! Und ein Wasser! Und wie der Sturm da gebrüllt haben mag!«

Da begann Uwe Nomsen: »Wie ich so alt war wie Jens, und Pastor Reimer mich die Märchen lesen ließ, da hab' ich mir um den ›feurigen Mann‹ selbst ein Märchen gedichtet. Das ist so: Wie auf Föhr und Sylt noch die Riesen gewohnt haben, da haben sie sich in uralten Tagen einmal bekämpft. Sie haben in eine riesige Meermuschel geblasen; das ist ihr Heerhorn gewesen, und dann hat der Kampf begonnen.«

»Merkst Du was, Hertje?« stieß Jens Klähn Nomsens Schwester an. »Das Heerhorn, das soll der Sturm sein, der über die See gebrüllt hat. Uwe Nomsen ist ein Dichter; so reden die Dichter, hat Pastor gesagt. Nun, und?« Jens Klähn stützte sich gespannt auf Nomsens Knie. »Nun und? ...«

»Und der Kampf begann. An der Nordkante von Föhr bei Liinsand stand das eine Heer, und das andere stand drüben auf Sylt bei Morsumkliff. Die Riesen benutzten als Wurfgeschosse mächtige Felsblöcke, und die Föhrer blieben Sieger. Die Schlacht hat drei Tage gedauert, dann bedeckten die toten Leiber der Riesen Morsumkliff. Von den Syltern war nur noch ein einziger am Leben. Als der sein Geschlecht vernichtet sah, erfaßte ihn der Zorn. Er packte einen Felsblock und schleuderte ihn mit so gewaltiger Kraft gegen Föhr, daß er hoch über die Insel hinwegflog und immer weiter flog bis zu uns herüber auf die Hallig. An Pipenwarf blieb er liegen. Dort haben sie ihn mit verschüttet, wie Schiffer Lürsen die Werft aufwarf. Aber die See hat ihn wieder herausgewühlt. Der Riese auf Sylt hat dann die Leiber seiner Brüder verscharrt und mit den Felsblöcken zugedeckt, die die Föhrer Feinde herübergeworfen hatten. Daher sind die Hünengräber auf Sylt entstanden ...«

»Und so entstehen die Märchen«, sagte Knudt Klähn und klopfte seine Kalkpfeife aus.

Ipke Tamen, der lauschend zugehört hatte, hatte leuchtende Augen: »Die Zeit der Riesen, das ist die feinste Zeit, die man sich denken kann; da ist doch was Ordentliches passiert!«

Uwe Nomsen lachte laut auf: »Also die Zeit der Riesen ist die glücklichste Zeit, meint Ipke Tamen. Antje Klähn, was sagst Du? Wann ist die glücklichste Zeit?«

»Wenn Antje Klähn Antje Nomsen heißt!« sagte die schnell besonnen, und das gab einen Kuß zur Belohnung.

»Was meint Knudt Klähn?«

Sie horchten auf. Was meint Vater?

Knudt Klähn besann sich: »Am glücklichsten ist's für uns, wenn wir die See bezwungen haben, daß sie uns Marschland baut.«

»Bravo!« –

Da erkannte Knudt Klähn: die Jugend der Inseln im Winde hat einen Weg zu ihm gefunden.

»Und Olk Eike! Was sagt Olk Eike, wann war's am feinsten?«

»Tu de Tyt, as dat Wünschen noch helpen dät.«

24.

Im Hause Knudt Klähns hielten sie Hochzeit. Es war um die Nachmittagsstunde, in welcher die Feierlichkeit der Herzen dem lachenden Frohsinn zu weichen hatte. Das Brautpaar ging reihum in den Häusern auf der Werft, nahm allenthalben Wünsche und Hoffnungen mit; und wer geladen gewesen war und an der sauber gedeckten Tafel gesessen hatte, war von den Pflichten in Stall und Küche schon wieder heimgerufen worden. Nun saßen Knudt Klähn, Ocke Frerksen und Ketel Klähn, der von Hallig Habel herübergesegelt war, in ernst-launigem Gespräche noch beim Teepunsch, und die blauen Wolken des Tabakrauches umspannen die Männer.

Frau Sikke hatte sich mit den übrigen Frauen hinausbegeben.

Letzte Herbstsonne lachte in die Festfreude des Tages, als Ocke Frerksen den Kalender vom Bord herabholte: »Ketel Klähn kann bei klarer See und klarem Mondlicht jede Stunde der Nacht segeln.«

Es waren viele Jahre vergangen, seit der Kapitän zum letztenmal mit dem Einsiedler von Habel beim Glase gesessen hatte. Diese Jahre hatten aus Frerksen ein Wrack gemacht und Ketel Klähn mit jener feindseligen Schweigsamkeit beschenkt, die Frau Sikke ihre Inseleinsamkeit verleidete. Dafür entschädigte sie sich heute in einem behenden Schwätzchen und hatte wohl acht, daß sie immer eine geräumige Ferne zwischen sich und Ketel Klähn legte.

Der aber fand sich zwischen Frohsinn und helläugiger Jugend herzlich schlecht zurecht. Auch jetzt lehnte er im Stuhle, den mächtigen Kopf mit den langen weißen Haaren unwirsch zwischen die Schultern gezogen, und trommelte ungeduldig mit den Fingern auf den Tisch.

Knudt Klähn sann lächelnd in die wehenden Wolken, die den Kalkpfeifen entstiegen, und sah: In Ocke Frerksen, an dem alles breit ist, die Hände, die Achseln, die Stirn, der Mund, sind Mut und Hoffnung wieder eingezogen – ein glücklicher Winter, der seine Kraft nicht beharrlich an den Buhnenbauten erprobt, und – mit Ocke Frerksen haben wir ein gewonnenes Spiel. Mögen seine Ohren dann immer taub sein, wenn nur sein Herz erst wieder in sicherem Gleichtakte schlägt! Und Knudt Klähn sah auch: Wenn der Kapitän neben Onkel Ketel sitzt, dann zeigt sich 's erst, wie Arbeit und Kampf des letzten Sommers den tauben Mann aufgerichtet haben.

Ketel Klähn wußte von keinem neuen Buhnenbau auf Habel zu erzählen; er war müder und versonnener denn je, und sein verschlossener Mund sprach von unbeugsamem Trutz.

Der Kapitän hatte seine heimliche Lust an der feindseligen Verbitterung des Einsiedlers von Habel. Und wie er sich eine Zeitlang still mit dieser vergnügt hatte, hob er sein Glas; das war mit rumreichem Teepunsch bis zum Rande gefüllt: »Sollst leben, Ketel Klähn!«

Aber eh' ihm der Alte Bescheid tat, und ehe Frerksen sein Glas zu gewaltigem Zug an die Lippen führte, hielt er einen Augenblick inne, sann und schlug das Glas mit schallendem Gelächter auf den Tisch.

Das hörte Knudt Klähn gern; und Krassen Frerksen schob das Fenster auf, das in der Wand nach der Küche war, und steckte den Kopf herein: Wahrhaftig, das ist Frerksen! Frerksen lacht wie in alten Tagen, wenn sie auf hoher See beim Grog saßen und sein Lachen das Brausen der Flut zu übertönen hatte!

Da flog ein Sonnenschein über Frau Krassens verhärmtes Gesicht, und über ihr versorgtes Herz kam eine Freudigkeit, die war wie Gebet.

Drinnen aber hub der Kapitän an: »Ketel Klähn, Ketel Klähn« – wie Kommandoruf erklang seine Stimme – »ja, das warst Du! Seht, so kann einer sich selbst fremd werden, daß er in dreißig Jahren nicht ein einziges Mal an die lustigste Geschichte gedacht hat, die je geschehen ist! Ketel Klähn, sollst leben! Komm, Knudt, stoß an: heute feiern wir auf Klähns-Hallig Ketel Klähn als preußischen Untertan!«

Da wußte Knudt Klähn, wohinaus Frerksen wollte. Aber dem alten Ketel verzog die Lustigkeit der beiden Männer kaum den Mund, und er suchte vergebens nach einer Erklärung dafür, daß ein herzhafter Witz, der ihm vor mehr als dreißig Jahren unschuldigerweise gelungen war, noch an diesem Tage so fröhliches Lachen hervorrufen konnte.

»Ketel Klähn, erzähl's! Wie war's doch gleich? ...«

»Na«, brummte Ketel Klähn, »wenn Ocke Frerksen auf Habel säße, könnt' ihm das auch geschehen sein, und leicht, er wüßte heute noch nicht, daß er deutsch sei. So ist's gewesen: Im Jahre 69 wollt' ich an den König von Dänemark einen Brief schreiben, er solle mir meine Hallig abkaufen.«

»An den König von Dänemark?«

»Na ja, Frerksen, weil ich nicht wußte, daß die Halligen im Jahre 66 preußisch Land geworden waren.«

Und der Kapitän schlug mit seinen beiden breiten Fäusten auf den Tisch: »Ketel, alter Eisbär, das hast Du fein gemacht!«

Das dröhnende Lachen Frerksens flog gegen das kleine Schiebefenster in der Wand, daß es klirrte. Zur selben Zeit rieb sich Frau Sikke in der Küche vergnügt die Hände: Ocke Frerksen ist lustig, und Ketel Klähn muß die Kosten bezahlen!

Da trank der Kapitän sein Glas leer. »Schenk ein, Knudt Klähn!« mahnte er. Und die Freude, die über ihn gekommen war, rief auch draußen die Freude wach: die Frauen redeten lebhafter, und selbst Olk Eikes spitzes Lachen fand seinen Weg herüber zu den Männern am Tische.

Ketel Klähn war längst wieder in sein schweigsames Sinnen verfallen, in dem er sich auch nicht stören ließ, als Knudt und Frerksen das Alter des Einsiedlers von Habel berechneten. Mit Kreide auf der Schiefertafel wiesen sie's ihm nach; aber Ketel Klähn schüttelte den Kopf ärgerlich. Wie er auch die Merksteine befragte, die er sich da und dort an seinen einsamen Lebensweg gestellt hatte – die Rechnung Knudt Klähns mußte falsch sein.

Da erhob sich Frerksen aus dem Rohrstuhl, schob das Fenster zurück und fragte in die Küche: »Olk Eike muß wissen, wann ihr Jüngster geboren ward!«

Nun rechnete auch Olk Eike: »Das ist in dem Jahre nach der großen Flut gewesen.«

Der Streit war geschlichtet. So wurde an jenem Tage mit Hilfe der Greisin, die an der Schwelle ihres zweiten Jahrhunderts stand, Onkel Ketels Eintritt in die Freuden des irdischen Daseins auf das Jahr 1825 verlegt; er wollte wollen oder nicht: im Christmonat feierte er seinen siebzigsten Geburtstag.

Und Ketel Klähn schüttelte den Kopf nun erst recht unwillig: der Weg durch die Jahrzehnte war ihm zu rasch zurückgelegt worden. Und was er erreicht hatte, ließ das ersehnte Ziel immer noch nicht nahe sein.

Die Dämmerung des Herbstabends spann draußen, und rasch kam die Nacht.

Da mahnte Ketel zur Heimfahrt. Aber Frerksen wehrte ihm, und auch Frau Sikke gedachte die Gunst der Stunde zu nützen, die sie unter fröhliche Menschen geführt hatte. Ketel Klähn war nicht gewöhnt, mit dem Willen anderer zu rechnen und war von Herzen mißvergnügt. Da suchte er eine Gelegenheit, zu entwischen: er stapfte in den Mondschein und stapfte Pipenwarf entgegen, von wo aus die neuen Buhnen auf das Watt liefen. Auf dem Wege dahin gab ihm die sichere Aussage Olk Eikes zu denken, die ihn um fünf Jahre älter machte, als er sich selbst eingeschätzt hatte. Und nun, wie er so durch die herbstsilberne Inseleinsamkeit wanderte, rang der alte Plan nach neuem Leben; der ihm einst geheißen hatte, einem König seine Hallig zum Kauf anzubieten.

Wechselvolles Leben pflanzt und Einsamkeit reift; auf Hallig Habel wollte Ketel Klähn den Plan seines Lebens, den ihm dieser Tag wiedergeschenkt hatte, in heimlichen Nächten erwägen und einen Weg finden. –

Es ging gegen Mitternacht, als das Ehepaar von Habel im Schifflein über die mondlichtklare See heimwärts segelte. Von Klähns-Hallig waren sie alle mit drunten am Priel, aus dem das Boot hinaustrieb, und gaben dem greisen, wortkargen Steuermann manch herzfrohen Scherz mit auf die Fahrt. Frau Sikke aber leistete nur grollend Gefolge. Sie werden die Nacht hindurch auf Klähns-Hallig noch fröhlich sein; aber Ketel neidet ihr die Sonne, darum segelt er in diese schweigsame, kalte Herbstnacht, dachte sie.

Auf der Fahrt hatte Frau Sikke Zeit zu überlegen, daß sie darüber mit Ketel Klähn während der kommenden Tage noch rechnen werde.

Und der Frohsinn des Hochzeitsfestes war golden genug, auch in die folgende Zeit noch manchen Strahl zu werfen, den das graue Licht der Spätherbsttage nicht auszulöschen vermochte.

25.

In jener Zeit, in welcher der Winter den Grund der Watte noch freigab, stand Knudt Klähn mit Ocke Frerksen draußen beim Buhnenbau.

Und wenn der Kapitän, den mächtigen Hammer in der Faust, mit gewaltigen Schlägen die Pfähle zum neuen Damm in den zähen Klei des Seegrunds trieb, da stemmte er nicht selten den Hammer an den Grund, und sein dröhnendes Lachen sprang in den Wind über das neblige Watt; er dachte der Geschichte, nach welcher die Kunde, daß er preußisch geworden sei, drei Jahre bis in Ketel Klähns Sommeridyll auf Habel gebraucht hatte. Und wenn der Kapitän auch an einen Sieg seiner Kraft gegen die draußen im Spätwind schäumende See noch nicht glauben mochte, so sagte er doch: »Knudt Klähn, es ist richtig, die See erzieht sich uns Menschen mit wachen Augen und sinnenden Herzen. Aber in Ketel Klähn hat sie einen Fehler gemacht! Knudt Klähn, der Wind bläst die Seelen wach, und das schleichende Elend zwingt auf den Inseln keinen lange zu sich hinter den Ofen. Es hat auch mein Haus wieder im Stich gelassen.«

Knudt Klähn trat dicht vor den Kapitän und schaute suchend auf seine Stirn: »Und die Spinnenfäden, Frerksen, die es gewoben hat, die hat die saubere Hand der Arbeit wieder von hinnen gefegt!«

Aber auch Knudt Klähn hatte sein Teil daran, der Mann mit den blanken Augen und der freien Seele. »Augen und Seele immer so sauber, als bliese der Meerwind durch«, hatte Uwe Nomsen gesagt.

Ocke Frerksen schwang den Hammer mit gewaltiger Kraft: »Ich bin wieder lebendig geworden, Knudt Klähn!«

Im geheimen floß noch manches aus den Speichern des Klähnschen Hauses in die Hände von Krassen Frerksen, wofür kein Dank begehrt wurde. Der Schiffer wußte: es kommt die Zeit, da wird Ocke Frerksen wieder den Beutel gefüllt haben; jetzt weiß der Kapitän, daß diese Arbeit nicht geschieht, um der See in den Dammbauten ein Spielzeug in die Hand zu geben, und er wird einst sehen: der Sieg winkt. –

Wenn sie in den Häusern fragten, seit wann es besser mit Ocke Frerksen geworden sei, da hieß es: seit Antje Klähns Hochzeitstag.

Von jenem Tage ab, an dem Antje Klähn Antje Nomsen wurde und hinter den Fenstern mit den frischgestrichenen hellgrünen Rahmen und den schneeweißen Vorhängen als Hausfrau zu walten begann, geschah auch eine Wandlung mit Ketel Klähn: er ward noch schweigsamer, aber die Feindseligkeit seines Wesens räumte einer versonnenen Zerstreutheit den Platz, und die Härte der Züge in des alten Einsiedlers Gesicht wich einer Milde, die der eines späten Herbsttages glich: manchmal flog ein Blick Sonne seinen erwärmenden Flug hindurch.

Aber Frau Sikkes Seele war Kampf geworden; und seit sie wußte, daß auf Klähns-Hallig auch jene Männer voller Freude waren, die auf nicht minder harter Wacht im Winde standen als Ketel, ward sie ihm noch mehr gram. Sie kannte dies vermühte Herz und konnte in diesem Antlitz lesen, in das Leid, Kampf und harte Sorge geschrieben hatten. Und darum sah sie auch: mit Ketel Klähn ist eine Wandlung geschehen; das macht, er hat ein Geheimnis und er hat eine Hoffnung.

Und zu hoffen hatten die beiden Menschen auf Habel doch schon lange verlernt.

Aber Frau Sikkes Herz überkam der Trotz, und sie verbarg ihre Wahrnehmung, setzte sich öfter denn sonst in den Lehnstuhl an das Fenster ihres Hauses, das nach Klähns-Hallig lag, und schaute geflissentlich sehnsüchtig hinaus, so oft Ketel durch die Stube schritt. Aber sie vergönnte ihm kein Wort.

Er hat eine Hoffnung, er nährt eine heimliche Freude, aber er verbirgt sie, weil er allein daran teilhaben will, dachte Frau Sikke. Und sie sann, Ketel Klähn um sein Geheimnis zu bestehlen.

Je einsamer die Einsamkeit Habels war und je näher der Winter kam, desto rätselhafter ward ihr des Mannes Behaben. Er verschloß alle Kästen, verschloß jedes Schapp, saß die langen rauhen Tage hindurch im Zimmer nebenan und hatte ein altes Eisbärfell um die Beine gewickelt.

Und in ihrem Lehnstuhl hörte Frau Sikke die schlechtgeschnittene Wildgansfeder Ketels scheltend über rauhes Papier laufen, weil sie Zahlen und grobe eckige Buchstaben schreiben mußte. Aber Ketel Klähn verschloß seinen Mund fester als Schapp und Kasten. Da wurden Frau Sikkes Augen noch wachsamer, und manchmal weinte sie in heimlichem Zorn. Allein sie verbarg's Ketel Klähn – die Genugtuung, sie geärgert zu haben, wollte sie ihm versagen.

Seinen siebzigsten Geburtstag hatte er begangen, ohne von Frau Sikke daran erinnert zu werden. Und so sahen sie beide der Einsamkeit in die grauen Augen, die mit ihnen aus dem Eilande wohnte, und verstanden nicht mehr, in diesen Augen zu lesen, die ihnen durch vier Jahrzehnte ein treues Buch geworden, mit dem sie alles beredeten, wie Olk Eike mit der vergilbten Bibel.

Wie im Hornung das Wattenmeer eisfrei wurde, segelte Ketel Klähn. Er steckte die Beine in die Rohre seiner Seestiefel, drehte das Klüwer in die Fahrtrichtung, und der Wind trug das Boot durch die einsame Welt der Inseln. Auf allen Werften kehrte der greise Mann ein und durchblätterte vorhandene Bücher – oft genug war die Bibel das einzige Buch, das die Werft besaß.

Ohne Unterlaß bewegten sich seine Lippen, war er mit sich und der See allein. Aber er sprach nicht hörbar, und nicht die einsame Möwe, nicht die Pfeifente, die in der Dämmerung des Abends mit sausendem Flügelschlag über dem schlürfenden Wimpel seines Bootes dahinfuhr, hat vernommen, was der Vorfrühlingsfahrt Ursache gewesen.

Wenn der Wind ihm zu steif in die Lappen blies, dann wurde das Flüstern seiner Lippen zum Worte, immer zum gleichen. »Laat den Fock dal!« rief er.

Da fuhr das Segel herab, und das Schifflein mäßigte seinen Flug.

Und wenn er da und dort eingekehrt war und nach einem Buche gefragt hatte, war er nicht säumig: »Ick mött afführen. Dat jift slecht Wedder!«

Wenn der Alte dann des Abends unverrichteter Sache heimkehrte, fand er im Lehnstuhl keine Rast, sondern schritt noch lange im kleinen Zimmer hin und her, und sobald der Morgen dämmerte, machte er sein Boot los und segelte wieder in das Grau des Vorfrühlingstages.

Überdem blieb Frau Sikke allein mit ihrer Einsamkeit, und unermüdlich spürte sie auf der Fährte von Ketels Geheimnis.

Einmal legte ein Boot an. Zwei Männer bracht' es, die Stärkung heischten. Der eine kam von langer Seefahrt; Nordmarsch war seine Heimat, war seine Sehnsucht. Frau Sikke hat sie bewirtet. Es war stürmisches Wetter in See. Aber den meerbefahrenen Mann litt's nicht unterwegs im Angesicht seiner Heimatscholle.

»Min Sähn, wat wut Du up Din Hallig?«

»Starben, starben up min Hallig!« sagte der Fremde.

Auch Frau Sikke kannte diese Sehnsucht: auch sie war »ungebeten« zurückgekehrt.

Und dann war wieder die Stille bei ihr heimisch geworden und der Alltag mit seiner Arbeit und der nagenden Neugier, die keine Antwort auf die Frage wußte: Was treibt Ketel?

So hatte sich Frau Sikke in trübseliger Bescheidung mählich und hart mit dem Gedanken abgefunden, daß der schweigsame Tod diesem Rätsel den Mund öffnen müsse.

Aber es kam anders.

26.

Nun waren drei Jahre vergangen, seit der Pastor Uwe Nomsen und Antje Klähn zusammengegeben hatte. Der Sommer stand im Gold über Klähns-Hallig, und draußen auf dem Vorlande waren sie wieder im Heu.

Binne Bonken aber schaukelte im Schatten des Holunders, der gegen den Willen des Seewindes immer noch versuchte, auf das Dach des Hallighauses zu schauen, Jochen Nomsen auf ihrem Knie und deutete manchmal weithin über das Grasland. Da jubelte das kleine Herz des Kindes, denn es erkannte Antje Nomsen, die mit der Harke im Gras stand und die frischgehauenen Schwaden breitete. Und sie band ihr weißes Kopftuch ab und ließ es wie ein Fähnlein grüßend im Seewinde flattern; da streckte Jochen Nomsen seine Hände aus und wollte das flatternde Tuch fangen.

Sie hatten dem Kinde den Namen Jochen Klähns, des Seefahrers, gegeben; denn ihre Gedanken waren oft bei ihm; und der letzte Brief, den der Postschiffer gebracht, enthielt die Nachricht, daß er die Fahrt über das Weltmeer antrete und bei ihnen sei, ehe der Winterwind um die Werft auf Klähns-Hallig heule.

Auf Jochen wollte Olk Eike noch warten.

»Dann werd' ich sterben«, sagte sie; »ich bin sehr müde, aber ich kann nicht von hinnen fahren, ehe meine Augen ihn noch einmal gesehen haben.«

Seit ihr die Erinnerung an das Leid und Glück ihres Lebens immer trüber ward, redete sie selten. Und wenn es einmal kam, so sprach sie mit den Worten der Schrift, die sie noch immer auf ihren Knien trug und in der sie blätterte wie jemand, der lesen will. Sie schlug das Evangelium auf und sprach die Geschichte von der Gefangennahme Jesu, oder sie hielt die Bergpredigt mit geschlossenen Augen und das Evangelium Matthäi lag aufgeschlagen auf ihren Knien – das alte sporfleckige Buch mit den rauhen abgegriffenen Seiten; das war noch älter als Eike Klähn.

Und auch heute saß sie draußen an der Sonnenwand des Hauses, erzählte einen Abschnitt aus der Schrift und ließ sich die zerknitterten Wangen von der Junisonne streicheln. Manchmal geschah es, daß ihr Herz weiter dachte, als der Bericht der Evangelisten erzählte, und der alte Geist fand dann auch Worte für seine verträumten wunderlichen Gedanken.

Da schaute sich Binne Bonken um: »Was liest denn Olk Eike? Das steht ja gar nicht im Evangelium!«

»Nein, Binne Bonken, aber in Olk Eikes Herz!«

Das hatte die greise Frau den achtundneunzig Jahren abgetrotzt, die ihr mit harten Händen Wangen und Stirn gefaltet, aber das fromme Licht nicht ausgedrückt hatten, das in ihrem müden Herzen brannte. Und sie sprach mit festen Worten ihren Glauben; sie bekannte ihn jedem Tage, der an ihr vorüberging. Keiner hatte ihr noch etwas zu geben, aber ihr schlagendes Herz mit dem leise wehenden Lichte nahm ihr auch keiner.

»Ich gehe nun bald«, wiederholte sie, »ich bin sehr müde. Wenn Jochen gekommen ist!«

Aber Jochen Klähn kam nicht.

Da legte Olk Eike die Hände in den Schoß und wartete.

27.

Wie die Nacht kam, die weiche Sommernacht, in die auf dem Vorlande das Heu hauchte, ging Binne Bonken von der Werft herab. Sie ging am Priel entlang, in dessen schlummernden Wassern die goldenen Lichter der Sterne standen. Der Wind, der sonst auch durch diese traumstillen Sommernächte lief, war auf dem Weg über dörrendes Heu müde geworden und schlief zwischen den Diemen, die die Frauen gegen Abend aufgeworfen hatten.

Nun gelangte Binne Bonken an die Kante; es war die Zeit der Flut, aber die Wellen kamen und gingen ganz leise; sie trugen goldene Sterne und gaben acht, daß sie die nicht zerbrachen. In einer Bucht, die die See ins Land gefressen hatte, lag das Wasser ganz still, und Binne Bonken dachte: man könnte die blanken Sterne mit einem Porrennetze, das die engen Maschen hat, aus der Flut fischen und fünfzig auf einmal fangen, so viel sind ihrer. Und wenn man dann das Netz über dem sammetweichen Rasen umstülpte, in dem man nicht einmal seinen Schritt hört, so müßte das einen weichen reinen Goldklang geben.

Da lachte das Mädchen. Sie dachte an Uwe Nomsen, der sie solches traumhafte Sinnen gelehrt hatte; nun konnte sie's besser wie der.

Auf der Werft gingen in manchen Häusern schon die Lichter aus.

Da knisterte das Heu einer Dieme in der Nähe, und Jens Klähn richtete sich darin empor.

»Wenn ich nicht wüßte, daß Du heruntergehen und Möweneier suchen wolltest, ich würde Dich nicht erkennen, Jens!« sagte Binne Bonken, »so finster ist die Nacht. Und Möweneier? Haha, es ist ja kein Mond da. Oder willst Du auf ihn warten?« –

»Er ist schon untergegangen, Binne, schon im frühen Abend. Ich brauch' ihn auch nicht – wenn mir zwei Sterne leuchten, will ich schon finden, was ich suche.«

»Zwei Sterne?« fragte das Mädchen langsam. »Ich versteh' Dich nicht.«

Dann gingen die beiden miteinander, immer die Kante entlang, an der die See ein heimliches Nachtlied sang. Weil alles so leise war, dämpften sie den Klang ihrer Worte, und wie Jens Klähn das Mädchen zum Sitzen in der Heudieme neben sich herabzog, flüsterten sie nur noch.

Die Liebe redet vernehmbar, auch wenn sie leise spricht.

Jens Klähn streichelte Binne Bonkens goldenes Haar. »Du«, sagte er, »wenn das nicht alles ein Traum wäre, so reihte ich die blanken Goldstücke der Sterne an zu einer Kette und hinge sie Dir um den Hals. Und ich suchte silberne Muscheln und drückte sie Dir in das Haar. Dann wärst Du eine Königin.«

»Eine Königin ohne Deich und Reich!«

»Dein Reich wär' mein Herz, Binne.«

»Jens!«

Und sie wollte ihre Hand aus der seinen lösen.

»Laß mir doch Deine Hand und laß Dich einmal fragen: warum ich Dich so oft mit einer Krone gedacht habe? Schon wie Du noch ein Kind warst. Binne. Und ich weiß, wenn Ipke Tamen sich über Deine Traumaugen und Dein weiches Wesen ärgerte, droht' ich ihm: ich wollte ihn schlagen. Heut weiß ich alles und heut sag' ich Dir alles: ich hab' Dich schon liebgehabt, wie Du noch ein Kind warst. Und nun ...«

Jens Klähn, der halb liegend gesprochen hatte, ward auf einmal still und richtete sich in der Dieme empor.

»Woran denkst Du, Jens?«

»Ich dachte daran, daß keinem darüber etwas einfällt, wenn wir zwei heimlich in Nacht und Sternenlicht hinauslaufen, weder meinem Vater mit den wachsamen Augen, noch Deiner Mutter, Binne. Weißt Du, ich hätte lieber, man achtete ein wenig mehr auf uns.«

Binne Bonken wendete ihr Gesicht dem jungen Schiffer zu: »Was willst Du denn damit sagen?«

»Ich meine, wenn man nicht so an uns vorbeisähe, wär' ich froher; dann wär' ich zuversichtlicher. Aber sie schauen gar nicht her und lassen uns laufen wie damals, als wir Kinder waren. So sind wir in ihren Augen Kinder geblieben. Sie denken an die lange Zeit, in der ich der Heimat fern sein werde. Wenn Jochen von See heimkommt, Binne! Und ich werde am Ende drei oder vier Jahre nicht daran denken können, Dich wieder zu sehen. Das ist eine halbe Ewigkeit, und wer weiß, was darüber geschieht. Aus den Augen, aus dem Sinn, sagen sie; und Liebe soll nicht weiter von Liebe gehen, als die Möwe nach Futter für die Nestvögel fliegt.«

»Du legst Dir diesen Spruch falsch aus, Jens, und denkst dabei an falsche Treue. Das Sprichwort aber spricht von den Gefahren der See. Weißt Du nicht, daß die Treue der Inselfriesen Stolz ist?«

»Redest Du auch von *Deiner* Treue, Binne?«

»Ich will nicht schlechter sein als die andern!« sagte sie still.

Da faßte Jens Klähn die Hand des Mädchens fester, und sein Herz zitterte: »So sollst Du nun alles wissen und sollst wissen, wie ich die Tage verzagt gewesen bin. Ich habe gedacht: Wenn ich auf Schiffahrt gehe und Dich daheimlasse, ohne Dir gesagt zu haben, daß ich Dein bin, ganz Dein, so würden mir die Jahre meiner Reise zur Qual, es möcht' einer kommen und Dich zum Weibe begehren, Binne. Und warum, sollst Du ihm ›nein‹ sagen, wenn ich Dir kein Versprechen daheim ließ? Aber jene Geschichte geht mir nicht aus dem Sinn –«

Jens Klähn schwieg lange.

»Vielleicht mach' ich Dir das Herz schwer damit, Binne. Aber es ist doch besser, Du vergißt in wenigen Wochen, als: Du trägst ein Leben lang daran. So will ich Dir die Geschichte erzählen.«

Jens Klähn sprach leise, die Wasser im Priel und an der Kante klangen manchmal wie im Traum herüber. Über der See wob die Sommernacht heimlich an weißen Schleiern: »Uwe Nomsen hat sie mir erzählt, wie ich noch ein Kind war. Es ist einmal eine junge Braut gewesen, deren Liebster blieb auf See, viele Jahre lang. Manchmal schrieb er: es gehe ihm gut und er freue sich des Tages an dem er mit ihr vor dem Altar stehen könne. Und dann kam kein Brief mehr, im nächsten Jahre nicht und in keinem andern. In dem Hause des Mädchens starben Vater und Mutter, und die Einsame wartete und wartete vergebens. Da ließ sie ihre Lampe nicht mehr ausgehen und stellte sie des Nachts vor ihr Fenster, damit der goldene Schein eine Brücke hinausspanne, weit über die See. Und sie wartete Jahre hindurch; die gingen an ihr vorüber – das eine legte ihr die Falten in die Stirne, das andere blies ihren Mund an, daß er verwelkte. Das dritte reifte ihr ins Haar, und ein anderes machte ihr das blanke Auge trübe. Der Bräutigam war längst tot. Und kein Mann kam mehr, die Harrende zur Frau zu nehmen. Aber ihr Licht brannte fort, brannte einst in den Tag hinein. Da war die Braut gestorben: sie hatte ihr Leben verwartet. – Und als Uwe Nomsen mir die Geschichte zum erstenmal erzählte, hab' ich gedacht: Kein Schiffer soll sich eine Braut nehmen, so lange nicht, bis er nur in heimischen Gewässern fährt und die Daheimbleibenden um seinen Tod wissen, wenn ihn die See verschlingt. Diese Geschichte, Binne, das ist meine Sorge. Sieh, ich soll Dich fest an meine achtzehn Jahre fesseln – denn mein Herz mag ohne Dich nicht sein … Und doch, wenn sie's erfahren, dann werden sie auf diese törichte Jugend schelten und Dir das Leben verleiden, Binne. Dich selbst wird die Reue überkommen, und es wird eine Bitternis ohne Ende sein.« –

»Wenn sie es erfahren! Aber sie erfahren es nicht!« sagte Binne Bonken, legte ganz leise ihre Arme um den Hals Jens Klähns und küßte ihn auf den Mund.

So schlugen ihre Herzen lange in heimlichem Gleichklang aneinander und verstanden, was sie einander sagten: es ist ein Band zwischen uns gewesen von Kind an. Und dieses Band ist in dieser Stunde zu einem Knoten geschlungen, den nur der Tod lösen kann.

28.

Die Septemberseide flog.

An einem der Tage, in denen die leisen Fäden gingen, segelten sie auf dem gleichen Wege über das Watt nach Lütt-Jens-Werft, auf dem Jochen Klähn einst seine Schwester Antje dem Elternhaus entgegengeführt hatte, als die Zeit gekommen war, die ihn vier Jahre von der Heimat hielt.

Nun hatten sie die drei Boote fertig gemacht, über deren Segeln bunte freudige Wimpel flatterten: Jochen der Seefahrer kommt!

In dem einen der Boote stand Knudt Klähn, und sein Blick eilte dem fliegenden Schifflein vorauf, dem großen Damm entgegen; der hochgewachsene junge Schiffer, der drüben vor dem Hause Niß Nissens im Golde der Septembersonne steht und den Hut schwingt: das ist Jochen Klähn!

Hurra, Jochen Klähn ist da!

Und Niß Nissen, dem greisen harten Seemann, der neben Jochen auf dem Außendamm stand und wartete, gingen die Augen über, als die vielstimmige Freude der Inselleute aus den nahenden Booten auch an sein Herz flog.

Jetzt treiben die Boote nebeneinander her; der am Steuer in dem zweiten, das ist Uwe Nomsen. Und Schwester Antje sitzt im Boot, und auf ihrem Schoße steht Jochen Nomsen und läßt ein weißes Fähnlein zum Gruße des Heimgekehrten flattern; die beiden Jochen kennen sich noch gar nicht. Und Jens Klähn ist ein Mann geworden und war doch fast Kind, als der Bruder auszog. Und Binne Bonken und Hertje Nomsen, die in dem Boote sind, dessen Steuer Ocke Frerksen in der breiten Faust hat, sind zu Jungfrauen gereift. Das alles sieht Jochen Klähn; und er sieht auch: In Knudt Klähns blonden Bart und in die kurzen krausen Haare über seinen Schläfen ist ein Reif gefallen. Antje Nomsens Augen lachen noch immer wie Frühlingshimmel; sucht Jochen Klähn das Glück: in diesen Augen wohnt es!

Und Jochen Klähn half ihnen die Boote ans Land ziehen und fest machen.

»Das sollst Du nicht«, riefen die aus den Schiffen ihm zu, »dazu hast Du heut keine Zeit!«

Sie wollten ihm alle dienen; und es war ein geschäftiges Eifern der Liebe, das die Wangen rötete und die Augen mit seligem Glück füllte. Die Segel fuhren herab, daß die Leinen in den Ösen pfiffen. Nun sprangen die Menschen an Land – von fern hatten Stimmen und Blicke den am Strande eilfertig frohe Botschaft getragen. Und nun standen sie sich Aug' in Auge gegenüber, legten ihre Hände ineinander und sagten nichts als: Goden Dag.

Mutter Goede Klähn aber vergaß selbst das, die legte ihre Stirn an die Brust ihres hochgemuten Sohnes und weinte. –

Goden Dag, Jochen Klähn!

Sie wußten: es ist kein Wort, das die Freude dieser Stunde zu fassen vermag.

Dann gingen sie die Schräge des Außendammes wieder hinan, der längs der See so scharf das blanke Blau des Tages zerschnitt. Die Schafe Niß Nissens nagten an der Böschung die letzten grünen Grasbüschel ab, und von ihren Pelzen wehten die weißen Fähnlein der Herbstseide.

Das Dach von Niß Nissens Kate schaute wie in sommermittäglichem Traum über den Damm. Die Kate drückt sich dicht gegen die Rückseite des Deiches, wo sich drüben der gewaltige Koog ansetzt, in dessen Süßwassertümpel Niß Nissen die Aalreußen legt. Nur ihren First und eine Handbreit Giebel des moosgrünen Rohrdaches läßt die Kate den Seewind sehen: er ist ein wilder Spieler.

Dann gingen sie, Niß Nissens Gäste zu sein; auf dem Wege zum Hause tastete immer noch manchmal eine Hand nach der Jochen Klähns. Die Hände Binne Bonkens aber hielt der Heimgekehrte lange in den seinen und sagte: »Du bist stark und schön geworden, Binne Bonken.«

Da schlug Binne Bonken die Augen nieder. –

Nur Olk Eike war nicht mit herübergesegelt.

Aber sie dachten der alten Frau und dachten, wie ihr Herz nun ungeduldig sei, das vier Jahre schweigend gewartet hatte. Darum drängten die

Frauen schon heim, wie sie erst eine kurze Spanne Zeit bei Niß Nissen zur Rast gesessen hatten. Auch die Ebbe war im Anzug. Und wenn die See tief stand, lag ja zwischen Lütt-Jens-Werft mit Nissens Kate und zwischen Klähns-Hallig das weite Wattland mit den glucksenden Wassern. Bei Hohlebbe läuft auch ein Wattenweg von Klähns-Hallig nach Nissens Werft, den gehen sie aber nur im Winter, wenn's der Winter leidet: im Sommer segeln sie.

Die Sonne spannte goldene Brücken über die See, als die Boote an Klähns-Hallig anlegten. Die Nachbarn geleiteten Jochen und standen lauschend an der Tür, zu sehen, wie Olk Eikes letzte Hoffnung sich erfüllte.

Jochen Klähn reichte ihr die Hand; aber die Greisin hatte die Lider geschlossen und fuhr mit der tastenden Rechten über die Hand und den Rock des Seefahrers und sie sprach: »Meine Augen sind dunkel geworden, mein Sohn Tobias; und ich weiß, daß ich schon einmal Abschied von Dir genommen habe, weil ich damals dachte: es ist spät, und die Nacht steht vor der Tür. Aber nun weiß ich auch: es ist noch eine große Freude auf dem Wege zu mir, und auf diese Freude will ich warten wie auf die letzte Hoffnung meines Lebens, die sich in dieser Stunde erfüllt hat.«

Da fühlte Jochen Klähn, wie der welke Mund der Greisin über seine Hand sich neigte und diese Hand küßte.

Dann redete er zu der Greisin: »Ich will nun immer hier bleiben und will das Werk in Angriff nehmen, von dem ich gedacht habe, daß es mir gelingen müsse. Ich habe inzwischen manches gelernt, was meine Arbeit fördern helfen wird.«

In den Häusern der Werft aber erzählten sie: Olk Eike wartet noch auf ihre große Freude; aber sie wußten nicht, woher die kommen sollte.

Dann gingen die düsteren Tage des Herbstes über die Hallig, in denen sich die Nebel auf das Land wälzten; die Dächer fingen an zu triefen, und hoch im Grau des Herbstes flogen Scharen schreiender Vögel.

Während dieser Tage stand Jochen Klähn mit seinem Vater und Frerksen bei den Buhnen; die Männer prüften und besserten aus, sahen, wie die See hinter dem schwachen Schutze gebaut hatte, den Menschenhand aufgerichtet, und maßen und planten. Jens Klähn aber packte allerlei Dinge in seine blaue Schiffskiste – das war die gleiche, die Jochen von der Seefahrt heimgebracht hatte –, und Binne Bonkens Herz sah in heimlicher Sorge dem Tage seines Auszugs entgegen. Und sie hütete diese Sorge ängstlich wie ihre Liebe – nicht einmal Frau Kei Bonken hatte das stille Feuer brennen sehen, das jene weiche Nacht um Mittsommer zur heißen Flamme entzündet hatte.

Wie die Wildgänse in kreischenden Geschwadern durch die fallende Nacht segelten, schritt ein einsamer junger Mann von der Werft und lenkte seine Schritte gegen die Pipe. Es war Jens Klähn. Der nahende Winter hatte schon Reif an den Felsblock geblasen, der draußen vor den Trümmern der alten Werft liegt. Und wie die Nacht vollends hereingebrochen war, und Jens in trübem Sinnen gegen den Stein lehnte, trat Binne Bonken zu ihm: »Wie mir das Herz schwer ist, Jens!«

Da streichelte er ihr die Wange: »Wenn ich Dich nicht daheim lassen müßte, wie frohgemut und wie voller Hoffnung würde ich hinausziehen!«

Der Reifnebel ward dichter und die Nacht finsterer. Das Mädchen zog das Wolltuch fester um seine Schultern; denn der Wind begann um Pipenwarf ein unheimliches Spätlied zu singen.

An der Luvseite des Steines standen die beiden eine Weile schweigend – sie waren gekommen, Abschied zu nehmen, der grauende Tag führte Jens Klähn der Heimat fern.

Da tat Binne Bonken das schützende Tuch auseinander. »Nimm«, sagte sie, »es ist Vater Jürgen Bonken sein Ring, und 's ist alles, was ich von ihm habe!«

Da faßte Jens Klähn nach dem Geschenk. »Jürgen Bonkens goldener Fingerring?« fragte er freudig verwundert.

»Ja, Jens. Ich hab' ihn an ein Band aus blauer Seide geknüpft und habe gedacht: Du sollst ihn auf der Brust tragen oder auch am Finger, wenn Du fort bist. Wie Du magst. Nur denken sollst Du manchmal an mich, wenn Du den Ring siehst.«

Da faßte der Wind den Reif am blauen Seidenband und schlug ihn gegen den Stein; er gab leisen Klang.

»Wie Grabläuten«, sagte Binne Bonken und schrak zusammen.

»Wie Hochzeitsglocken!« entgegnete Jens, aber seine Stimme zitterte.

Er hing sich den Reif an dem seidenen Schnürlein unter den Rock vor die Brust und hat ihn nicht abgetan, solange sein Herz darunter schlug.

29.

Nun war die Einsamkeit des Winters Königin.

Noch lag die Decke des Schnees nicht gleichmäßig über dem kurzen Grase; der Wind hatte die Flocken hinter kleinen Erhöhungen und an der Werftböschung zusammengefegt wie ein scharfer Besen. Aber die Flocken wirbelten in immer dichterem Fall, und immer noch ertranken sie in der unsauberen Nässe des Schlicks.

Nur selten geschah es, daß Jochen Klähn noch einmal mit dem Meßzeug nach Pipenwarf hinausschritt.

Drunten auf dem Vorlande lagen die Boote kieloben im Winterschlaf; und die Schafe waren wieder wie graue Steine auf dem flachen Graslande: in Sturm und Wetter hockten sie draußen oder standen dicht gedrängt mit dem Rücken gegen den Wind und steckten die Köpfe zusammen.

Die Weihnacht war auf dem Wege; weil die Frauen in den Stuben geschäftig waren, befanden sich Ipke Tamen und Uwe Nomsen an diesem Nachmittage im Hause Klähns. Sie saßen in der Stube Jochens, und der hatte die Karte der Watte vor sich auf den Tisch gebreitet.

Vorhin hatte Olk Eike wieder einmal mit Worten von ihrer Freude gesprochen, die sich anhörten, als kämen sie aus der Schrift. Auch jetzt wechselte das eintönige Reden der Alten mit dem Surren ihres Spinnrades im Zimmer nebenan. Und manchmal lauschten die drei hinaus.

»Was Eike Klähn wohl noch will und was sie noch erhofft?« fragte Ipke Tamen.

Uwe Nomsen zuckte die Achseln: »Ich weiß es nicht, aber ich weiß, daß die Tage, die in stummer Reihe an der Hundertjährigen vorüberschreiten, ihr noch etwas zu sagen haben. O, sie ist klar am Geist und sie sieht weit und sieht am besten, wenn sie mit geschlossenen Augen in Fernen schaut.«

So standen sie auf dem Eilande vor dem Rätsel der Alten wie vor einem Wunder. Nur Uwe Nomsen fand eine Deutung für das seltsame Wesen Olk Eikes. »Sie hat ihr Lebtag mit der Einsamkeit und den Menschen der Bibel mehr geredet, als mit denen auf der Werft. Und darum findet sie sich auch in der Einsamkeit und in jener Welt, von der die Schrift weiß, besser zurecht. Pastor Reimer hat mir das so gesagt: Nach irgend etwas hungert des Menschen Geist, wenn er wach ist. Draußen in den Städten fliegt er um tausend bunte Dinge; aber die Stille der Inseln fordert ihn auf zur Einkehr in sich selbst. Zu solcher Einkehr hat er in den Städten, die mit hastigem Wechsel aufwarten, keine Zeit. So ist es gekommen, daß Eike Klähns Herz vor Jahren Märchen dichtete –«

»Wie Uwe Nomsen!« lachte Tamen.

»Meinetwegen. Meint Ihr etwa, Ihr anderen belebt Euch die Stille, die um Euch ist, nicht auch? Jeder nach seiner Weise. Die Klähns sehen: die Inselöde fordert ein Bollwerk gegen die See, und darum hören sie dies Verlangen. Ich aber höre aus dem Schluchzen der Wellen am Strande das Singen der Meerfrauen.«

Ipke Tamen lachte hellauf.

Da sah ihn Jochen Klähn scharf an: »Nomsen, merkst Du nicht, daß die Jüngeren anders geworden sind als wir? Mein Bruder Jens ließ sich hinstellen, wo ihn Vater hin haben wollte. Er war brav, er schwang den Hammer, flocht sein Reisig in die Buhnen, krüppelte das Neuland auf. Aber daß ihm einmal selber etwas eingefallen wäre, davon weiß ich nichts. Und es fehlte ihm auch der Glaube, es fehlte ihm die Freude an unserer Meeresscholle, die wir haben.«

»Hm«, machte Nomsen. »Ipke Tamen war ein Zweifler von Jugend an, er möchte wohl lieber am Festlande sitzen und jetzt vor Weihnachten an den mit buntem Flitter aufgeputzten Schaukästen hinlaufen. Lach nur darüber, Ipke Tamen! Ich sage: Dir fehlt die Tiefe, weil Du das Wesen der Welt, die um Dich ist, nie recht erkannt hast. Eike Klähn aber, die ganz in dieser Welt daheim gewesen ist, wundert mich gar nicht – nein, wenn die hundert Jahre eine andere aus ihr gemacht hätten, dann wollt' ich darüber erstaunt sein. Sie redet von sonderbaren fernliegenden Dingen, sagt Ihr. Warum auch nicht? Eike Klähn hat in ihrer Einsamkeit an einem Tage mehr Religion an sich erlebt, als die Menschen draußen in einem Jahre erleben. Ob wir ihre Frömmigkeit für abergläubisch halten, darauf kommt's nicht an und nicht darauf – bei keinem von uns – *wie* diese Frömmigkeit ist; aber wenn sie einem fehlt, den mag ich nicht. Der ist flach wie eine Pfütze. Unsere Frömmigkeit mögen sie immer altmodisch nennen. Die Hauptsache ist: sie macht uns von Herzen zufrieden. Fragt einmal die drüben in den Städten, die im Getriebe des Alltags hinhasten: was macht denn *euch* von Herzen zufrieden? Da werden sie Euch schwerlich eine Antwort sagen können.«

»*Deine* Frömmigkeit ist wunderlich!« warf Ipke Tamen ein.

»Nenn's wie Du willst, Ipke! Die Frömmigkeit Eike Klähns ist wohl auch wunderlich, aber sie ist da und versichert die alte Frau an jedem Tage von neuem: Eike Klähn, es ist noch eine große Freude auf dem Weg zu Dir! Denkt Euch nur einmal: Eike Klähn hätte die Last ihrer hundert Jahre ohne diese Erwartung einer künftigen Freude zu tragen. Das wär' ein Jammer! So aber hat sie noch eine Lebenssache, wie die

Lebenssache eines Baumeisters ein Dom zu Köln sein mag oder die eines Glockengießers ein Glockenspiel von nie dagewesenen Klangwirkungen. Sie lebt nur, diese Freude zu erwarten. Solch ein Alter kann keine Last sein, und das möcht' ich mir wohl wünschen.«

Jochen Klähn schlug mit der Faust auf den Tisch: »Bravo, Nomsen, das hast Du fein gedacht!«

Ipke Tamen war nachdenklich geworden.

»Wir Klähns haben auch eine Lebenssache«, sagte Jochen nach einer Weile.

Über diesem Worte schweiften die Blicke des Seefahrers zum Fenster hinaus in das undurchdringliche Grau, das Winterflocken und Reifnebel in den Tag gehängt hatten.

Ipke Tamen folgte den sinnenden Augen, aber in seine Worte klang der Zweifel am Gelingen des Werkes viel zu laut, als daß der, dem sie galten, diesen Zweifel hätte überhören können, als er sagte: »Jochen Klähn sucht den Weg, auf dem seine Träume ihr Ziel finden!«

Da fuhr sich Jochen mit der flachen Hand über das krause Blondhaar und schlug die Beine übereinander. »Tamen, in Dir ist Lüdde Lürsen wieder lebendig geworden!« –

Das war zum erstenmal, daß sie seit Jochens Heimkehr von dem Toten sprachen. Für die, die daheim geblieben waren, lag das Sterben Lürsens schon Jahre zurück, und Jochen Klähn mied es, im Beisein Frerksens oder von Frau Krassen über Lürsen zu reden.

Jetzt waren die drei allein. Und Uwe Nomsen, der Lürsen die Hand an die finkende Stirn gelegt hatte, wie sein Auge brach, dachte jener Morgenstunde. »Nein, Jochen, das war anders geworden. Ich weiß und Antje weiß es auch: Lürsen sah mit Neid auf Dich und Deine junge Kraft, weil ihn der Wind am Rockzipfel herumwirbelte. Es hat ihm bitter leid getan, daß er Dich so oft gekränkt hat. Und ich glaube, er hat uns das noch anvertraut, bevor er hinging, damit wir's Dir wieder sagen.«

Jochen Klähn horchte auf, und mit einem Blick auf Tamen sagte er: »So kann's vielleicht kommen, daß andere auch noch einsichtig werden.«

Jochen Klähns Wort barg eine Spitze; denn er deutete sich die vorige Rede Tamens als ein Mißtrauen in seine Kraft; das ärgerte ihn, wie ihn die Verzagtheit verdroß, die er noch an Ipke Tamen wahrnahm: »Ich erinnere mich, daß Du mit dem Munde vordem immer voraus warst, Tamen. Hat Dein Mut nicht Zeit gefunden, inzwischen dem Munde nachzukommen und ihn einzuholen? Ich denke, Zeit genug hätt' er dazu gehabt. Du bist doch nun nahe an die Zwanzig.«

Da fühlte Tamen beschämt, daß er mit seinem vorlauten Wesen Jochen Klähn verletzt habe; er lenkte ein: »Bei Lürsen war das was anderes, Jochen. Lürsen war neidisch, weil er schwach war.«

»Und Du bist stark und feig; ich denke, das ist das Schlimmere.«

Ipke Tamen errötete. »Feig?« sagte er. »Feig, weil ich Euch nicht glauben kann?«

Da stand auch Jochen Klähn von seinem Sitze auf: »Grad' heraus, Tamen: Leute wie Dich brauchen wir. Und Du mußt mittun! So warte auf den Glauben, er wird Dir noch kommen!«

»Hm«, machte Tamen; »wenn ihn Frerksen gefunden hat, so ist vielleicht auch noch für mich ein Weg zu Euch. Was kann ich aber dafür, wenn ich nicht bin wie Jens? Der glaubt und glaubt nicht, der Flachskopf, und tut einfach mit. Er denkt: ich werde schon sehen, was dabei herauskommt; denken läßt er Euch für sich, übrigens: daß Eure Sache gehen könnte, das bezweifle ich auch nicht mehr. Aber Ihr allein könnt nichts ausrichten.«

»Das wissen wir schon länger als Ipke Tamen. Wart aufs Frühjahr, da wird uns Hilfe werden«, versicherte Jochen Klähn.

Uwe Nomsen mußte bei diesem Gespräch an Eike Klähn denken: »Gott, wie hat die Frau früher gelacht, wenn Ihr sagtet: wir wollen mit der See um die Inseln kämpfen. Heut denkt sie anders; sie hat sich hineingefunden; und gestern, wie wir von Jochens Mut redeten und von seiner Hoffnung, da meinte sie: dem Jochen gelingt das!«

So hatte sich die Zeit die Herzen gewandelt.

30.

Wie die drei noch redeten, ging die Tür auf und Knudt Klähn trat ins Zimmer. Er warf ein Schreiben mit einem großen bereits erbrochenen Siegel auf den Tisch.

»Der Postschiffer hat's gebracht«, sagte er, und über seine Stirn lief eine tiefe Falte des Unmuts.

Jochen griff hastig danach und faltete das Papier auseinander. Auch seine Stirn verdüsterte sich, als er mit dem Bogen aus dem dämmerigen

Licht ans Fenster getreten war. Dann schob er den Brief in die Rocktasche und lachte bitter auf.

»Nun?« fragte Uwe Nomsen.

»Weißt Du, was sie sagen?«

»Nun?«

»Aber ich hab' auf diese erste Eingabe an die Wasserbauinspektion nicht viel mehr erwartet.« Jochen zog das Schreiben wieder aus dem Rock. »Sie sagen: die Halligen zu halten, läge nicht in ihrem Interesse, weil die Inseln, die die See frißt, das Material für die Anschlickungen an der Festlandgrenze der Wattenbucht lieferten.«

Überdem nahm Knudt Klähn die Lampe vom Wandbrett und zündete sie an; Jochen überflog das Blatt noch einmal mit den Augen und warf's auf den Tisch. Dann durchmaß er mit großen Schritten die Stube. Er blies dichte Rauchwolken aus der kurzen Pfeife.

»Ich habe die Männer der Werft bestellt, es soll beraten werden, wie man sich zu dem Bescheide stellen will«, unterbrach Knudt Klähn die lastende Stille, die im Zimmer lag.

Und nicht lange, so ging die Haustür und der Pastor kam; nicht lange, so kam Melf Lorensen, der Vorsteher, kam Ocke Frerksen mit Schiffer Hannes Paulsen, vor dessen Hause der »große Birnbaum« steht. Ipke Tamen trug Stühle herzu, und als die Männer sich gesetzt hatten, suchte er seinen Platz auf Knudt Klähns Schiffskiste in der Zimmerecke, nach welcher kaum ein Schein der Lampe durch den roten Schirm rann. Ein Stuhl am Tische war unbesetzt.

Da winkte der Pastor Ipke Tamen und deutete auf den leeren Sitz. Aber Tamen lehnte bescheiden ab – es ist nicht Brauch, daß einer unter zwanzig Jahren sich keck in den Kreis gereifter Männer drängt.

»Für Jürgen Bonken, den Toten!« Uwe Nomsen sprach's laut und klar.

Da nickten die Männer: »Das war ein gutes Wort, Nomsen.«

Und alsbald begann der Pastor mit wenigen Worten den Stand der Dinge klarzulegen: Schiffer Paulsen ist noch nicht von Seefahrt zurückgewesen, als die Eingabe der Halligmänner erfolgte. Man hat um Mittel zur Fortsetzung der Buhnenbauten gebeten. Nun hat die Antwort nicht lange auf sich warten lassen.

Der Pastor verlas das Schreiben, das mit den Worten schloß, daß die geplanten Reisigbuhnen ein ungeeignetes Befestigungswerk seien, da sie von See und Winter zerbrochen würden wie Glas.

In Jochen Klähns Augen flog flammendes Feuer, als er sich von seinem Stuhle erhob. »Männer«, rief er, »wenn das das Ende wäre, so wär' es ein Keulenschlag, der unsere Arbeit und unsere Hoffnung, ja uns selber vernichten müßte. Das heißt nichts anderes, als: das Volk der Inselfriesen wird zu den Toten geworfen! Sie schlagen uns die Hilfe ab und führen Gründe an, über die wir lachen, weil wir's besser verstehen.«

»Noch mehr«, nahm der Pastor das Wort. »Sie sitzen drüben am Festlande, wissen, wie die See unsern Grund und Boden raubt, Euer Besitztum, das Euch nährt, und sie sagen: das brauchen wir gerade; denn es bewirkt für uns die Aufschlickungen längs des Festlandes.«

Die Männer überlegten, redeten durcheinander, und Hannes Paulsen kniff die Augen ein wenig zu und kraute sich mit den Fingern im Schifferbarte, der ihm unter dem Kinn von einem Ohr zum anderen lief. Das Wort ging ihm schwer vom Munde, und wenn er die Augen zusammenkniff, war das ein Zeichen: Hannes Paulsen will auch was sagen.

»Nun, Paulsen?«

»Die See stiehlt, was unser ist – drüben, so sagen sie, verwenden sie das gestohlene Gut. Wißt Ihr, wie man das nennt? Das ist Hehlerei!«

Sie nickten zustimmend und redeten wieder halblaut miteinander, bis der Pastor begann: »Und vergeßt auch nicht, welch eine Herzlosigkeit darin liegt, Euer Land, Euern ererbten Besitz vergehen zu lassen! Hat man in Preußen kein Interesse daran, wenn ein ganzes Inselvolk von seiner Scholle fliehen muß? Wenn ein starker Stamm einfach zersplittert wird? Sollen wir zusehen, wie unser Glück und unser Eigen als herrenloses Gut der See preisgegeben wird? Sie wollen uns wohl sagen: Kümmert euch selber! Haben doch vor euch Geschlechter zugesehen, ohne eine Hand für die bedrohte Heimat zu rühren, warum fordert ihr nun auf einmal Hilfe?«

Paulsen meinte: das sei damals etwas ganz anderes gewesen. Damals hätten sie noch übrig gehabt, heute wär' aber zu wenig, und man könne der See umsonst nichts abgeben.

Da rief Knudt Klähn: »Nein, Paulsen – sie sind eben damals säumig gewesen, wie etliche von uns auch, und sie hätten sich schon vor hundert Jahren rühren müssen. Wenn das geschehen wäre, dann säße heute hier ein blühendes Inselvolk. Und sie meinen: früher, wie die Inseln noch nicht so ganz armselig gewesen sind, da hätte man der Frage der Befestigung nähertreten können. Aber heute? Wegen der Handvoll Land? Heut ist's zu spät. Und ich frag' Euch: haben unter uns manche nicht auch so gedacht? Darum müssen wir die drüben überzeugen, wie wir uns selbst erst überzeugen mußten.«

Nun redeten sie wieder durcheinander.

»Unsere Mittel sind erschöpft!«

»Unsere Kraft ist nicht so groß wie unser Wille!«

»Unsere Kraft entspricht nicht mehr den Verwüstungen der See, denen das Reich nun drei Jahrzehnte untätig zugesehen hat!«

»Man darf uns nicht untergehen lassen!«

»Die Regierung muß helfen; denn der Staat kann den Vorwurf der mutwilligen Verwahrlosung nicht auf sich sitzen lassen!«

»Welcher Weg ist zu gehen?«

»Immer der an die Regierung«, riet der Pastor.

»So wollen wir eine neue Eingabe machen und wollen sagen: Seht, da ist ein Eiland, das heißt Hamburger Hallig. Dort hat vor Jahren ein kluger Baurat mit der Befestigung begonnen, um dem Reiche an dieser vergehenden Scholle zu zeigen: so baut die See! Und heute sind drüben bei Hamburger Hallig hinter den Dämmen weite grüne Weideflächen erstanden. Die hat die See in zwanzig Jahren erbaut. Ob das die Augen derer nicht öffnet, die nicht sehen mögen? Es wird eine neue Eingabe gemacht, und zwar an den Minister, und darin muß stehen: Wir lassen uns der See nicht zum Fraße vorwerfen! Wenn ihr dem Reiche die schleswig-holsteinische Wattenbucht wiedergewinnen wollt, so müßt ihr die Halligen halten; denn die Inseln im Winde sind die natürlichen Wellenbrecher, die weit draußen im Ringe gegen die See vorgeschoben sind, und an denen sie ihre Kraft zerbricht.«

Spät gingen die Männer der Werft auseinander.

Lange nach Mitternacht brannte im Hause Knudt Klähns die Lampe noch; denn Vater und Sohn saßen über der Arbeit. Sie mühten sich redlich. Und als der Pastor am nächsten Morgen einige Änderungen an dem Schriftstücke vorgenommen hatte, schrieb's Jochen Klähn sauber ab und barg es in dem Briefumschlage.

Allein, an diesem Vormittag erwarteten sie den Postschiffer vergeblich. Über den Watten trieben zischende Schollen Eis. Der harte Ostwind hatte die Nacht über geblasen; der Himmel war klar, und es war bitter kalt.

31.

Die Flut, die der Kalender auf die frühen Nachmittagsstunden verlegte, schob eine gewaltige Menge Treibeis in das Wattenmeer. So weit das Fernrohr reichte, kreisten stolpernde Schollen, die an der Flutkante sich zu Mauern türmten. Die See kroch darunter, stürzte die Mauern und begann einen Sprung weiter von neuem zu bauen. Der Wind hatte die langen spitzen Pfeifen, fand jede Ritze in Tür und Fenster und spann einen silbernen Faden Reifkälte hindurch. Da mußte das Postschiff auch am Nachmittag ausbleiben.

Einmal ging die Haustür bei Ocke Frerksen, und Jochen Klähn trat in die Stube.

Frau Krassen spann; Frerksen stand am Fenster und hatte den Kalkstummel hart in den linken Mundwinkel geklemmt. Wenn er auch das höhnische Pfeifen des Ostwindes nicht hörte, so sah er doch: so blanke Lichter und so harte Farben setzt keiner auf als der Ostwind, und so scharfe Linien zieht keiner in den Tag als der.

Frerksen, der seine mächtigen Fäuste auf die Fensterbank gestützt hatte, hörte Klähn nicht eintreten. Ipke Tamen saß auf der Kiste und strickte an einem Porrennetze.

Da klopfte Jochen Klähn dem Kapitän auf die Schulter: »Was meint Frerksen – bleibt das Wetter?«

»Guten Tag, Klähn! Das Wetter, meinst Du? Hm. Der Ost steht mir gar zu steif; ich denke, er macht's nicht lange, dann schlägt er um.«

Und ehe Klähn zu Ipke Tamen sich wenden konnte, fuhr der Kapitän fort: »Wie wollt Ihr's denn mit der Eingabe halten? Knudt Klähn meinte wir dürfen keinen Tag verlieren. Wenn aber der Postschiffer nicht mehr fahren kann?«

»So muß einer den Wattenweg gehen, Frerksen.«

Und Jochen Klähn schaute fragend zu Tamen. Der legte Netz und Nadel beiseite und langte der Kalender vom Brett: »Um acht Uhr des Morgen: und um zwei Uhr des Nachmittags ist Hochwasser. Wenn ich morgen früh um zehn ginge, so wär' ich im zeitigen Nachmittag von Ockholm wieder zurück zu Niß Nissen, und die Ebbe vor Abend gibt mir den Weg übers Watt zur Heimkehr frei.«

Frerksen ließ sich Ipke Tamens Bereitwilligkeit ins Ohr schreien. Er hatte in jedem Ohrläppchen einen silbernen Ring. Den Ringen hielt er's zugute, daß seine alten Augen mit dem Winde besser Bescheid wissen als die Ohren und Augen der anderen. Er brummte vor sich hin und wandte sich noch einmal prüfend mit den Augen gegen die See: »Klähn, heute hättet Ihr den Brief besorgen lassen müssen, heute. Denkst Du denn, daß das Eis morgen den Weg noch freigibt?«

»Es wird vielleicht mehr Eis geben, Kapitän, wohl, wohl. Aber wenn der Frost bleibt, so denk ich, ist keine Gefahr.«

Frerksen fragte mit den Augen Frau Krassen und Ipke Tamen. Dann sagte er: »Wenn der Frost bleibt, meinetwegen.« –

Am Morgen des andern Tages rüstete sich Ipke Tamen zum Gang über das winterliche Watt. Die Luft war reifkalt und klar. Das Eis trieb wie Silber auf der sonnegoldenen Flut.

Schon zog Ipke Tamen die Schäfte der Seestiefel über die Knie, und Pickstock und Eissporen nahm er als Ausrüstung neben seiner rotwangigen Jugend mit auf den Weg. Als er nach der Tür schritt, rief ihm Frerksen noch nach: »Du solltest heut nacht bei Niß Nissen bleiben!«

»Ich sagte das schon«, entgegnete Tamen. »wenn das Wetter schlecht wird, komm ich nicht.«

»Woll, woll!« nickte der Kapitän.

Dann ging Ipke Tamen. –

Am Fenster seiner Stube stand Knudt Klähn mit dem Fernrohr, während Tamen drunten über das frostharte Vorland schritt, der Stelle entgegen, an der sich der Wattenweg nach Lütt-Jens-Werft ansetzt.

»Tamen trägt die Hoffnung der Inselleute«, sagte der Schiffer zu Jochen, der gerade durch die Tür trat.

Und Jochen Klähn schritt gegen das Fenster und blickte ihm nach. »Und die Hoffnung geht mit ihm einen gefährlichen Gang.«

Auch in den anderen Häusern der Werft richteten sie die Gläser nach dem Schlickläufer ... Jetzt ist er draußen auf dem Watt ... Jetzt umgeht er einen Haufen Schollen ... Jetzt klettert er über einen Berg Eis ... Nun sieht ihn keiner mehr ...

Komm gut heim, Ipke Tamen!

Aber bald tauchte er doch noch einmal in den Fernrohren auf, wie er, mit dem Pickstock tastend, eine schimmernde Eismauer überkletterte. Endlich lief er ihnen aus den Gläsern.

Und draußen stand nur noch der frostkalte Wintertag mit dem strahlenden Sonnenschilde. Im Dreieckfluge flogen die Scharen der Krickenten den Binnenwässern zu. Und die Möwen schlugen das funkelnde Licht des Morgens mit ihren silbernen Schwingen.

32.

Noch ein anderer stand in dieser Stunde an seinem Fenster und schaute voll sorgender Gedanken in den Wintertag. Das war Ketel Klähn auf Hallig Habel. Er sah herzlich unzufrieden drein. Seit er auf Klähns-Hallig an einem Herbsttage erfahren hatte, daß Jochen Nomsen schon drei Jahre alt geworden sei, rechnete er: jener Hochzeitstag liegt um vier Jahre zurück, an dem Frerksen das Alter Ketels auf siebzig Jahre festgestellt hat. Die Zeit war geflogen – den Beginn der ersehnten Befestigungsarbeiten hatte sie nicht gebracht.

Was Ketel Klähns einsamer Fleiß in den früheren Jahren zum Schutze gegen die See errichtet hatte, das ging nun schon mählich wieder dem Zerfall entgegen.

Über solchen Gedanken setzte er sich unwirsch an den Tisch, auf dem er eine Menge Zettel ausgebreitet hatte, die alle mit den ungelenken Zügen seiner Schrift bedeckt waren.

In der Nebenstube klapperten Frau Sikkes Nadeln hinter dem Beileger. Es schien, als habe sie längst aufgegeben, nach dem Geheimnis der sorgsam gehüteten Papiere zu forschen. Wenigstens redeten ihre Augen von unwandelbarer Gleichgültigkeit.

Aber wenn sie so mit der Einsamkeit der winterstillen Insel am Fenster saß, suchte sie doch noch manchmal nach einem Wege zu Ketels rätselvollem Treiben.

Schreibt er sein Testament? dachte sie.

An dem Tage, an dem ihr der Einfall kam, erwog sie mit Zähigkeit das Für und Wider. Allein bald behielten die alten Zweifel die Oberhand. Denn sie sagte sich: Was hat Ketel Klähn zu eigen? Und wem hat er etwas zu vermachen?

Dabei lachte sie heimlich in sich hinein: er müßte gerade einen Schatz vergraben haben, den er ihr vorenthalten will, weil sie damals bei Nacht und Nebel von dannen gesegelt ist.

Bet dieser Gelegenheit blätterte sie einmal in ihrem Schuldbuche und sie fand: es ist gar mancher Posten Lieblosigkeit aufgeschrieben, den Ketel Klähn doch am Ende mit ihr verrechnen könnte.

Aber einen Schatz?

Nein, ein solcher Tor ist er nicht; denn er hat ja erst vor einem Jahre das neue Darlehen von sechshundert Mark aufgenommen. Es hat schwer genug gehalten, das Geld zu bekommen, und er ist danach vier Wochen unterwegs gewesen. Mit diesem Darlehen sind Ketels Schulden auf zwölfhundert Mark angewachsen. Zwölfhundert Mark! Ja, wenn sie eine Mauer um Habel bauen wollten, die der Staat bezahlt, dann ist die Hallig auf einmal das Vierfache wert. Aber so? Der Darleiher hat gesagt: acht Prozent müsse er an dem Gelde verdienen, sonst gäb' er's nicht; denn er lege sein Geld in ein führerloses Boot und lasse es davontreiben.

Wenn Ketel Klähn einen Schatz hätte, dann mietete er sich auch eine Magd zu den Arbeiten im Stall und auf dem Graslande. Die Mühen haben im letzten Sommer seinen vierundsiebzig Jahren hart zu schaffen gemacht. Aber er sagt, er könne keiner fremden Person den Lohn zahlen.

Und verkaufen?

Wer kauft Ketel Klähn denn seine schwankenden Weiden ab, die jedes Jahr an Umfang verlieren? Und das morsche Haus auf der brüchigen Werft?

So sann Frau Sikke, aber sie kam nicht mit sich ins Reine. Wenn sie die Leute von Klähns-Hallig einmal auszufragen Gelegenheit hatte, so tat sie das. Allein, die zuckten die Achseln: wenn sie nicht wisse, was Onkel Ketel vorhabe, wem sollte der Alte sonst sein Geheimnis anvertrauen? –

Über solchen Gedanken begab sich Frau Sikke in den Stall, die Kuh und die Schweine zu füttern.

Wie sie vor der Stalltür die gestampften dampfenden Kartoffeln in dem Fasse kühlte und mit Kleie mischte, sah sie, wie über der See gegen den Westhimmel ein dichtes Gewebe von Nebeln spann, in denen das Gold der Sonne zu fließendem Purpur sich wandelte.

Der Wind, der frühmorgens so um die Hausecke gepfiffen hatte, sang ganz weich, und auf den Rohrdächern war der Reif verschwunden. Nicht lange, und die Nebelschwaden dehnten sich aus, stiegen und rollten als gleichmäßig graublaues Gewölk empor.

Frau Sikke schaute darauf hin, wie sie mit ihrer Arbeit im Stalle fertig war und sagte: »Hui, diese Schiffe tragen Schnee!«

Eine Stunde später lief der Wind von Westen über die See; der brachte die Flut und drängte eine Menge schmutziges Eis gegen die Inseln.

Da ging Frau Sikke wieder hinaus und trat von draußen an das Fenster Ketel Klähns. »Es möchte schlecht Wetter werden, Klähn!« rief sie hinein. »Die Schafe sind unten an der Kante! Hörst Du?«

Der Alte antwortete nicht; aber als er seine Augen aufhob und über See schickte, gewahrte er: es ist ein Wetter im Anzuge. Darum zog er die Kniestiefel an und stapfte über den immer noch frostharten Grund, über dem der Schnee lange graue Streifen bekam. Er trieb die Schafe in die Hürde auf der Werft; dann setzte er sich wieder an seine Arbeit, und die Wildgansfeder begann unwillig zu kreischen. Frau Sikke saß nebenan strickend im Stuhle. Nur die Uhren und das Feuer im Ofen redeten mit der Stille, die im Hause auf Habel-Werft lag.

33.

Seit Jochen Klähn beim Mittagsessen gemerkt hatte, daß die Nebel über See heimtückisch an einem Wetter brauten, schlug sein Herz lauter. Er hatte seinem Vater einen Blick über den Tisch geworfen, als Frau Goede davon zu sprechen begann, daß die Dächer tropften. Nach Tisch ging Jochen Klähn rastlos von einem Nachbar zum anderen; er war wie einer, der Trost sucht, war wie einer, der sich einer häßlichen Gewißheit gegenüber sieht und nun wartet, daß ihm die anderen sagen: sie wird an dir vorübergehen.

Er trat bei Uwe Nomsen ein und sein Blick streifte die Uhr: »Halb vier«, sagte er. »Um zwei Uhr war Hochwasser.«

Aber seine Augen hatten keine Zeit, auch nur eine Sekunde auf den Zeigern zu weilen. Wie ein gescheuchter Vogel flog sein Blick gegen das Fenster, flog hinaus aufs Watt: »Was meinst Du, Uwe Nomsen?«

Aber anstatt zu antworten, öffnete Nomsen den Schrank und suchte die Seestiefel, die vorher seinem Vater gehört hatten. Ein leiser Schimmel lag in den Falten der Schäfte. Nomsen ging hinaus, um die Stiefel mit Tran zu schmieren; denn er dachte: ich werde sie heute noch brauchen.

Überdem ging Klähn wieder heim.

»Dreiviertel vier«, sagte er, als er wieder in die Stube trat. Da langte Schiffer Knudt das Fernrohr vom Bord und suchte durch das geöffnete Fenster draußen auf dem Watt nach einem, der Klähns-Hallig zustrebte.

»Es wird dämmerig«, sagte er, »die ersten Flocken beginnen zu fallen.«

»Schnee?« fragte Jochen und seine Augen wurden weit – »Schnee?«

Er schritt in das Nebenzimmer, und Eike Klähn streifte ihn mit der Hand, als er an ihrem Stuhle vorüberging. Sie war gewöhnt, daß er ihre dargebotene Rechte ein Weilchen in der seinen hielt. Da dies heut nicht geschah, merkte die Ahnfrau: Jochen ist eilig; und an dem Schlage der Sohlen seiner Stiefel erkannte sie die Hast, die ihn trieb, und sie sagte: »Jochen, was sorgt Dich? Deine Kleider künden Nebel und neuen Schnee, mein Sohn.«

Die dünnen zitternden Worte brannten Jochen Klähn ins Herz und sie verbrannten sein letztes scheues Hoffen, daß das Wetter sich wenigstens noch bis in die fallende Nacht halten könne.

Aus dem Pesel ging er hinaus in den Stall, wo Goede und Knudt Klähn nun um das Vieh beschäftigt waren. Er sprach gedämpft; sie antworteten ihm in dem gleichen Tone – der klang, als läge Spinnengewebe darauf. Das hatte die Sorge gesponnen.

Drüben trat Uwe Nomsen aus der Tür. »Klähn«, rief er über den Fething hinweg, »Frerksen ist mit dem Glas an die Kante; wollen wir ihn allein lassen?«

An der Stalltür legte Knudt Klähn das Fernrohr noch einmal an und spähte über das Watt. Eisblöcke ragten weithin, kein Mensch suchte einen Weg darüber oder dazwischen hindurch. Und die Wolken gingen so träge; und die Wolken gingen so schwarz; es war, als könnten sie ihre Lasten nicht mehr tragen. Aber die Flocken fielen nur müde und vereinzelt durch das stumpfe Licht.

Da zog sich Klähn den harten Schifferhut fester auf die Ohren: »Ja, Nomsen, wir gehen! Der Kapitän ist imstande und läuft Tamen auf dem Watt entgegen. Er hört die See nicht zwischen den Schollen daherkriechen, und es könnte kommen, daß sie ihm heimlich den Weg verstellt. Da gibt's kein Zurück mehr – an diesem Tage nicht!«

So schritten die beiden dahin: Nomsen in den ungewohnten Seestiefeln mit breiten, unsicheren Schritten, Klähn vorwärts stürmend: draußen droht ein Unglück!

34.

Ipke Tamen war kurz nach zwei Uhr von Ockholm her auf Lütt-Jens-Werft eingetroffen. Die See schaukelte noch die Schollen über dem Watt, als er den Außendamm entlang schritt. Darum sprach er bei Niß Nissen zu. Der hatte zwei Bauern am Tische sitzen, die tranken dampfenden Teepunsch.

Niß Nissen kraute sich hinter den Ohren: »Meint Ipke Tamen, daß er jetzt gehen kann? Junge, Junge, das ist viel zu früh! Vor halb vier gibt's keinen Aufbruch. Wie lang ist's nach Klähns-Hallig?«

»Wohl anderthalbe Stunde. Das kommt auf die Lage des Eises an. Wenn das Hochwasser mehr Treibeis aus See gebracht und heimlich Türme gebaut hat, so mag's auch länger sein.«

»Geht keiner in der Zeit!« warf einer der Bauern ein. »Heute nicht. Und was will Tamen denn anfangen, wenn ihm die Dämmerung Schnee in die Augen wirft?«

Ipke Tamen lachte: »Über Nacht mag's schneien so viel es will; ich denke, bis ich übers Watt bin, bleibt der Schnee noch hängen.«

Niß Nissen trat prüfend ans Fenster und schaute über den Koog. Weil der aber nur die Fernschau nach Osten frei ließ, schritt er hinaus auf den Damm. Als er nach einer Weile vom Ausguck zurückkehrte, sagte er: »Die See steckt in einem Sack, Tamen. Du kannst nicht gehen. Der Schnee ist auf dem Wege und in einer Stunde ist ein Wirbeln, daß keiner hindurchsehen kann.« –

Nissen blies den Rauch seiner Pfeife hastig paffend wieder gegen die Scheiben. Draußen begann der Schnee zu fallen. – Das war, wie Jochen Klähn auf der Insel durch die Häuser ging und wie ihn gleich darauf Uwe Nomsen rief: »Klähn, wir wollen Ocke Frerksen im Auge behalten! Frerksen ist hinunter und wartet auf Ipke Tamen!«

Während sie gingen, hub drüben auf Lütt-Jens-Werft der eine der Bauern wieder an: »Muß einer denn da überhaupt über das Watt in solchem Winter? Liegt bei den Inselleuten wer im Sterben?«

Niß Nissen lächelte: »Ein wichtiger Brief!«

»Gott's Dünner – an den Kaiser etwa?« lachte der Bauer.

»Nicht weit davon«, sagte Nissen und zwinkerte mit den Augen.

Dann erzählte Nissen.

Da trommelte der Bauer mit den Fingern auf den Tisch: »Noch einen Teepunsch, Nissen! Hm, hm, also auch die Inselleute! Alles will vorwärts. Da hab' ich heute gehört, daß sogar die Schulmeisters besser bezahlt sein wollen. Is nich so?«

Der andere nickte und sagte in behäbigem Platt: »Ick bin nu eegendlich gor nich dormit inverston. dat nu ock de Pasters un de Schoolmeisters so veel Geld kriegen. Nahstens billen se sich sünst in, dat se ebenso veel sünd as wi.«

Von da aus war's nicht mehr weit, auch das Beginnen der Inselleute beim Grog zu lästern; darum flog in Ipke Tamens Stirn ein flüchtiges Rot, als wenn's der Tag scheidend durchs Fenster geworfen hätte. Aber der Tag hatte bloß ein bleiernes totes Licht; nicht einmal der Schnee wollte hindurch, fallen. Ipke Tamens Herz hatte das Rot auf seine Stirn geworfen; es war das Rot des Zorns, und war Zeit, daß er ging.

Draußen vor der Tür lehnte der Pickstock. Nissen geleitete den Schlickläufer bis auf den Deich. »Tamen«, sagte er, »wenn der Schnee dichter wird und Du merkst, der Nebel kriecht ins Eis, dann geh nicht weiter, sondern kehr um.«

Die Sorge schlug dem alten Friesen eine tiefe Falte in die Stirn. Dann ging der andere dahin, und Nissen schaute ihm nach, solange es der graue Tag und das getürmte Eis litten.

Inzwischen liefen drüben auf Klähns-Hallig die drei Männer an der Kante hin, sie suchten auf dem getürmten Eise einen erhöhten Stand zu gewinnen und über das Watt zu blicken. Von See her schlug sich ein Nebel zwischen die Schollen; tief, träge, heimtückisch kroch er vorwärts und ließ den kaum wehenden Wind über sich hinwegblasen.

»Vier vorbei«, sagte Jochen Klähn klanglos. Aber wie sie abwechselnd das ganze vereiste Watt in die Gläser nahmen – Ipke Tamen wollte nicht kommen.

Der Wind fing an stärker zu wehen. Eine blaue Wolke schob sich drohend durch das dämmerige Licht. Der Wind blies hinein und zerblies sie – da begannen die Flocken zu fallen.

Der Tag ward müde. Es kam ein Wirbeln in die Flocken, und wie der Wind einmal sein Spiel begonnen hatte, fand er Gefallen daran und blies die Flocken immer toller durcheinander. Der Nebel, der gespenstisch zwischen dem getürmten Eise herumkroch, wollte sich erheben; aber der Wind warf ihn wieder in die Risse zwischen die Schollen, die schmutzigen, klebrigen Bruch hatten.

Während die auf der Insel warteten, schritt Ipke Tamen fürbaß. Seine Augen suchten vor seinen Füßen im Schlick und im brüchigen Eis einen Weg und bemerkten die Flocken kaum. Er konnte nicht gerade über das Watt gehen; denn manchmal wuchs ein Berg Eis aus dem Grunde, hatte sich eine riesige Scholle querüber gelegt, die er umschreiten mußte; er wechselte hundertmal die Richtung.

Und wie er einen Eishügel erklommen hatte, suchte er die Umrisse von Klähns-Hallig im Dämmerlicht. Die waren nicht da. Niß Nissen hat gesagt: wenn Dir der Nebel um die Stiefel kriecht und wenn der Schnee dichter fällt, dann kehr um! Jetzt kriecht der Nebel, der Wind wirft die Flocken umher, daß sie spielen wie die Mücken. Wo ist Lütt-Jens-Werft?

Ipke Tamen sah nach rückwärts, wo das Haus mit dem niederen Rohrdach über den Außendamm schauen mußte. Aber das Haus auf Lütt-Jens-Werft war nicht da. Und der Damm war nicht da. Es war nur wirbelnder Schnee, stumpftrotziges Eis und drohende Dämmerung. Und in der fallenden Nacht krochen die Nebel herum wie weiße riesige Schlangen.

Von der Werft war währenddem auch Knudt Klähn auf das Vorland heruntergekommen.

»Was meinst Du, Knudt Klähn?«

»Er wird bei Niß Nissen nächtigen, Frerksen. Ich denke, Du sollst Dich nicht sorgen.«

Da stieg Frerksen wieder auf seinen Eisberg, legte die Hände um den Mund und rief hinaus: »Ahoi!«

Der Ruf rollte dumpf durch die Wölbungen des Eises und rollte hinaus auf das Watt. Sie hörten ihn auf der Werft, und die Frauen liefen aus den Häusern und schauten, was Frerksen begehre. Es war, als müsse Frerksens schallendes Ahoi bei Niß Nissen die Fenster der Kate einschlagen.

Sie lauschten, aber es kam kein Ruf zurück.

Und noch einmal: »Ahoi!«

Aber der Wind heulte hinter dem Rufe drein und stiebte seine Flocken darüber, feuchte große Flocken, die wie fallendes Laub durcheinander wirbelten. Da fand sich der Ruf nicht mehr fort, und er sank hilflos zwischen die Schollen wie der erste – noch ehe er den Weg bis zu Ipke Tamen gelaufen war.

»Noch ist die Flut weit!« beruhigte Nomsen.

»Hoho«, warf Jochen ein, »der Wind steht von See, Nomsen! Wenn wir um acht des Abends Hochwasser haben müßten, sind um sechs Uhr querüber nach Lütt-Jens-Werft alle Rinnen vollgelaufen. Es ist fünf Uhr.«

Jochen Klähn hielt die kalte Kalkpfeife fest zwischen den Zähnen, und in seinen Wangen war ein unruhig Spiel der Muskeln. »Wir müssen hinaus, Männer«, sagte er, »hinaus, Ipke Tamen entgegen! Wenn er auf dem Weg ist, werden wir ihn vor Nacht finden. Aber der Kapitän bleibt an Land.«

Da neigte sich Klähn gegen Frerksens Ohr und sagte ihm, was geschehen sollte; denn wenn ihn der Nebel jetzt draußen zwischen den Eisblöcken einspinnt und der Wind jagt die See vorzeitig herauf, dann leitet ihn kein Ruf wieder zu Land und Menschen!

Da blieb Ocke Frerksen an der Kante der Hallig.

Die anderen aber rief die Sorge hinaus, immer weiter. Und die Flocken fielen dichter, und der Wind sang und schleifte seine Nebelnetze zwischen dem Eise hindurch.

Einen Steinwurf weit, der Schatten, der im fallenden Schnee steht – das ist nicht der Tod, das ist Knudt Klähn, 's ist das Leben, welches den Tod verscheucht, der in stiebenden Schnee durch den vergehenden Tag schleicht.

Und noch einen Steinwurf weiter, draußen zwischen dem Eise – wieder der Schatten: das ist Jochen Klähn.

So stehen sie: an der Kante auf dem Eisberge Ocke Frerksen, der von Zeit zu Zeit sein dumpfrollendes »Ahoi!« in den sinkenden Tag ruft, als wolle er damit die Nacht vertreiben. So weit von ihm entfernt, wie eine Möwe nach Futter für die Jungen fliegt, steht Uwe Nomsen. Dann Knudt und dann Jochen Klähn – immer nur auf Rufweite voneinander. So haben sie sich's versprochen.

Aber auch Jochen Klähns Ruf kann nicht vorwärts: der Wind wird lauter und schlägt ihn zu Boden. Noch einmal »Ahoi!« Aber der Wind rennt hinterdrein und wirft sein Netz aus Nebel und Schnee darüber; da ist der Ruf gefangen.

Und zu Ipke Tamen, der draußen am Tief steht, kommt keiner.

Da geht von der Werft her plötzlich ein Schein. Die Nacht löscht das letzte Grau des Tages aus, und von den Hütten herüber laufen zwei lodernde Feuer über den Schnee.

Flugs ist auch der Wind da und bläst in die Fackeln; er bläst sie nicht aus, er wirft Flocken hinein – aber das Feuer ist mächtiger als Winter und Wind. Nun flattert's wie ein weißes Tuch in der Luft und flattert wie klingendes Silber um das Gold der Flammen: so dicht gehen die Flocken.

»Ahoi!«

Die Fackeln sind unten am Strand. Uwe Nomsen trägt Knudt Klähn die eine hin. Und Jochen Klähn, der weit draußen im Watt steht, nimmt die andere und schwingt sie in die Nacht. Aber auch das goldene Licht der Flammen findet sich nicht weit fort in Nebel und Flockenfall. Und auch das goldene Licht der Flammen findet sich nicht bis zu Ipke Tamen.

Wo ist Ipke Tamen?

Weit draußen in Eis und Schlick. Rings verhängt ihm der fallende Schnee, verhängt ihm der grämliche Nebel die Bahn. Es ist kein Vorwärts. Es ist kein Zurück. Die Schollen haben ihn aus der Richtung gedrängt, Nebel und Nacht haben ihn irre geführt.

Da erwacht ein Sickern in den Gräben, da schieben sich die Schollen durcheinander, heben sich; bersten; ein stumpfsinniges faules Ungetüm reckt sich das Eis wie im Schlafe.

Ipke Tamen bohrt seine Blicke in die Finsternis: Wo ist ein Weg?

Die Schollen knirschen, werden lebendiger. Das ist die Flut! Der Wind jagt sie heut früher aus der See herein.

Es rollt etwas unter den Schollen dahin: Ipke Tamens tastender Pickstock stößt ins Wasser. Und die See steht draußen in der Nacht und schiebt mit tausend Armen riesige Flächen fußdicken Eises heran. Es muß schon alles lebendig sein ringsum! Berge müssen sich türmen, Schollen müssen wie Wände in die Nacht hineinstehen – da – da – sie stürzen schwerfällig zusammen! Die See ist stärker als das Eis, da hilft kein Trutz!

Aber die Nacht ist mitleidig: sie hüllt alles in ihren undurchdringlichen Mantel – die herankriechenden Wasser, die kreisenden zischenden Schollen, den aus hundert Gräbern grinsenden Tod.

Und der Wind stapft in den prasselnden Schollen umher, tritt in das Wasser, reißt eine Eismauer in die Flut, daß die See zischend darunter hervorspringt, und in einem Augenblick ist er schon wieder weit fort.

Der Grund wankt unter Ipke Tamen, verbietet ihm jeden Schritt, öffnet den Rachen – aber er schließt ihn noch einmal langsam wieder.

Und nun: Ipke Tamen stemmt den Pickstock fest in das Eis, um seine Füße schluchzen die Wasser, zischen die Schollen – so erwartet er den Tod.

Da schiebt sich etwas heran, drückt den Eisenzahn des Stocks aus der Scholle und kriecht unaufhaltsam vorwärts und an Ipke Tamens zitternden Fuß. Aber das Eis hat Stufen für diesen Fuß gebaut: er steigt eine Scholle höher. Da kriecht über diese hinweg eine zweite. Hinauf!

Wie auf Stiegen steigt er den Eisberg empor, der wächst unter ihm. der kreist und ein neuer schiebt sich aus dem andern heraus. Die See guckt mit grauen Augen zwischen den lebendigen Schollen hervor: sie hat hundert Köpfe – und mit jedem will sie den todgeweihten Mann verschlingen.

Der Berg unter Tamen treibt. Schollen schieben sich von den Seiten heran wie zischende Ungeheuer. Das Eis wird ihm die Schenkel über den Knien zerbrechen und wird sich über den zuckenden Körper werfen!

Ruft denn keiner? Ist denn kein Licht in der Nacht, das den Weg weist?

Immer weiter drängt sich der wandernde Berg durch das krachende Eis, der den verlorenen Mann trägt.

Es ist ein furchtbarer Klang, der in dem Eis ist, und ist eine furchtbare Macht, der sich keine auf Erden vergleicht.

Da!

Eine Flamme!

Und dort eine andere!

Im Rücken hat ihm Klähns-Hallig gelegen? So hat ihn der Nebel genarrt und der wirbelnde Schnee? Der fällt nun dünner und drückt das Licht nicht mehr aus. Oder: der Berg von Eis, unter dem der Tod lauert, treibt der Hallig stracks entgegen.

»Ahoi!«

Beide Hände wölbt Ipke Tamen um den Mund, alle seine Kraft klingt hinein in den dröhnenden Schrei der Not, alle Kraft und Verzweiflung des Sterbenden: »Ahoi!

Aber Ipke Tamens Ruf erreicht die Freunde im Watt nicht.

Die Flut ist auch um ihre Füße gekrochen und hat die Klähns drohend gegen die Kante der nächtlichen Hallig zurückgedrängt.

Aber die Fackeln drüben brennen und reichen ihre goldenen Hände durch das Dunkel der Nacht. Da – ein Stoß, ein Sturz – Grund? Watt?

Die kleinen Schollen ringsumher treiben weiter und zischen sich an. Die Wasser rieseln wieder in den Rinnsalen zwischen dem Eis. Die Schollen bleiben stehen. Die Wände stürzen nicht mehr. Die Riesin See ist anders wohin kämpfen gegangen.

Aber Ipke Tamen verläßt die Kraft. Er sinkt in die Knie, sinkt in das kalte brüchige Eis. Da klappert ein Paket Zündhölzer in seiner Tasche. Von der Kante herüber läuft das Licht auch weiter als der Ruf. Die Zündhölzer heraus! Tamen hält den Hut zwischen die Flamme und den Wind. Die Hölzer flackern auf – ein dichter Pack, alle, die er hat. Drüben steigt eine Fackel in die Luft. Das ist das Zeichen: sie haben die Flamme vom Eise gesehen; sie wissen: der den sie suchen, der lebt.

Und nun werden sie sich durchringen, durch Nacht und Tod, die Leute des Eilandes. Sie werden kommen. Aber jetzt noch nicht – der Grund darf nicht mehr mit den Menschen davonlaufen, die über ihn gehen. Drüben am Strande schleudern sie Fackeln. Die kreisen in goldenem Bogen durch die Nacht, die rufen: sie kommen und retten dich!

Alle Frauen sind an die Kante hinuntergeeilt, Hertje Nomsen steht mit draußen auf dem Eis; Binne Bonken ist bis nahe zu Knudt Klähn vorgedrungen. Wer ist noch weiter draußen?

Jochen Klähn!

»Ahoi! Jochen Klähn bist Du noch da?«

Fern aus der Nacht klingt sein Ruf zurück.

Die Frauen schreien wie sturmverschlagene Möwen.

Wie der Donner, der über den Wogen brüllt, rufen die Männer! »Ipke Tamen! Ipke Tamen! Gib Antwort!«

Da ringt sich ein schwacher ersterbender Laut mühsam durch Nacht und über schmierige Schollen.

Manchmal brechen unter den Tritten Jochen Klähns die Wölbungen zusammen, stürzen die Brücken aus Eis, die die See gebaut hat. Aber das Wasser darunter hat sich verlaufen.

Jochen Klähn wölbt die Hände um den Mund: »Rufe, Ipke Tamen! Rufe! Noch einmal!« Und Jochen Klähn wendet sich rückwärts: »Die Fackeln hoch!«

Da liegt er, ein Stöhnender, quer über dem Eise.

»Lebst Du, Ipke Tamen?«

Knudt Klähn ringt sich langsam heran, er hält die Fackel hoch, die ihren Schein um Jochen Klähns Füße geworfen hat.

»Lebst Du, Ipke Tamen?«

Jochen Klähn lädt sich die starre Last auf den Rücken.

»Vater, Licht um meine Füße! Licht!« fordert Jochen Klähn.

Nun schreitet der Schiffer Knudt seitlich neben seinem Sohne, der den sterbenden Mann schleppt, und neigt seine Fackel.

So schritten sie durch die Nacht. »Ist er tot?« fragten die Frauen.

»Ich weiß nicht. Mir ist, ich trüge zwei, ihn und den Tod!«

Sieben Fackeln loderten ihr rotes Licht und wiesen dem schweigsamen Zuge den Weg auf die Werft.

35.

Als der Tag graute und die Lichter in den Häusern angingen, tat sich jenseits des Fethings eine Tür auf und Hertje Nomsen trat in den triefenden Morgen. Ein weicher Südwest wehte unweihnachtlich um des Mädchens Stirn, der war wie nahender Frühling. Da legte Hertje Nomsen ihre Hände in heimlichem Danke ineinander, stieß die obere Halbtür wieder zurück und rief in den Flur.

Alsbald steckte Mutter Nomsen den Kopf heraus: »Bei Gott, Kind! Wenn das dem Wind einen halben Tag früher eingefallen wäre, keiner hätte in dem brüchigen Eise vorwärts gekonnt.«

»Dann wär's wohl auch nicht nötig gewesen, Mutter; denn dann wäre Ipke Tamen auf Lütt-Jens-Werft geblieben und wir hätten ein Boot geschickt.«

Wir? sagte Hertje – wir? dachte Frau Herlich Nomsen. Dann fragte sie: »Wohin willst Du denn zwischen Tag und Grauen, Kind?«

Da legte Hertje Nomsen die Hände auf den Rand der unteren Halbtür, die wieder geschlossen war: »Ich wollte gehen und nach Ipke Tamen fragen. Ich habe keinen Schlaf gefunden in dieser Nacht. Denkst Du nicht, daß ich rasch einmal hinüberlaufe? Das Licht in Tamens Stube ist noch nicht verlöscht und ich habe sogar einmal daran gedacht, für Krassen Frerksen zu wachen. Sie sind nicht schlafen gegangen. Manchmal hab' ich während der Nacht hastige Schatten zwischen Lampe und Fenster gesehen.«

Dann lief Hertje Nomsen den Steindamm entlang um den Fething, schlüpfte an der Türschwelle zu Frerksens Haus aus den klappernden Holzschuhen, die in der Stille des erwachenden Tages noch vorlauter waren als sonst, und trat in die Küche zu Krassen Frerksen. Die war gerade dabei, Tee für den Kranken aufzugießen.

»Nun, Krassen Frerksen, wie steht's?« –

Das neue Leid, das über die Frau gekommen war, hatte wenig Mühe gehabt, die tiefen Furchen um den alternden Mund wieder aufzureißen, die die Sorge der vorigen Zeit gepflügt hatte. Frau Krassen saß vor dem Herd und starrte in die Flamme unter dem summenden Wasser: »Ipke hat die Nacht über im Fieber gelegen. Er ruft oft nach den Klähns und will: sie sollen kommen und ihn retten. Er glaubt, er treibe noch draußen im Eise und in seinen Augen ist ein unstätes Licht.« Da liefen Krassen

Frerksen die Augen über. »Hertje Nomsen«, schluchzte sie, »ich hab' keine eigenen Kinder gehabt, damit ich das Herzleid ertragen kann, das mir die beiden fremden gemacht haben. Im Frühling ihres Lebens sterben sie mir dahin.«

»Mein Gott, Krassen Frerksen, steht das so?«

»Und nun, da Tau geworden ist, kann nicht einmal einer nach dem Doktor laufen!« fuhr die Frau weinend fort.

Da war auf der Vordiele der schwere Schritt Frerksens vernehmbar. Der Alte hatte den Schifferhut schon aufgestülpt, den Kalkstummel im breiten Munde und die Seestiefel an, mit denen er gestern Abend durch Eis und schmierigen Klei gestapft war. Sein Schritt war polternd und seine Stimme war laut, so daß Frau Krassen mahnen mußte: »Sei doch leiser, Frerksen!« –

Seit er taub war, kam kein gedämpftes Wort mehr über seine Lippen. Er hatte sich die Pfeife neu gefüllt und griff nach dem Feuerzeug.

»Ipke schläft«, sagte er, »das ist gut; und ich will zu Klähn gehen und ihm Nachricht geben.« Dann glomm er den Tabak an: »Hertje Nomsen, wir danken Dir auch, daß Du gekommen bist. Wir sind nicht schlafen gewesen diese Nacht, und die Stiefel hab' ich nicht von den Beinen gezogen; Tamen sprach im Fieber und hat schlechte Träume gehabt, da dacht' ich: es könnte nötig sein, daß ich Knudt Klähn zu Hilfe hole. Nun schläft er, und ich denke, seine Jugend wird sich nicht unterkriegen lassen. Mußt nicht weinen, Krassen!« – Und der Kapitän wendete sich wieder zu Hertje Nomsen: »Hast Du noch mit Uwe geredet in der Nacht?«

»Ja, Frerksen. Er sah nach der Uhr, als wir daheim das Licht antaten. Wißt Ihr, daß es Schlag eins gewesen ist?«

»Wie sagst Du?«

Frau Krassen wiederholte Hertjes Worte.

»Hm, ein Uhr vorbei – kurz nach Mitternacht trugen wir ihn auf die Werft. So mag er acht Stunden im Eise gelegen haben«, rechnete der Kapitän.

»Acht Stunden mit dem Tode gerungen«, sann Frau Krassen und in ihren Augen malte sich das Entsetzen.

Da legte Hertje Nomsen ihre tröstende Hand auf den Arm Krassens: »Es wird alles wieder gut werden! Aber denkt doch: Mitternacht – zwei Stunden vor Hochwasser und dazu ein West, der die Flut eine Stunde früher bringt! Es ist wie ein Wunder, daß Jochen Klähn ihn gefunden hat!«

Da reichte der Kapitän Hertje Nomsen die Hand und schritt hinaus in den dämmerigen Morgen; er ging zu Knudt Klähn. Hertje Nomsen aber trat mit der Frau an die Tür der Krankenstube. Drinnen vernahmen sie Ipke Tamens hastige Atemzüge; die verrieten den Frauen: er schläft.

Da gingen sie auf den Zehen in die Stube: Frerksen hatte die Bibel aufrecht vor die kleine Lampe gestellt, daß sie den Schein von dem Bette fernhalte. Und aus Hertje Nomsens Augen fielen die Tränen.

Da zog Krassen das Mädchen sanft hinaus und lehnte die Tür hinter sich lautlos an.

36.

Vierzehn Tage später schnob der Nordwind über die Insel und blies einen Staubschnee aus beiden Backen, der den Weg in alle Ritzen fand. Das war um die Zeit, in der in allen Gärten der Werft eine Fichte gewachsen ist; die Bäume haben die Boote auf der Herbstfahrt mit vom Festlande gebracht. Mit den Ballen Walderde sind sie nun in den Inselgrund gesenkt worden und schlafen dem Schimmer der Weihnacht entgegen.

Durch das Haus Nomsens schwamm schon der Duft von frischgebackenem Festkuchen, und Antje Nomsen hatte noch allerlei fröhliche Geheimnisse.

Jochen Nomsen trippelte mit neugierigen Augen durch Stube und Küche, legte sein Ohr an jede Tür, lauschte an jedem Schranke: ob das Christkind darin sei.

Das hatte Uwe Nomsen getan: seine traulichen Märchen voll Glanz und Schimmer hatten Klein Jochens Herz berückt; denn Uwe Nomsen war in diesen Tagen wie ein plaudernder Quell und seines Reichtums an schönen Geschichten war kein Ende.

Weil aber Mütterchen noch so viel fröhliche Geheimnisse und doch nur eine Stube hatte, waren »die beiden Männer« – Uwe und Jöching – an diesem Nachmittage daheim übrig. Deshalb sollte Jochen jetzt einmal schlafen. Da mußte der Märchenquell zu springen aufhören, und Uwe Nomsen setzte sich in den Rohrstuhl und schloß die Augen.

»Siehst Du, Jöching, Vater schläft auch!«

»Schläft – auch?« fragte der Kleine zweifelnd.

Da nahm ihn Antje, legte ihn in das Bett, schob die Tür vor, damit ein dämmriges Dunkel um Jöching sei, und begann zu singen:

»Horch, wie der Wind saust, der Wind hat nicht Ruh,
Der hat ja kein schwellendes Bettlein wie du;
Muß sausen und brausen, muß wandern ums Haus,
Nun schlafe, sonst löscht er die Lampe uns aus.«

»Mahm!« lallte Jöching weinerlich, »die Lampe brennt ja noch gar nicht. Es ist noch so früh!«

Da konnte Uwe Nomsen im Stuhl sein Spiel nicht weiter spielen, sprang von seinem Sitz empor und eilte mit herzhaftem Lachen aus der Tür und hinaus in den stöbernden Schnee. –

Die Fäuste tief in die Taschen geschoben, den Rockkragen bis über die Ohren emporgestülpt – so trat Uwe Nomsen an diesem Nachmittag in Frerksens Haus. An seinen Wimpern hingen noch die blitzenden Perlen, die der Wintertag darangeworfen hatte.

»Na, Ipke Tamen?«

Der saß im Lehnstuhl am Fenster und hatte eine Wolldecke um die Beine gewickelt. Seine Hände lagen bleich auf der braunen Hülle – wie verschreckt, weil sie den Tod gefühlt hatten.

Da mußte Nomsen an Lüdde Lürsen denken, dem an der gleichen Stelle dieses Hauses und in dem gleichen Stuhle das Herz gebrochen war. Die Erinnerung wollte seine Freude dämpfen, die ihn von der Schwelle seines Hauses mit dem lachenden Glück über die Schwelle der Krankenstube geleitet hatte.

Er reichte dem Genesenden die Hand und schaute dann eine Zeitlang in den treibenden Schnee. Die Fichte im Garten schlug gerade ärgerlich nach dem Winde, der seine Eisnadeln gegen sie blies. Allein die Freude des Kindes, die an des Vaters Herz gerührt hatte, ließ sich durch den Ernst unter diesem Dache nicht lange verdrängen, und sie begann schon wieder heimlich um Uwe Nomsens Mund zu spielen.

»Drei Tage sind Dir noch Frist gegeben, Ipke Tamen«, sagte Nomsen, »dann mußt Du wieder hinaus, dann mußt Du hinüber und uns die Weihnacht feiern helfen. Du mußt, Tamen!«

»Muß ich?«

»Jawohl; denn Knecht Ruprecht in der grauen Kutte und mit dem Besen, der sonst immer hinter unserer Dielentür liegt, würde Dich suchen; und wenn Du nicht da wärst ...«

Da lächelte der Kranke: er ahnte, daß man auch für ihn eine Freude bereite. »Rupert?« sagte er, »was mag der mit mir wollen?«

Aber Uwe Nomsen wahrte sein Geheimnis getreulich.

Während die Stuben festlich bereitet wurden, eilten die drei Tage vorüber. Und nun waren sie aus allen Häusern zu Jöching Nomsen gekommen, dem einzigen Kinde der Hallig-Werft; denn sie wußten: die Weihnachtsfreude, die schon tagelang mit strahlenden Augen um die Häuser geschlichen ist, die sucht Kinderherzen, die sie selig machen, sucht Kinderaugen, die sie mit ihrem Märchenglanze beschenken kann.

In Nomsens Hause war alles leise, war alles heimliche Freude. Die ward nur einmal laut und das war, wie Ipke Tamen am Arme Frerksens den Steindamm daherkam und in die Stube trat. Da reichten sie ihm alle die Hände hin, und er legte die seinen hinein – so zog das Leben Ipke Tamen am Weihnachtstage wieder zu sich herüber. Jöching Nomsen verstand nicht, warum sich die Leute so über den Mann freuten – das ist ja gar nicht das Christkind, das ist ja Ipke Tamen!

Und während sie noch redeten und den Genesenden beglückwünschten, trippelte Jöching Nomsen wieder auf den Spitzen seiner kleinen Schuhe zwischen den vielen Leuten umher, legte sein rosiges Ohr an die Ritzen des Bettschranks und an den Spalt der Türe zum Pesel, in dem er das Christkind sehen sollte; und er legte seine Hand um das Ohr, damit er in die wärmelnde Luft hineinhorchte, in der es so heimlich weihnachtete – überall war das Glück.

Und weil die liebe Festfreude nicht tausend Kinderaugen blank mit Erwarten zu füllen hatte, nicht tausend Augen und tausend kleine Herzen mit goldenem Licht, so gab sie in dies eine Augenpaar Segen in Fülle, so gab sie in dies eine Herz all ihren Reichtum.

Und nun schlug dies kleine Herz wie eine Feierglocke durch die Dämmerung des sinkenden Tages dem Weihnachtsglanz entgegen.

Der Tag aber ging gar langsam vor den Fenstern vorüber, ging in weißen Schuhen, in weißem Pelz und ließ sich auf die Schultern schneien und auf das Haupt. Da ward er ganz von Flocken bedeckt. Und fielen ihrer immer mehr.

Der Wind aber lehnte, müde von weitem Gange, über die See, an der schmalen Ostseite des Hauses und streifte mit der Hand die weißen Flocken von der Wand wie ein müßiges Kind. Er guckte ab und zu um die Ecke des Hauses, summte ein wenig vor sich hin, bald aber vergaß er sein Lied, ließ sich wieder in das Gesicht schneien und blies nicht *einmal* – es ist lustig zuzusehen, dachte er. Dann streichelte er wieder die Federn von der Giebelwand, die sich flaumweich darangesetzt hatten.

Endlich ging der Tag die Böschung der Werft hinab und nahm alles Licht mit. Nur den wimmelnden Schnee ließ er der Nacht.

Sie hatten heute bei Uwe Nomsen die Läden noch nicht geschlossen, damit das Christkindchen durch die Fenster sehen könne: wo Jöching sitzt und wie er wartet. Nun war alles leise heimliche Freude.

Nicht einmal die kurzen Tabakspfeifen glimmten in dem trautsamen Düster der Stube. Jung Jochen saß auf Uwe Nomsens Knie: »Wir reiten dem Christkind entgegen!« Und Uwe Nomsens Knie ward ein Pferd, und die Zipfel der beiden Vorderteile der Joppe wuchsen wie Zügel in Jöchings Hände. »Dem Christkind entgegen!«

Nur Hertje Nomsen fehlte, und Binne Bonken war auch nicht da.

Wo sind die beiden?

Da ging draußen ein strahlender Glanz vorüber und Tritte klangen dumpf über das beschneite Pflaster unter den Fenstern.

»Das ist's!«

Die Stille legte allen die Hände auf den Mund, und die Freude stellte noch eine Kerze in die leuchtenden Augen des Kindes.

Draußen ging die Haustür, auf der Vordiele erhob sich ein leises Reden, ein sanftes, liebes Läuten – kling, kling, kling, – auf silbernen Sohlen ging das herein ins Zimmer und klang hinein in das kleine Herz. Und dann war wieder ein heimliches Lachen und ein Flüstern vor der Tür der Stube.

»Kann's auch reden?« fragte Jochen Nomsen.

Er nahm die Rockzipfel des Vaters fester in seine Hände – für alle Fälle …

Und dann ging die Tür auf und herein flog ein Glanz von strahlendem Kerzenlicht und ein Glanz von goldenem Haar. Christkindchen aber trug den Weihnachtsbaum und stellte ihn mitten in die Stube. Der sah just so aus wie jener, der die Wochen her im Spätherbststurm und Flockentreiben draußen im Gärtlein gestanden hatte, aber er war viel schöner.

Und draußen im Pesel hob ein leises Spielen an auf dem Harmonium, ganz weiche Klänge, wie sie den Flöten sind; und nun sangen sie und sangen alle das fromme Lied von der stillen, der heiligen Nacht.

Jung Jochen legte die Hände aneinander und die Spitzen der kleinen Finger rührten sanft an sein Kinn, die Daumen an die kleine Brust, in der auch ein Weihnachtsglöcklein läutete:

»Kindken Jesus bring mi wat
In min Fat;
Da will ick ok fliitig tö Skuul gung

Un liire wat.«

Das Christkind versteht alle Sprachen, auch hallig-friesisch.

Und dann kamen die Äpfel und Nüsse für das Kind, die Knecht Ruprecht aus seinem Sack in die Stube schüttete. Ruprecht sah zum Fürchten aus; und es war gut, daß sich der Mann mit dem grauen Barte und den schreckhaften Augen alsbald zu Ipke Tamen wendete. Den schalt er, kramte aber aus seinem Rückensack vielerlei nützliche Dinge, so reichlich, daß sie kaum auf des Beschenkten Knien Raum fanden. Die mancherlei Dinge setzten aber Jöching Nomsen nicht besonders in Erstaunen; denn er hatte gesehen, wie Tante Hertje die langen Tage her daran gestickt und genäht hatte. Und Ipke Tamen fürchtete sich auch gar nicht vor Knecht Ruprecht, der so schrecklich in den langen Bart brummte, sondern faßte herzhaft nach seiner Hand, hielt sie lange und sagte dem Alten lachend etwas ins Ohr. Weil Rupert den Kopf so tief in die braune Kapuze gehüllt hatte, mußte er sich ganz nahe zu Ipke Tamens Mund herniederbeugen.

Das Christkind ist doch viel schöner als er, dachte Jöching Nomsen. Und die Augen des Kindes sahen die strahlende Gestalt im schneeweißen Kleide, das in der Mitte von einem goldenen Gürtel gehalten und mit goldenen Sternen bestickt war. Auf dem glänzenden Haar trug Christkind blaue Blumen, noch viel schöner als die, die sommers in dem kurzen Halliggrase blühen.

Und dann flogen die Blicke des Kindes über das goldene und silberne Gespinnst, das um das Grün der Weihnachtsfichte war, und fanden den Weg gar nicht mehr heraus.

Christkindchen sprach nicht viel, während Knecht Ruprecht immer noch mit Ipke Tamen redete. Endlich mahnte es: sie wollten gehen, denn es wäre heut nacht noch viel zu tun für sie.

Da schritten die beiden, die die Weihnacht in das Hallighaus und die Seligkeit in das Kinderheim gebracht hatten, der Tür wieder entgegen. Aber Christkind fühlte, wie ihm zwei stille Augen folgten; in denen war ein froher, stiller Glanz, war ein großes Glück.

Das waren die Augen Jochen Klähns. Die gingen über das weiße Kleid und gingen über das strahlende Haar.

Da neigte sich Jochen Klähn zu Frau Kei Bonken: »Binne sieht aus wie die Frau Holle, so schön ist sie mit dem goldenen Haar und den blauen Leinblüten darin; sie sieht aus wie Freya, die der Erde den Frühling bringt und alle Herzen froh macht.«

Da freute sich auch Kei Bonken der stolzen Schönheit, die von ihrem Kinde ausging. Aber Jochen Klähn vergaß darüber, weiter mit Mutter Bonken zu reden; und das Christkind verstand die stumme Sprache seiner Augen, die ihr sagten: Du bist schön, Binne Bonken.

Da legte die Liebliche dem Knecht Ruprecht, der schon wieder mit Ipke Tamen zu schaffen hatte, mahnend die Hand auf die Schulter. »Komm!« sagte sie. Aber an Jochen Klähn schaute sie vorüber; denn sie konnte diese Augen nicht mehr ertragen – ihr Herz zitterte und bat: Jochen Klähn, laß mich doch gehen!

Dann traten sie hinaus auf die Vordiele und schlossen die Tür. Es war ganz finster. Nur die Augen Jochen Klähns mit ihrer großen Stille und ihrem großen Glück standen noch in dem Dunkel und suchten Freyas Herz.

Nicht lange nachher wie die Männer in Nomsens Stube beim Teepunsch saßen und alle Lichter am Baume noch strahlten, eilte Hertje Nomsen mit geröteten Wangen ins Zimmer. Klein Jochen zeigte beglückt die Gaben, die ihm dieser Abend gebracht hatte und erzählte Tante Hertje von dem wilden Barte des alten Mannes.

»Wo ist Binne Bonken?« fragte Jochen Klähn halblaut.

Da lachte Hertje Nomsen: »Sie wird noch kommen!«

Und die Kerzen der Weihnachtsfichte begannen zu verlöschen; der Zeiger der Uhr rückte; Knudt Klähn war mit Frau Goede schon heimgegangen, und auch Krassen Frerksen mahnte zum Aufbruch, indem sie sorgend auf Ipke Tamen schaute.

Warum kommt Binne Bonken nicht?

Da schüttelte Kei Bonken sinnend den Kopf und ging hinaus.

Aber auch sie kam nicht wieder.

37.

Als sie daheim die Tür öffnete, um nachzuschauen, warum Binne säumig sei, fiel ihr Kerzenglanz aus der einsamen Stube entgegen. Der kleine Weihnachtsbaum war leicht zu verbergen gewesen – nun hatte ihn Binne mit flimmerndem Golde behängt und hatte Lichter auf seine Zweige gesetzt. Neben dem Baume war der Tisch mit weißem Laken überdeckt und es war ein einfaches Nachtmahl für zwei Leute hergerichtet.

Kei Bonken setzte sich überrascht in den Armstuhl; da kam Binne von draußen und trug Speiseschüsseln und Brot herbei. Seit Jürgen Bonken nicht mehr heimgekommen war, hatte kein Weihnachtsglanz in die Einsamkeit dieses Hauses gestrahlt; die beiden Frauen hatten den Abend sonst im Hause Knudt Klähns gefeiert. Der heutige hatte Binne Bonkens Herz seit Wochen mit Sorgen erfüllt; in den Nachbarhäusern hatte man sich schon daran gewöhnt, die Namen des Mädchens und Jochen Klähns in einem Atem zu nennen; denn sie dachten jenes Tages der Heimkehr, an dem der Seefahrer die Hände des Nachbarkindes am Saume des Meeres in den seinen gehalten und gesagt hatte: Du bist stark und schön geworden, Binne Bonken.

Nun zog Binne die weißen Vorhänge vor die kleinen Fenster und setzte sich mit der Mutter zu Tisch.

»Hattest Du mich denn daheim erwartet, weil Du die Kerzen angesteckt hast?« fragte Kei Bonken beim Essen.

Da hob das Mädchen seine stillen blauen Augen empor: »Ja, Mutter. Ich dachte, du würdest mich suchen, wenn ich nicht mit Hertje Nomsen zurückkehrte.«

»Weißt Du auch, daß Dich die anderen erwarteten, daß man nach Dir verlangte?«

Da flog eine Röte auf Binne Bonkens Stirn, die verriet dem Auge der Mutter, was ihr Ohr nicht aus der scheinbar gleichgültigen Rede ihres Kindes zu hören vermochte: »Es mag sein. Aber ich dachte: warum können wir zwei denn nicht auch daheim froh sein? Tat ich recht?«

Da sann Kei Bonken; dann sagte sie: »Meinst Du nicht, daß wir noch einmal hinübergehen?«

»Ich finde mich nicht zurecht in ihrer lauten Freude, Mutter.«

»Sie sind nicht laut, Kind. Ich glaube, die Einsamkeit unseres Hauses hat uns den anderen fremd gemacht. Solltest Du nicht auch gern sein, wo die anderen froh sind?«

»Solang ich nicht bei ihnen bin, Mutter – ich meine: wenn noch unsere tiefe Einsamkeit um mich ist, mit der nur immer die Uhren reden, dann denk ich das wohl auch. Aber ...«

»Nun?«

Binne Bonken schwieg und sah auf den Rand ihres Tellers. Dann legte sie Messer und Gabel leise hin, und weil sie merkte, daß Kei Bonken immer noch auf ihre Antwort wartete, erhob sie die Augen nicht mehr.

Da fragte sie Kei Bonken gerade heraus: »Bist Du wegen Jochen Klähn nicht hinübergegangen?«

»Ja, Mutter.«

Draußen pochten eilige Finger an die Scheiben und gleich darauf schlüpfte Antje Nomsen in die Stube, die Augen voll von jungem Mutterglück. Sie kam, Binne Bonken zu sagen, wie schön sie gewesen sei.

38.

Weil es Antje Nomsen nicht entgangen war, daß die beiden ihr Gespräch abgebrochen hatten, als sie mit ihrer fröhlichen Geschäftigkeit ins Zimmer trat, und weil sie merkte, daß Binne Bonken aus ihren Gedanken nur schwer sich zurückzufinden vermochte, und weil der bescheidene Kerzenglanz sie nicht weniger überraschte als vorhin die Mutter, so verschwieg Antje, daß sie auch gekommen sei, Binne Bonken in das Nachbarhaus zurückzuholen.

Über sanften Gesprächen verging der Abend, und in Binnes Augen machte die Unstete der alten Stille Platz, von der Jochen Klähn gesagt hatte: sie sei wie die Stille eines reifen Sommerabends.

Warum dachte Binne Bonken jetzt gerade an dieses Wort?

Uwe Nomsen führte doch auch allerlei tiefsinnige Reden, die Binne Bonken oft mit in die Einsamkeit ihrer kleinen Stube genommen hatte, um darüber nachzudenken. Das kam, weil Uwe Nomsen in voriger Zeit viele Bücher gelesen hatte; und sein Herz war ja selber ein Märchenbuch. Aber wenn sich Binne Bonken über manches Wort und manche Geschichte wundern mußte, weil sie nicht wußte, wie einer der Inselleute dazu komme, so war das bei Jochen Klähn etwas ganz anderes.

Uwe Nomsen redete zu allen in der gleichen Weise; aber Jochen Klähn sprach nur zu ihr so warm und so sanft, und wenn er seine Augen auf sie richtete, war es ihr, als müsse sie ihm in Demut die Tore ihres Herzens weit auftun, damit er einziehen könne wie ein König. Jochen Klähn redete nur zu ihr, auch wenn andere um sie waren, und sie wußte: er sucht auch die gleichen Wege, auf denen sie gern geht und auf denen er sie allein treffen kann. Und wenn der Frühling wieder da ist und alle Steige mit Blumen bestreut und die Menschen wieder die langen Tage über draußen sind, dann wird für sie kein Entrinnen vor Jochen Klähns suchenden Augen sein.

Wie die Lichter an der kleinen Fichte niederbrannten und zuletzt nur noch vier mit ihren goldenen Fähnlein in den Harzduft und die Stille wehten, deutete Antje Nomsen darauf und sagte: »Ei, vier Flammen, das sind vier Leben! Sie sagen, die Weihnachtslichter leuchten in die Zukunft. Wir wollen sehen, was sie wissen. Wähl Dir eins, Kei Banken!«

Da wählte sich die Frau lächelnd das auf dem unteren Zweige sitzende Licht und auch Binne Bonken und Antje Nomsen erkoren sich je eine Kerze.

»Es sind ihrer aber vier«, sagte Kei Bonken. »Wem gilt das vierte?«

Da schaute Antje Nomsen einen Augenblick fragend auf die beiden: »Jochen Klähn? Uwe Nomsen? – Nein – einem, der der Heimat fern ist, so will es der Brauch. Also: Jens Klähn!«

Nun sprachen sie wieder eine Weile von Jöching Nomsens jungem Glück.

Das Licht an der Spitze des Baumes zischte und verlöschte.

Jens Klähn! ...

Aber Binne Bonken blies über die Flammen; da vergingen sie alle.

»Es ist nicht gut, in die Zukunft sehen zu wollen.« sagte sie; »die Zukunft verrät doch keines ihrer Geheimnisse. Das macht einem nur das Herz schwer und –« setzte sie gleichmütig hinzu – »wenn jetzt Goede Klähn da wäre, würde sie erschrocken sein.«

Da lachte Antje Nomsen: »Es ist ja nur ein Spiel, Binne!«

»Spiele sind heiter, Antje, und Spiele machen froh. Glaubst Du, es mache froh, wenn uns die Lichter sagen: in dieser Reihe werdet ihr sterben, zuerst Du und dann Du?«

»Du hast recht, Binne. Aber, wenn man's glaubte, was die Lichter wissen, würde man sie dann fragen?«

Da setzte sich Binne Bonken in den Armstuhl und faltete die Hände über ihrem Schooße: »Wie Du das *Spiel* nimmst, Antje, so nimmst Du das Leben!«

Da schaute Antje Nomsen in die ernsten jungen Augen und streichelte Binnes weiße Stirn mit ihrer Hand, die so sanft zu kosen wußte: »Mädchen, wenn wir Inselleute das Leben so ernst nähmen, wie es ist – wir müßten das Lachen verlernen!«

Dabei warf sie sich das schwarze Wolltuch über Kopf und Schultern und sprang hinaus in die Nacht.

Die Flocken fielen noch immer, und nur durch die Ritzen der Läden vor Nomsens Fenstern fanden sich dünne Fäden von goldenem Licht bis aus das feine Silber des Schnees.

»Gute Nacht!«

Als die Tür hinter Antje Nomsen ins Schloß fiel, schob auch Kei Bonken den Riegel vor. Sie trugen den Tisch ab und ließen das feiertägliche weiße Laken darübergebreitet; denn ein Festtag war auf dem Wege. Dann gingen sie zu Bett.

Die Uhren riefen die Mitternacht. Und die Uhren riefen die erste Stunde des Tages.

Da erwachte Kei Bonken, und wie sie auf die Atemzüge Binnes lauschte, wußte sie: Binne schläft noch nicht. Sie wird mit hellen Augen liegen, wie das in den letzten Nächten nicht selten geschehen ist, mit weiten Augen, als wäre sie am Strande und spähe nach einem Segel, das kommen müßte und doch nicht kommt.

Aber sie störte dies sinnende Herz nicht.

Kei Bonken dachte: warum fürchtet sich Binnes Herz vor den Augen Jochen Klähns? Sie hat es an diesem Abend vermieden, Klähn anzusehen, und es meinen doch alle: sie müsse fröhlich sein, weil er sie lieb hat …

Dann schlugen die Uhren wieder; aber es war, als kämen die Klänge von weit her – von weit her …

Und bald hörte Kei Bonken nicht mehr, wenn die Flocken an die Scheiben rieselten, die dicht an ihrem Bette waren.

Aber das Mädchen lag noch wach und dachte jenes Sommerabends, an dem die Nacht alle Sterne hatte in die verträumten Wasser des Priels fallen lassen. In jener Nacht war der schwere Heuduft über dem Graslande gewesen, der alles einschläfert; in jener Nacht hatte ihr Jens Klähn im Heu zugeflüstert: »Es wird ein Leid ohne Ende sein.« Damals legte Binne Bonken ihm ihren Arm um den Hals: Wenn niemand davon erfährt, was sich unsere Herzen gelobt haben, so wird sich auch keiner darum kümmern! Ach, in jener Nacht war die Macht der Augen des hochgemuten Mannes noch nicht über sie gekommen, und sie wußte nicht, was es heißt: kämpfen und siegen müssen, wenn die heimliche Treue allein steht gegen stolze Schönheit, starken Mannesmut, umsichtige Klugheit und bittende Liebe. Und nun hatte dieses Ringen begonnen. Wird es ein Leid ohne Ende sein? Oder führt es zum Sieg?

39.

Das neue Jahr war erst eine kleine Strecke Wegs gegangen, da zogen schon die Krickenten im Dreieckfluge hoch über die Watte, und Ocke Frerksen steckte an einem Vorfrühlingsmorgen seine Beine in die Stiefelrohre.

»Na, Knudt Klähn?« rief er durch das geschlossene Fenster des Schiffers; »ich denke, das Wrack ist wieder seetüchtig, und der Frühling ist auf dem Wege!«

Wie der Kapitän so breitspurig und wetterhart im Winde stand, der ihm die blauen Rauchwölklein von der Pfeife und von den Lippen riß, und von der Kante des Rohrdachs herab ein reichlich Maß rinnenden Tau über ihn blies, da sah er aus, als hätten ihm Wetter und See seintag nichts getan.

Von drinnen waren die Klähns ans Fenster getreten und stießen es auf: »Bravo, Frerksen! Wenn Dir das einer vor drei Jahren gesagt hätte, daß Du einst wieder der erste sein würdest, der der fröhlichen Arbeit und dem Frühling entgegenläuft –«

»Ausgelacht hätt' ich ihn!« dröhnte die Stimme des Kapitäns.

»Es liegt noch viel im Eis, Frerksen, die Buhnen und auch das Neuland. Warten wir noch ein paar Tage!«

Der Alte rückte den Südwester aus der Stirn und schaute Himmel und See ab: »Klähn, was meinst Du: ob sie nun fertig sind und uns Bescheid geben?«

Da verdüsterten sich die Stirnen der Klähns – die Sonne zog den Wolkenvorhang auf, der Frühling hieß den Südwind Watt und Vorland fegen, und Schwärme kreischender Vögel flogen ihm vorauf. Da ist schwer warten!

Überdem hob Jochen Klähn seine Augen auf und langte das Fernrohr vom Bord.

Aber Frerksen schaute ihm nicht lange zu. »Was suchst Du?«

Dabei wendete er und warf einen flüchtigen Blick über See. Und schon lief er die Werftschräge hinab: »Heraus, Klähn! Dies Segel steht von Habel herüber!«

»Der Postschiffer!« erkannte Jochen.

»Und Ketel Klähn!« rief der Kapitän und lief mit trutzigen Schritten in den Wind.

Als das Boot in den breiten Priel trieb, waren auch die Klähns unten.

»Hui, Ketel Klähn, was ist das?« rief ihm Frerksen entgegen.

Ketel Klähn sah in den grauen Tag wie ein Fünfziger und steuerte mit sicherer Hand. Er warf dem Postschiffer ein Wort hin; da tat der einen großen Brief aus der Tasche und hielt ihn schon von ferne hoch. Ehe das Boot festgemacht war, faltete Knudt Klähn das Schreiben auseinander. Die anderen drängten sich um ihn, mitten in den Kreis sprang der Wind und knitterte das Papier. Sie lasen halblaut, die Augen flogen über die Schrift.

»Beantwortung der Frage des geforderten Halligschutzes abhängig von den umgehend vorzunehmenden Vermessungen auf der Hamburger Hallig«, sagte Knudt Klähn. Dann faßte er Frerksen am Zipfel seiner braunen Joppe: »Frerksen, jetzt paß auf: es kommen Männer mit Meßzeug und Stangen nach Hamburger Hallig; die wollen sehen, wie sie vor zwanzig Jahren die Sicherheitsbauten begonnen haben und wie die See sich dazu gestellt hat. Verstehst Du, Frerksen?«

»Woll, woll!«

»Na nu: was die Hamburger Hallig denen erzählt, das wissen wir, und wenn sie dort anfragen, haben wir das Spiel gewonnen. Holla, Frerksen, wir siegen!«

Da versenkte der gewaltige Mann seine Arme bis zu den Ellenbogen in die Taschen, klemmte den Kalkstummel hart in den linken Mundwinkel und spuckte in weitem Bogen vergnügt in die Welt.

»Auf, Klähn! So weit wären wir, und das Rad rollt!«

Damit faßte Frerksen den Einsiedler von Habel unter und begann mit ihm gegen die Werft zu steuern.

Aber Ketel Klähn entwand sich seinem Arm: »Stopp, Frerksen! Stopp!«

Er schob den Postschiffer vor sich her ins Boot und ergriff wortlos den Staken. Und langsam trieb das Schiff aus dem Priel wieder in See.

Die am Ufer konnten sich Ketel Klähns eiliges Drängen nicht deuten, und Frerksen schickte ihm sein dröhnendes Lachen nach. Aber der Alte zog das Segel hoch, und wie eine Möwe auf den Schwingen des Windes flog das Boot hinaus und entschwand.

Als Ketel Klähn ohne Gruß daheim eintrat, schaute Frau Sikke nicht auf. Aber die Stricknadeln klangen geschäftiger als sonst, und ihre Nasenflügel wehten: das Wetterglas ihrer Laune stand auf Trotz und Ärger, weil sie nicht wußte, weshalb der Alte nach Klähns-Hallig gesegelt und weshalb er nun schon wieder da war.

Aber sein Schritt hastete, und als er aus dem Pesel zurück in Frau Sikkes Stube trat und nach einem Tuche suchte, mit dem er alsbald sorgsam über das braune Wachstuch seines Tisches fuhr, an dem er manchen Wintertag in heimlichem Fleiße verbracht hatte, entlud sich Frau Sikkes Zorn in einem giftigen Blick. Was sie sauber gemacht habe, sei auch sauber!

Ketel Klähn reichte ihr das Tuch durch die halbgeöffnete Tür und warf diese dann ins Schloß. Er knöpfte die Joppe vor der Brust auf, weil er den Schlüssel zum Tischkasten an einem Riemen um den Hals trug, und versuchte zu schließen. Aber das Schloß sträubte sich. Der Alte suchte eine Feder und brachte ein Fläschchen mit Öl. Er hatte Frau Sikke stark im Verdacht, das Schloß in seiner Abwesenheit ohne den ordnungsmäßigen Schlüssel bearbeitet zu haben.

Wie Sikke die Niedertracht der Schließvorrichtung bemerkte und Ketel seiner Verwunderung darüber in polternden Worten Ausdruck verlieh, rückte sie unruhig auf ihrem Stuhl hin und her und bekam einen kurzen, aber heftigen Hustenanfall, der ein flüchtiges Rot auf ihrem Gesicht zurückließ.

Frau Sikke war nicht schuldlos. Sie erklärte jedoch das Versagen des Schlosses mit vorgerücktem Alter; daß sie die Zeit, in der es in Gebrauch gewesen war, auf vierundsiebzig Jahre schätzte, hielt sie für einen glücklichen Einfall –: alt genug, um morsch zu werden!

Ketel Klähn ertrug auch diese Bosheit geduldig.

Endlich schnappte das Schloß, und der Kasten fuhr auf. Nicht lange nachher hörte Sikke den Alten eine neue Wildgansfeder schneiden und den Riegel vor die Tür schieben.

Als er um Mittag mit gerötetem Gesicht und glänzenden Augen wieder heraustrat, war er heiter und gesprächig, rüstete zur Bootfahrt und segelte nicht lange nachher gegen Ockholm. In der Tasche trug er einen Brief, dessen Aufschrift der Postschiffer Frau Sikke und denen auf Klähns-Hallig leicht hätte verraten können. Es sollte ihn keiner um sein Geheimnis bestehlen!

40.

Die Frühlingstage, die segnend über das Vorland gingen, sahen lachendes Leben – überall. Arbeiter waren geschickt, jede Flut brachte Ewer, mit

Steinen beladen – die Einsamkeit der Eilande stand verwundert im überblühten Gras – aber kein Ohr hatte Zeit, hinzuhören, kein Auge hatte Zeit zum Verweilen. Alles war Leben und Tätigkeit. Da floh die Einsamkeit weit hinaus auf das Watt.

An der Südwestecke der Werft von Klähns-Hallig war eine Baracke erbaut, in der die Arbeiter nächtigten. Schienen wurden durch die Inselstille geführt, auf denen kleine Wagen die schwere bindende Kleierde vom Watt hereintrugen.

Mit Schlägel und Keil standen die Arbeiter und sprengten die Steine; andere waren dabei, die zernagten Uferkanten der Insel zu festigen. Berge von Ton und Sand häuften sich auf, und immer gewaltiger wurden die Massen der Felsblöcke, die die Ostsee aus ihren unerschöpflichen Lagern spendete und die die Ewer auf weiten Wasserwegen bis herüber zu den Inseln im Winde schleppten. –

Die Frühlingssonne legte Tafeln aus blankem Gold auf die braunen Dielen in Binne Bonkens Stube.

Das Mädchen saß am Fenster und hatte die braune Pappschachtel auf dem Schoß, in der die roten und blauen Seidenbänder lagen; es waren auch schwarze dabei, die waren von Kei Bonken – aus der Zeit, da Jürgen Bonken nicht mehr heimgekommen war.

Binne wickelte die Bänder sauber über die Finger … Da ist ja auch –

Ein rosiges Licht flog auf ihre Stirn, denn sie hielt die blauen Leinblüten in der Hand, die sie an jenem Weihnachtsabende getragen hatte, an welchem ihr die blanken Augen Jochen Klähns in den Weg getreten waren. Und Jochen Klähn hatte zu ihr gesagt: »Die blauen Leinblüten müßtest Du wieder in Dein goldenes Haar tun, Binne Bonken! Wenn ich an Dich denke, oder wenn ich von Dir träume, dann trägst Du sie immer und trägst auch den goldenen Gürtel.«

Über diesen Gedanken wurden Binne Bonkens Augen noch stiller, und sie legte den Strauß nun ganz zu unterst in den Kasten, damit ihn die Bänder verdeckten.

Wenn Jens Klähn wiedergekommen ist, dachte sie, dann will ich noch einmal »Christkindchen« sein. Aber früher kommen die blauen Blüten nicht mehr heraus … Und ins Haar nun gar nicht!

Da gingen draußen auf dem Pflaster, das an der Innenseite der Häuser um den Fething lief, feste schwere Schritte.

Das ist Jochen Klähn!

Und schon sah ihn das Mädchen gegen das Haus schreiten; sein Anzug trug die Spuren der Vermessungsarbeiten im Watt.

Der Kasten, in dem die blauen Blüten lagen, verschwand eilig im Bettschrank.

Inzwischen hatte sich Jochen Klähn draußen an das Fenster gestellt: »Ist Kei Bonken daheim?«

»Sie ist in der Küche. Was willst Du von ihr?«

»Darf ich hineinkommen?« fragte Jochen Klähn.

Nun ging er hinein, und sie rückte ihm einen Stuhl in die Nähe des Fensters. Aber Jochen Klähn sah: Binne Bonkens Augen mieden ihn und glitten hilflos durch das Zimmer.

»Was willst Du denn von Kei Bonken?« fragte sie nochmals und machte sich mit einem Bande zu schaffen, das sie vorhin auf der Fensterbank liegen gelassen hatte.

»Sind in Jürgens Schiffskiste noch andere Karten gewesen, als die eine, die Ihr mir schon hinübergegeben habt?«

»Nein, ich glaube nicht. Wolltest Du noch mehr?« fragte sie.

Da stand Jochen Klähn vom Stuhl auf: »Ich freue mich, daß ich Dich gesehen habe. Warum kommst Du nicht mehr hinüber zu uns, Binne Bonken? Des Abends hättest Du doch Zeit dazu. Ihr seid zu einsam hier, Ihr zwei Frauen.«

Da schaute ihn Binne Bonken lange an: »Wir sind vertraut mit der Stille; und nur die Fremden starren sie mit großen Augen an und denken: wie ist sie arm!«

»Das war ein gutes Wort, Binne Bonken! Aber ich weiß, Du wolltest es gar nicht sagen; Du wolltest unfreundlich zu mir sein.«

Da kam wieder die Angst über das Mädchen; denn sie fühlte, wie seine Augen nach den ihren suchten, und wenn sie jetzt gesprochen hätte, dann hätte sie ihr Herz verraten.

»Du hast Bänder auf dem Fensterbrett liegen«, deutete Jochen Klähn.

»Ach, nur alte, die werden fortgeworfen.«

»Hast Du die blauen Blüten auch fortgeworfen?«

»Nein. Jochen – so frag doch nicht danach!«

Da trat Jochen Klähn vor sie hin: »Warum ist Dir denn nun wieder angst, Binne? Weißt Du nicht, daß sie Dich noch schöner machen?«

»Jochen Klähn!«

»Ach«, scherzte Jochen, »laß Dir das doch sagen! Andere Mädchen hören das gern, und Du wirst böse darüber. Geh, such die Blüten und tu sie Dir ins Haar, jetzt gleich!«

Da wurden Binne Bonkens Augen noch ernster: »Für Dich, Jochen Klähn?«

»Wenn Du willst, ja!«

»Dann will ich nicht!« sagte sie kurz und hart und wandte sich nach dem Fenster.

Jochen Klähn sah sie lange an, er wußte sich diese seltsame Art nicht zu deuten. Dann sagte er: »Binne Bonken, ich habe Dich oft darüber gefunden, daß Du weit draußen suchtest, wie der Schiffer nach einem Segel. Andere Mädchen suchen Blumen und pflücken sich welche, um jemand den Strauß zu bringen ...«

»Das mag sein. Aber ich habe keinen Menschen, dem ich sie bringen möchte.«

»So sag' mir doch nur, warum Du so sehnsüchtig bist? Alles, was Du lieb haben kannst, ist ja so nahe!«

Da versuchte Binne zu lachen: »Sehnsucht sagst Du? Hast Du in meinen Augen Sehnsucht gefunden?« forschte sie und ihre Stimme ward unsicher.

»Ich denke!« entgegnete Jochen Klähn – »oder ich versteh Dich nicht.« – »Binne Bonken«, fuhr er nach einer Weile fort, »Du solltest sorgen, daß Deine Augen die Menschen nicht mehr so fliehen wie bisher. An mir schaust Du wenigstens immer vorbei –« Da lehnte sich Jochen Klähn neben sie an die Fensterbank und legte seine Hand auf ihren Arm: »Bist Du nicht froh darüber, daß sie nun unser Hab und Gut schützen und unser Glück, Binne, das an dieser vergehenden Heimat hing? Ich habe um dieses Glück gekämpft – auch für Dich und mich, Mädchen ...«

Binne Bonkens Augen suchten einen Weg an ihm vorbei; und ihr Herz schrie um Hilfe, denn sie konnte dem stillen suchenden Blick nicht entfliehen.

»Mutter!« rief sie laut, weil sie fühlte: so durfte Jochen Klähn nicht weiter zu ihr reden.

Da klangen auf der Vordiele Kei Bonkens Schritte. Nun trocknete sich die Frau die Hände an der blauen Schürze ab und stand unter der Tür.

»Mutter, ob Karten in der Schiffskiste wären, Seekarten, oder solche von den Inseln, möchte Jochen Klähn wissen.«

Kei Bonken lehnte sinnend am Türpfosten: »Nein, Knudt Klähn hat schon genommen, was da war!«

Da eilte Binne Bonken hinaus, als gehe sie suchen. Sie riß das Fenster in der Küche auf, und der Frühlingstag lachte ihr ins Gesicht, und der Wind fiel ihr um den Hals und streichelte ihr die heiße Stirn.

Da ging auch Jochen Klähn hinaus in das Licht der jungen Sonne. Er wußte die Angst des Mädchens sich nicht zu deuten; denn er hatte gesehen: Binne Bonken litt unter seinen Augen, und sie litt unter jedem Worte seines Mundes. –

Längs der gefährdeten Halligkante gruben die blanken Spaten den Grund, warfen Männer Böschungen auf, über welche schützende Steindecken gelegt werden sollten, an denen die Kraft der See zerschellte. Allenthalben pulste sieghaftes Leben.

An der einen Seite der Hallig, die nach dem Festlande hin lag, sollte ein Damm angesetzt werden. Aber unaufhörlich nagte die Flut, stemmte sich die See gegen die ungewohnte Brüstung.

Auch auf Habel hatten die Bauten begonnen; dort hatte Ketel Klähn mit guten Ratschlägen dienen wollen. Aber er hatte kein Glück damit gehabt – da stellte er sein Licht wieder unter den Scheffel. Frau Sikke behauptete, das hätte sie ihm vorher sagen sönnen. Aber Ketel Klähn grollte ihr nicht; denn er kam sich vor wie einer, der vor der langersehnten Ernte eines mit Fleiß gehegten Baumes steht: nun streckte er die Hand aus nach den goldenen Früchten, deren Wachstum aus der Blüte dieses Frühlings er erwartete.

Wie der Sommer kam, stieß der Einsiedler von Habel den Dengelstock in den Grasgrund und schlug für sich und einen gedungenen Arbeiter den Sensen die Schärfen zu gedeihlicher Mahd. Der Wetzstein fuhr singend über das Blatt, und der Wind sprang zwischen den sausenden Sensen wie ein fürwitziger Gaukler umher.

Frau Silke schritt hinter den Mähenden drein und breitete die Schwaden mit der Harke.

Eines Morgens, es war ein Sonnabend, sah sie den Postschiffer gegen Habel ansegeln; der kam von Klähns-Hallig, und weil er Ketel Klähn weit draußen auf dem Vorlande sah, entledigte er sich seines Auftrages bei Frau Sikke: »Ketel Klähn soll morgen früh oder noch heute nach Klähns-Hallig segeln!«

Da machte Frau Sikke verwunderte Augen. »Und zum Pastor, sagst Du?«

Weil sie im Schutze der Werft standen, bewog sie den Postschiffer, mit in ihr Haus zu gehen. Sie suchte die Kognakflasche, und weil sie

Ketel Klähn in sicherer Entfernung wußte, machte sie den Schiffer gesprächig.

Der zwinkerte mit den Augen und sprach leise: »Sikke Klähn, ein Brief ist da – vom Kaiser oder wenigstens im Auftrag des Kaisers!«

Die Kognakflasche zitterte in Frau Sikkes Hand. Sie setzte sich erstaunt auf den Stuhl: »An Ketel Klähn?«

»Natürlich! Du, hat denn Ketel Klähn an den Kaiser geschrieben?«

Da fiel es Frau Sikke wie Schuppen von den Augen …

»Ketel Klähn kann heut und morgen nicht nach Klähns-Hallig«, sagte sie. »Aber wenn Du morgen früh an Habel vorbeisegeln wolltest – ginge das nicht?« und sie goß das Kelchglas wieder voll.

Der Schiffer pendelte mit dem Kopfe.

Aber Frau Sikke setzte all ihre Beredsamkeit ein und nahm ihm das Versprechen ab, daß er sie morgen früh holen wolle. Dann ging er zu dem Boot und fuhr davon.

Da rückte Sikke Klähn den blauen Zeiger des Wetterglases, mit dem Ketel Klähn seinem Gedächtnis zu Hilfe kam und den er jeden Tag sorgsam auf den Rand des Quecksilbers einstellte, um zwei Zentimeter hinauf. Ihr Plan war fertig; sie nahm die Harke über die Schulter und ging hinaus ins Heu.

Auf dem Wege dachte sie: wenn Ketel Klähn mit dem Pastor über den Brief redet, erfährt sie ihr tag nicht, was Ketel Klähn die Jahre her heimlich vor ihr verborgen hatte. Jetzt war sie dem Geheimnis hart auf der Spur, und diesmal sollte sie nicht darum betrogen werden, dafür wollte sie schon sorgen.

»Klähn«, sagte sie, »das Wetter wird sich ändern. Das Glas fällt!«

Ketel Klähn guckte den Himmel ab und suchte in dem Dunst über der See.

»Klähn, da wirst Du wohl morgen mähen müssen, hörst Du!«

Wenn das Glas fällt, muß Ketel morgen früh wahrhaftig mähen! Ob der Arbeiter auch helfen wolle? fragte er. Ja.

Ganz früh stand Ketel Klähn schon auf dem Vorlande: im Tau ist leichter schneiden. An seiner Stelle machte sich Sikke Klähn für die Kirchfahrt zurecht.

Ferne sah sie den Alten im Grase stehen.

»Was das Glas nur will?« sagte er zu dem Arbeiter. Es war ein Tau, so rein und reich, daß er über den Sensenblättern klang wie feines Glas.

Sikke Klähn trieb im Boote des Postschiffers an Klähns-Hallig an. Aber wie klug sie auch zuwege ging, sie konnte von niemand etwas über den Brief erfahren und kam Ketels Geheimnis nicht näher. Sie wußten augenscheinlich nichts von dem Briefe.

Nun saß sie auf der Bank in der Kirche; aber ihre Gedanken flogen aus dem kleinen Gotteshause hinaus. Da hörte sie den Pastor reden und predigen über Joh. 14, 6: Ich bin die Wahrheit – Christus die Wahrheit!

Frau Sikke schien's, als hätte er die Predigt heute just für sie aufgeschrieben; sie rückte unruhig auf ihrem Kirchensitz hin und her. Ihr war, als suche der Pastor ihre Augen, und sie hörte: »Er hat nicht ein so zerrissenes Wesen wie die andern oder auch wie du! Er wandelt seine Steige ohne verfängliche Nebenwünsche – wie du? Er ist ohne Selbstsucht – wie du?«

Frau Sikke schlug die Augen nieder: dieses »wie du« schlug ihr ans Herz, es leuchtete in sie hinein bis in die Winkel ihrer Seele …

»Christus ist durchsichtig wie das klare Glas Veneziens, er ist hell wie das strahlende Licht des Frühlings – und du? …«

So hatte sich Frau Sikke noch nie gequält, und ihr ward angst, wenn sie dachte, sie wolle hernach mit dem Pastor reden.

Endlich war der Gottesdienst zu Ende, und nun saß sie auf dem Sofa im Pastorat und log: Ketel Klähn habe sie geschickt, damit sie ihm die Botschaft hinüberbringe, die er nicht selber holen könne; denn Ketel sei schon seit Tagen nicht wohl. – Nun ist ja die Predigt vorbei – nun kann sie der Pastor nicht mehr fragen »und du«!«

Da erzählte er ihr von dem Briefe, den Ketel an den Kaiser geschrieben habe. Sie wisse davon, sagte Frau Sikke, und so stahl sie sich in Ketel Klähns Geheimnis.

Der Pastor trug eine Menge Papiere heran und nahm einen großen Bogen, der der Länge nach vierfach gebrochen war. Den reichte er Silke Klähn hinüber: »Kennt Sikke Klähn den Brief?«

Die Frau nickte. Und nun las ihr der Pastor vor, was Ketel Klähn geschrieben hatte:

Allerdurchlauchtigster, großmächtigster Kaiser und König,
allergnädigster Kaiser, König und Herr!
Indem Eure Kaiserliche und Königliche Majestät in den Tagen nach Empfang dieses Briefes wahrscheinlich Ihren Geburtstag feiern werden, wünsche ich zu diesem Tage viel Gesundheit Segen und Weisheit,

desselbigengleichen alles auch Ihrer Majestät, der Frau Kaiserin, und bitte Gott, daß er Kaiserliche Majestäten erhalten wolle zum Segen des deutschen Landes. Und nun wollte ich auch gern etwas haben. Das Meer spült meine kleine Hallig weg, und sie nimmt von Jahr zu Jahr mehr ab. Und wir haben zwölfhundert Mark Schulden und können keinen Dienstboten halten, brauchten aber einen, denn wir sind alt. In der Hauptsache aber wird das kleine Halligland weggespült, weil keine Beamten rübergeschickt werden, die etwas davon verstehen. Wenn ich etwas zu sagen hätte, so wollte ich das schon fertig bringen. Aber ich bin auch alt und es geht nicht. Und so wollte ich bitten, daß mir Eure Kaiserliche Majestät die kleine Hallig abkaufen, aber nicht zu wenig, indem ich es nötig habe.

Hallig Habel.

Ketel Klähn.

»Vortrefflich ist nur die Anrede«, meinte der Pastor und lächelte.

»Ja«, sagte Frau Sikke würdevoll, »die hat Ketel aus einem Buch abgeschrieben. Bei Lehrer Kastens auf Nordmarsch steht das so in einem Briefsteller.«

Das erklärte Frau Sikkes Scharfsinn ihr in einem Augenblick; aber sie wunderte sich, daß der Pastor ein wenig hochmütig dreinschaute und gar nicht mit dem Brief Ketels an den Kaiser einverstanden sei.

Darum sagte sie auch: »Der gerade Weg ist doch immer der beste, Pastor!«

Der zuckte lächelnd die Achseln: »Ich soll nun Bericht erstatten, wie die Sache eigentlich um Ketel Klähn steht. Der Vorschlag Klähns – das soll er nur wissen – ist von Grund aus töricht und einfältig –«

Da fiel Frau Sikke dem Pastor in die Rede: »Es wäre aber das beste.«

»Und Sikke Klähn soll auch wissen«, fuhr der Pastor fort, »daß ich Ketel Klähns Plan gar nicht befürworten kann. Was in meiner Macht liegt, soll aber geschehen: ich will ein gutes Wort um eine Unterstützung für Euch einlegen. Versteht das Sikke Klähn?«

»Woll, woll, Pastor ...«

Sie bewegte die Lippen ...

»Na«, fragte der Pastor lächelnd, »was will denn Sikke Klähn noch?«

»Dann aber ein bißchen große Zahlen schreiben, Pastor!«

41.

Frau Sikke freute sich seit langer Zeit zum ersten Male heimlich über Ketel Klähn. Sie verzieh ihm an diesem Sonntagmorgen das versonnene Schweigen und die Herbheit, die er in den vergangenen Jahren zur Schau getragen hatte, und trat selbstbewußt bei Knudt Klähn ein.

Nach Mittag klangen plötzlich von draußen Finger in sanftem Spiel an die Scheiben bei Ocke Frerksen.

Hertje Nomsen stand draußen und rief nach Ipke Tamen: »Ob Du Frau Sikke nach Habel segeln willst?«

Da trat Ipke Tamen von drinnen ans Fenster: »Wenn Du mitfährst, Hertje Nomsen, dann kann das vor sich gehen!«

Hertje Nomsen schlug die Augen nieder – die Aufforderung hatte sie ein wenig verwirrt, dann sagte sie: »Nun ja!«

Und bald segelten die drei in das Gold des Sommertages hinein. Während der Fahrt gab ihnen Frau Sikke Verhaltungsmaßregeln: sie sollten nicht von dem Briefe reden; das müsse sie mit Ketel Klähn selbst ausmachen.

Ketel Klähn war vergnügt, denn er hatte schon daran gedacht, das Boot seefertig zu machen und Frau Sikke zu holen.

Nun berichtete er mit heimlichem Lächeln von dem eigentümlichen Einfall des Wetterglases. Dann öffnete er die Schranktür und trug zwei Kelchgläslein und die Kognakkaraffe herbei: »Mag Hertje Nomsen auch einen?«

Aber ehe die antwortete, stand er plötzlich still und hielt die Flasche gegen das Licht …

»Auch runtergegangen – wie das Wetterglas!« murmelte er.

Frau Sikke wurde rot und machte sich eifrig am Ofen zu schaffen.

Die mählich eintretende Ebbe in der Flasche mahnte Hertje Nomsen an die Heimfahrt – sonst müßten sie in die Nacht hineinsegeln.

Bald darauf geleitete sie Ketel an die Kante, wo das Boot im Tief lag, und sah ihnen nach, als sie davonfuhren.

Wie Habel außer Sicht war, lauschten die beiden im Boot in die Stille. Die Wellen brachen sich leise, das klang wie fallendes Gold. Diese Stille war jetzt nur noch selten um sie; denn seit das fremde Leben über Klähns-Hallig gekommen war, versank sie in dem lauten Rufe des Alltags mit seiner harten Arbeit.

»In dieser Stunde ist's wieder einmal wie sonst.« sagte Hertje Nomsen leise. »Manchmal denk ich: es war doch viel schöner, wie die Einsamkeit noch um uns war.« Es war ein weicher Klang in ihrer Stimme. »Wir sind nun daran, den Feiertag gar nicht mehr zu finden, seit wir über der neuen Arbeit stehen.«

»Nur Uwe Nomsen«, sagte Ipke Tamen, »der weiß die alten Wege noch und wird sie nicht verlieren.«

Der junge Schiffer sah über die strahlende See und auch in seiner Stimme war etwas Verträumtes.

Da merkte Hertje Nomsen, daß Ipke ganz vergaß, daß er das Steuer in der Hand hielt. Sie drückte es ein wenig leewärts, und nun lagen ihre Hände aufeinander und ihre Herzen klangen voller denn je.

»Woran denkst Du denn, Ipke?«

Da sah sie Ipke Tamen an: »Manchmal, wenn ich so einen Stein auf den andern lege, fürcht' ich mich ein wenig. Es sind nun so viele Männer auf die Hallig gekommen; und ich denke, es könnte Dich einer liebgewinnen und Dich mit hinausnehmen.«

Hertje Nomsen blieb ganz still.

»Würdest Du mit ihm gehen, Hertje?«

Sie sann ein Weilchen: »Wir Frauen können unser Leben nicht so lenken, wie jetzt wir zweie das Boot!«

Da legte Ipke Tamen auch seine andere Hand auf die des Mädchens. »Aber wenn ich helfe wie jetzt?« lachte er. »Grad heraus, Hertje: wenn ich Dich haben will, so muß ich früh dazu tun. Ich habe nur immer an Ocke Frerksen gedacht, der mich mit meinen einundzwanzig Jahren auslachen wird. Übrigens hat er gesagt, er will mir alles geben, was sein ist, und es muß ja auch nicht gleich geheiratet sein. Wenn ich nur wüßte, ob Du mich wolltest?«

Da schlang ihm Hertje Nomsen die Arme um den Hals: »Ob ich will, Ipke!«

Und weil Klähns-Hallig erst zart aus der Sonne tauchte, fanden sich die Lippen rasch. Der goldene Glanz der Sommersonne umspann sie mit seinen leuchtenden Fäden, als sie aus ihrem Traume erwachten. –

Ein wenig langwieriger als die Segelfahrt Ipke Tamens in das Herz Hertje Nomsens war um die gleiche Stunde die Fahrt Frau Sikkes zu Ketel Klähn. Sikke konnte schwer anlegen, und so viel sie auch Ankerkette ausstach, der Anker biß nicht; es war schwere See.

Und Frau Sikke griff mit weichen Händen zu; sie schonte Ketels Herz; denn sie wußte: es galt den Zusammenbruch des goldenen Traumes vieler Jahre. Aber sie verstanden sich dennoch nicht. Darum redete Frau Sikke endlich gerade heraus.

Ketel Klähn griff nach der Lehne des Stuhles. Sein Herz vergaß den Gleichgang, in dem es dreiviertel Jahrhundert getrottet war. Seine Augen wurden weit. »Der Kaiser?« fragte er. Und seine Blicke hingen an Sikkes Lippen und flehten: bring gute Botschaft! Es war zum ersten Male, daß diese Augen baten.

»Es kann noch alles gut werden«, sagte Frau Sikke, wie sie sah, daß Ketels Herz zitterte. »Der Pastor soll einen Bericht geben, und ich hab' ihm schon gesagt, daß er recht große Zahlen schreibe. Du kannst noch einen Haufen Gold für Deine Hallig kriegen, Ketel!« tröstete sie.

Und an dem Haufen Gold richtete sich Ketel Klähn langsam empor.

42.

Das Heu war unter Dach und Fach oder war in Diemen geschichtet, da und dort mit schirmender Pappe beschwert – damit der Wind, der mit sich selber um die weichen Heuhaufen Haschen spielt, sie nicht zerreißen könne.

Vor dem Heu hab' ich mich gefürchtet, dachte Binne Bonken, als sie hochgeschürzt die duftigen Bündel im weißen Tuche vom Grasland auf dem goldenen Haar herübertrug. Und nun stand sie droben auf der unter ihren Füßen wachsenden Dieme und trat den knisternden Wieswuchs zusammen, der so süßen Duft um sie hauchte, und schaute hinein in das blendende Licht des Sommers.

Der Wind spielte mit den goldenen Ringeln über ihrer Stirn. Weit drüben an der Kante sah sie Jochen Klähn durch die Reihen der geschäftigen Arbeiter gehen.

Im Heu, wenn er auf dem benachbarten Meedeland mit wendete, da konnten Jochen Klähns Augen so oft vor sie hintreten wie sie wollten – über Mittag vielleicht, wenn nur Sonne, Stille und Lerchensang draußen sind – die dreie, die ihr den Blick so warm machten und von denen sie ihre Seele so gern streicheln ließ.

Und nun dachte sie: wenn dann Jochen Klähn über das Grasland gekommen wäre und hätte wieder zu ihr gesagt: Binne Bonken, willst du

die blauen Blumen nicht noch einmal in dein goldenes Haar tun? ...
dann wäre ihr wohl geworden, als hätte sie vor dem hohen Mann in die
Knie sinken müssen: Jochen Klähn, sei barmherzig! Jochen Klähn, sieh
an mir vorbei – ich hasse dich nicht, bei Gott nicht! Aber ich kann deine
Augen nicht ertragen. Und wenn ich sie ertragen wollte, so müßten die
Leute dereinst mit Fingern nach mir weisen!

Und nun war Jochen Klähn der einzige gewesen unter allen Halligleuten, der die Sense oder den Rechen nicht mit geführt hatte ...

Natürlich! dachte Binne Bonken; denn sie haben ihn ja zur Bauleitung
genommen, sie haben gesehen, wie er es allen zuvortut, und er ist es ja
gewesen, der die Befestigungsarbeiten erzwungen hat. So sann sie und
überlegte sich; sie ringen der See die Inseln ab, die ihr schon verfallen
waren und – Jochen Klähn hat's getan. Sie sagen: Nun ist unsere Heimat
gerettet, unser Haus und unser Glück und – Jochen Klähn hat's getan.
Er ist mit allen freundlich. Sie gehorchen ihm alle – aber die *Augen*, die
ihr in das Herz sehen, und wenn sie gleich beide Hände schirmend darüber hielte, diese Augen hat er nur für sie!

Inzwischen wuchsen die Ränder der Dieme unter den Händen des
Mädchens höher als die Mitte, in der Binne stand. Sie hatte zwischen
den Häusern hindurchgeschaut, über das Grasland hinweg, von wo Kei
Bonken die letzten Lasten trug. Nun war Binnes Vorrat aufgearbeitet und
sie sank ganz verträumt in das schwellende Heu, begraben in Duft und
weicher Fülle, die beinah über ihrem Sitze zusammenschlug.

Sie dachte daran, wie ihr Frau Krassen Frerksen erzählt hatte: Ocke
Frerksen ist froh gewesen, daß Ipke Tamen und Hertje Nomsen sich gefunden haben. Aber es wäre doch auch gut gewesen, sann Binne Bonken,
wenn Hertje noch frei wäre, vielleicht hätte dann Jochen Klähn den Weg
gesehen, den nun Ipke Tamen gegangen ist. Aber seit jenem Weihnachtstage hatte sie gemerkt, daß ihre heimliche Hoffnung zerschellen werde
...

Übrigens: warum liegt denn Binne Bonken am hellen Tage im Heu,
und es ist doch gar keine Arbeit mehr für sie?

Da sprang sie auf und sprang von der Dieme herunter. Sie lächelte
und tröstete sich: es ist ja niemand auf der Werft, als Olk Eike. Die sitzt
drüben in der Sonne.

Und Binne Bonken löste den Riemen um ihre Hüften, mit dem sie
den Rock geschürzt hatte, und schwenkte das weiße Tuch, das sie über
dem Haar getragen hatte, knallend in der Sonne. Die Halme flogen heraus.

Es war so still, daß das Singen der Heimchen und das Summen der blitzenden Fliegen wie der Klang sanfter Saiten war.

Da huschte Binne Bonken über das Steinpflaster zwischen den Häusern hin; sie trat in Klähns kleinen Garten und guckte um die Ecke. An der Schattenwand saß Eike Klähn, die Hundertjährige, und der Holler hielt seine Äste über sie. Nur ein wenig Sonne fiel hindurch und rann über Olk Eikes vergilbtes Bibelbuch.

»Eike Klähn«, rief sie. »darf ich Olk Eike die Zeit vertreiben?«

Die Greisin wendete das Gesicht gegen Binne und streckte ihre Arme aus. Diese Stimme hörte sie gern, sie hatte einmal gesagt: es sei »Einsamkeit« in ihr.

Binne Bonken ließ sich auf ein Knie zur Seite Olk Eikes auf den Grasgrund nieder und legte die Hände leicht in ihren Schoß. Hohe weiße Lilien standen an der andern Seite des Sitzes und viel roter Mohn. Die Sonne tastete mit goldenen Fingern an der flammenden Seide seiner Blüten.

»Hast Du eine große Sehnsucht, Binne Bonken?« fragte Olk Eike. »Damals, wie wir froh waren, hab' ich sie zum ersten Male gehört.«

»Wie wir froh waren?« entgegnet Binne Bonken. »Ach, als Olk Eike hundert Jahr alt wurde? Das war schön.«

Dann begann Eike Klähn wieder: »Nun werde ich bald fortgehen, Binne Bonken, aber doch nicht früher, als bis ich noch die große Freude gesehen habe.«

»Von welcher Freude redet Olk?«

»Ich kenne sie noch nicht, Kind, aber es ist noch eine ...«

Die Alte schloß die Augen wie immer, wenn sie in weite Fernen sah. Sie streichelte die Hand des Mädchens: »Mir ist, Du müßtest mir meine Freude bringen! Du und Jochen. – Wie stehst Du denn mit ihm, Binne Bonken?«

Da fühlte sie, daß aus dem Auge des Mädchens eine Träne auf ihre Hand fiel.

»Du weinst?« fragte sie.

»Ja – denn manchmal tut mir das Herz so weh. Und jetzt ist das wieder. Ach, es mag sein, weil der rote Mohn und die weißen Lilien und der süße Duft vom Heu um uns sind.«

Aber die Alte merkte, daß ihr Binne Bonken auswich: »Jochen Klähn redet oft von Dir. Er sagt, Du solltest mehr mit Antje zusammen sein und mit uns allen. Weißt Du, daß Jochen Klähn sehr klug ist?«

Da drückte das Mädchen die greise Hand: »Ich weiß alles, Olk; und er ist so stark und still. Aber – ich fürchte mich vor ihm.«

»Du fürchtest Dich vor ihm?« fragte Olk Eike mit zitternder Stimme. »Dann muß mir die große Freude wohl von anders her kommen ...«

43.

Eines Tages flatterten Flaggen auf Klähns-Hallig, und bunte Wimpel schlürften in der Luft: das Watt war überbrückt, der Damm war hinübergelegt bis an den Außendeich der Küste. Aber die grollende See, die sich überlistet sah, wühlte neue Tiefen in den Wattgrund, drängte diese gegen den Damm und gewann dadurch neue Angriffspunkte, von denen aus sie den Winter über das Menschenwerk bekennen wollte.

Da plötzlich floß ein klares Getön in Lüften hoch: ein Wandervogel war es, der nach dem Süden zog ... und ihm nach ging der Herbst, ging das geschäftige Leben. Die Arbeiter verließen das Eiland, ihre fernen Hütten und Familien zu suchen, und der Winter kam und warf seinen Schnee über das Land.

Als Jochen Klähn an einem grauen Wintertage die Sicherungsbauten prüfend abgeschritten hatte und wieder nach Hause kam, lag eine schwermütige Stille über den Menschen. Das kam, weil Jens Klähn einen Sommer lang keine Nachricht gegeben hatte.

»Ja«, sagte Mutter Goede Klähn, »das war an Olk Eikes hundertstem Geburtstage, da hat Jens zum letzten Male geschrieben; der Brief kam von Buenos Aires; damals war er auf der Fahrt nach Westindien!«

Nun fragten sie alle nach ihm, aber über den Watten schaukelte das Treibeis, und der Postschiffer segelte nicht mehr.

Das schuf die Stille. Jeder schickte seine Seele aus, daß sie Jens Klähn suche.

Um diese Zeit saß Ipke Tamen mit Hertje Nomsen beim Kapitän. Sie wußten, daß sich im Nachbarhause die Herzen nach einer Nachricht von Jens Klähn gesehnt hatten. Und nun berichtete Hertje Nomsen leise, was in voriger Nacht bei Kei Bonken geschehen war. Der Kapitän saß ihr gegenüber, schaute sie mit weiten Augen an und hatte die Hand rund um das Ohr gelegt.

»Vorige Nacht, sagst Du, Hertje?«

»Ja«, nickte das Mädchen, »Kei Bonken hat schlaflos gelegen, weil Binne am Abend wieder so schweigsam gewesen ist und geweint hat. Man wird nicht klug aus ihr – ich glaube, sie weiß selbst nicht, was sie bange macht. Und wie die Sorge den Schlaf immer von Kei Bonkens Bett wehrt, da hört die Frau draußen vor dem Fenster auf einmal einen müden Schritt.«

»Sprich langsam«, mahnte der Kapitän, »und laß mich Deinen Mund sehen, dann versteh ich Dich besser, Hertje!«

Da fuhr Hertje Nomsen fort: »Die Frauen waren zuvor bei Antje gewesen. Uwe hat den langen Abend wieder viel erzählt, viel sonderliches; das hat Binne wohl das Herz angegriffen. Und dann hörte sie den Schritt unter ihrem Fenster vorüberschlürfen. Hörst du gehen? hat sie zu Kei Bonken hinübergefragt. Hörst du gehen, es ist doch Mitternacht! Da hat sich Kei Bonken im Bett aufgerichtet und gehorcht. Das Schreiten war ganz deutlich vernehmbar, darum ist sie aufgestanden und hat das Licht angezündet. Überdem ist draußen aber auch schon der obere Teil der Haustür aufgeflogen und hart gegen die Wand geschlagen, weil der Wind hinterdrein gefahren ist. Der hat den Kranz über Jürgen Bonkens Schiffskiste in der Vordiele abgerissen und zur Erde geworfen. Der Kranz ist raschelnd an der Stubentür hingefahren und die ganze Vordiele entlang.« –

»Ob sie vielleicht die obere Halbtür nicht so fest eingeklinkt haben wie die untere?« fragte der Kapitän, »und ob die etwa der Wind aufgeschlagen hat?«

Hertje Nomsen schüttelte den Kopf und erzählte weiter: »Nein, so hör doch! Kei Bonken hat sich ein Tuch umgetan, und wie sie hinauskam und die Haustür wieder anklappen wollte, da hat draußen auf der unteren Halbtür einer gelegen und hat sie mit traurigen Augen angesehen. So hat er die Ellbogen aufgestützt gehabt, und er hatte eine Schiffsjacke an. Das Haar ist ihm ganz zerwühlt gewesen.«

Der Schrecken malte sich auf den Gesichtern.

»Und nun hatte der Wind Kei Bonken auch das Licht ausgeblasen«, berichtete Hertje weiter. »Da verschwand der Gonger.[1] Draußen waren aber wieder die schlürfenden Schritte, als ginge einer in Seestiefeln seines

1   Wanderer, Gänger, eine Erscheinung, welche den Inselfriesen ein auf See geschehenes Unglück anzeigt. Sie meldet sich angeblich bei dem Nachbar dessen, dem auf der Fahrt ein Leid zugestoßen ist.

Wegs. Dann ist wieder alles still gewesen, und Kei Bonken hat die Tür geschlossen. Auf der Vordiele, dicht bei der Tür, wie zwischen Holz und Schwelle hindurchgeronnen, hat am Morgen noch Wasser gestanden – salziges Wasser.«

Hertje Nomsen hatte langsam gesprochen, und ihre Augen und Arme waren mit bemüht gewesen, den Kapitän über das Geschehnis zu verständigen.

»Hat sie denn das Gesicht des Gongers nicht sehen können?« fragte Frerksen.

»Wohl, wohl! Aber sie hat ihn doch nicht erkannt!«

Ocke Frerksen hatte wegen seines gelinden Aberglaubens schon manchen Spott der nüchternen Klähns ertragen müssen. Und Knudt Klähn hatte einmal zu ihm gesagt: es fehle nur noch, daß er das »Likschünen« habe wie Olk Eike! Der Kapitän kannte ihren Spott.

»Wissen sie denn schon etwas drüben von dem Gonger?« fragte er und stopfte seine Pfeife von neuem.

Die andern zuckten die Achseln.

»Ich werd' Euch was sagen ...« Frerksen hielt den brennenden Papierspan über den Tabak und stieß mächtige Wolken blauen Rauchs hervor ... Hmp ... hmp. Er drückte den Span aus: »Ich werd' Euch was sagen: wenn das ein richtiger Gonger war, dann kommt er noch einmal wieder. Seit Ihr da seid, Ipke, Hertje, Binne, Ihr alle, seit dieser Zeit haben wir keinen mehr gehabt. Auch nicht, als Jürgen Bonken starb – es ist keiner gekommen. Aber wie Jerk Klähn, Knudt Klähns Vater, geblieben ist, da haben sie ihn vorn bei Hannes Paulsen gesehen – genau so wie diesmal: über die halbe Tür hat er gelehnt. Man sagt, er sähe immer erst zur Haustür herein; aber in einer der folgenden Nächte erscheint er zum anderen Male, und es ist wohl schon dagewesen, daß er sich in der Stube auf einen Stuhl gesetzt hat. Immer ist dann unter dem Stuhl ein Flecken salziges Wasser, das dem Ertrunkenen von seinen nassen Kleidern abgetröpfelt ist.« –

Wie etwa drei Wochen vergangen waren und Frerksen erfahren hatte, daß der Gonger bei Kei Bonken nicht mehr erschienen war, saß er an einem grauen Nachmittage mit Jochen Klähn in seiner Stube. Sie hatten von Jens Klähn geredet und dachten noch des Fernen, da sagte der Kapitän: »Jochen, hast Du damals gehört, daß der Gonger bei Kei Bonken gewesen ist?«

Jochen Klähns Mund zuckte: »Bei Kei Bonken? Nein.«

»Vor drei Wochen«, behauptete Frerksen; »aber er ist hernach nicht mehr gekommen«, sagte der Alte ganz ernst.

Da sprang Jochen Klähn halb zornig, halb erschreckt auf: »Kapitän, solch ein Snack!«

»Ich hab's auch gesagt, man sollte Euch nicht davon reden. Wie ich darüber denke, weißt Du ja: ein alter Seemann hat so seine Schrullen, und von der einen laß ich nicht. Aber: glaubt's oder glaubt's nicht – was hundert Augen schon gesehen haben, kann doch keine Narrheit sein. Man sollte Euch nicht davon reden, hab' ich gesagt, denn Goede Klähn macht sich das Herz doch am Ende schwer wegen Jens ...«

Da wendete ihm Jochen das Gesicht zu: »Bei Kei Bonken, sagst Du, ist er gewesen? Und Binne? Die weiß natürlich das Märchen auch?« fragte er verstimmt.

»Natürlich weiß die es!«

»Ocke Frerksen! Ist denn Frerksen ein altes Weib, daß er dem Kinde das Herz schwer machen will? Hättest Du ihr das Märchen nicht lieber ausreden können?«

»Herz schwer machen?« fragte der Kapitän. »Was geht denn das Mädchen Jens Klähn an?«

Jochen Klähn dachte: jetzt will ich Binne Bonken sehen! Jetzt will ich mit ihr reden! Er sagte das dem Kapitän und ging hinaus.

Jochen Klähn war in Seestiefeln, denn er war vorhin bei dem Boote gewesen, das im Priel lag. Im Gehen zog er die faltigen Schäfte der Stiefel hoch und trat an der Rückseite des Hauses von Kei Bonken ein. Die stand am Herd und schob Ditten in die Glut. Alsbald fing sie an, Jochen Klähn zu erzählen, wie das mit dem Gonger gewesen sei.

Wer ist denn in der Küche? dachte Binne Bonken, als sie die beiden reden hörte, und legte das Nähzeug in den Schoß.

»Ich will mit Binne reden«, sagte Jochen Klähn draußen.

»So geh hinein. Du siehst verärgert aus, Jochen.«

»Nein – na vielleicht doch! Soll sich einer nicht ärgern, wenn er sieht, daß alte Leute sich mit solchen Narrheiten quälen?«

Binne war bleich geworden, als sie Jochen Klähns Stimme vernahm. Und nun stand er schon in der Tür; er war so groß, daß sein blondes Haar den oberen Querpfosten der Türfassung streifte.

Sie redeten eine Weile still miteinander, und Jochen Klähn saß dem Mädchen gegenüber. Er merkte, daß sie es vermied, ihn anzusehen.

»Du siehst wieder an mir vorbei, Binne Bonken«, sagte er leise; »warum tust Du das? Magst Du mich nicht leiden?«

Da sah ihn Binne Bonken an: »Du redest sonderbar mit mir, herrisch und hart, Jochen Klähn.«

Klähn lehnte sich im Stuhle zurück: »Du gehst mir aus dem Wege; ich weiß nicht, seit wann ich Dich nicht gesehen habe! Aber, Binne – Du bist immer bei mir gewesen, und mir war's, ich sehe manchmal in Dein Herz. Schau mich immer an, es ist doch so: in diesem Herzen ist ein großer Kummer, der liegt darauf wie der Schatten einer Wolke, der langsam über das blanke Watt kriecht. Wenn ich nur wüßte, woher er Dir käme? Manchmal hab' ich an Uwe Nomsen gedacht. Uwe Nomsen wird eine heimliche Macht über Dein Herz haben.«

»Nein«, lächelte Binne, »das ist nicht so, Jochen Klähn. Aber so darfst Du weiter mit mir reden, so weich und still.«

Jochen Klähn legte den linken Arm auf die Tischplatte: »Binne, ich hab' einmal gesagt: Uwe Nomsen und ich, wir zwei sollten einer sein, das hätte einen tüchtigen Kerl gegeben. Uwe Nomsen steht nur mit einem Bein in unserer Welt; er seufzt im Alltage, ist voll Bewunderung für unsere Bauten, ja er ist vielleicht der einzige von allen, der ihre Bedeutung klar übersieht. Und manchmal denk' ich, er sieht noch weiter wie ich – aber er läßt es andere machen!«

Binne Bonken lachte. Da sah sie Jochen Klähn froh an.

»Uwe Nomsen!« sagte sie. »Was kann Uwe Nomsen für meine scheue Einsamkeit, der ist daran schuldloser als ...«

Binne Bonken stand auf und trat ans Fenster. Ihre Augen wurden blank; ihre Brust hob und senkte sich rascher.

»Nun?« fragte Jochen Klähn.

»Als Du!« entgegnet sie still und klar.

»Als ich?« fragte er verwundert.

»Jawohl, als Du!«

Da faßte er sie an ihren Händen und stand dicht vor ihr: »So gefällst Du mir, Binne! Und nun sag' mir noch das eine: was hab' ich Dir getan, daß Du mich fliehst?«

Da sah sie ihm fest in die Augen. Es war, als habe sie diese Stunde erwartet; es war, als habe sie schon längst darüber nachgedacht, wie sie ihm begegnen müsse.

»Du hast mich zag gemacht, Jochen Klähn, so zag, daß ich vor Dir gezittert habe.« Sie sah ihn immer an, es war, als richte sich ihr Herz an der stolzen Kraft des Seefahrers wieder empor: »Sieh, ich habe nun eine lange Stunde Deine Augen ertragen, denen ich doch nicht entfliehen kann. Es war sehr schwer, Jochen Klähn!«

Da legte ihr der hochgewachsene Mann seine Hände auf die Schultern: »Binne Bonken, nun sag’ ich nicht mehr: tu die blauen Blumen wieder in Dein Haar und den goldenen Gürtel um Deine Hüften; denn so bist Du noch schöner – so stolz, so hochgemut, so tapfer!«

Binne Bonkens Augen waren von stillem Ernste: »Und was willst Du nun von mir, Jochen Klähn? Warum hältst Du mir beide Arme mit Deinen Händen so fest?«

Und Jochen Klähns Herz jauchzte in seine Worte: »So hab’ ich Dich schon oft gehalten, Binne Bonken, wenn ich dachte: ich müßte Dich schirmen vor Deinem tiefen Kummer. Aber nun will ich Dich nicht mehr loslassen, bis Du mir sagst: Nimm’s hin, dies Herz, nach dem Dich verlangt hat! Bis Du mir sagst: behalt’s und schirm’s; denn es ist ganz Dein. Sag’s! Binne, sag’ mir das!«

Und er zog sie an sich, und sie mußte seinen starken Armen folgen. Dann küßte er ihr die stillen stolzen Augen und die Stirn und den Mund.

Und Binne Bonken ließ es geschehen.

Es war, als müsse sich ihr verängstigtes Herz erst zurückfinden, wenn sie auch schon lange vor dieser Stunde gebangt hatte: so wird sie sein, hatte sie gedacht; und so war sie nun gekommen. Da fühlte Jochen Klähn, daß Binne Bonkens beide Arme gegen seine Brust drängten: »Weißt Du, was Uwe Nomsen von Dir sagt, Jochen Klähn? Laß mich los. Ich muß mit Dir reden. Du willst ja, daß ich rede. So laß mich doch los!«

Da trat Jochen Klähn einen Schritt zurück; aber er behielt ihre Hände in den seinen. Ihre Augen standen still in den Augen, vor denen ihre Seele gezagt hatte; da machte sie ihre Hände los und legte sie um die Jochen Klähns: »Ich habe mir die Worte Uwe Nomsens gemerkt: es ist ein Segen in Dir und eine große Kraft! Das sag’ ich auch. Mir ist, ich hätte mich heute an dieser Kraft aufgerichtet. Und ich habe gedacht: wenn diese Kraft stark genug ist, uns beide zu halten, uns beide zu führen ...«

»O, sie ist größer! O, sie ist größer!«

Binne Bonken faßte die Arme Jochen Klähns über den Handgelenken immer fester: »Jochen Klähn, so mag sie Dein Herz schirmen und das meine, diese große Kraft, sonst können wir’s nicht ertragen: Mein Herz und meine Treue hat Jens Klähn bis in den Tod – bis in den Tod – –«

Da schlossen die Lippen des Mannes ihren Mund und ihre Seelen lagen aneinander. Und ihre Seelen zitterten – wie zweie, die Abschied voneinander nehmen für immer. Und Binne Bonken lag in seinen Armen und schaute ihn an: »Nun fürcht' ich mich nicht mehr vor Dir, Jochen Klähn! Du hast mich stark gemacht, und ich weiß, nun kann ich's ertragen. Und wir wollen Hand in Hand vor Jens treten, wenn er wiederkommt, und Du sollst ihm sagen – –«

»Ich bin zu spät gekommen!« sagte Jochen Klähn dumpf.

Und sie gingen miteinander aus dem Hause Kei Bonkens und gingen hinüber in das Haus Knudt Klähns. Die Stille war im Zimmer und nur der Schritt der Zeit klang aus dem Uhrkasten.

»Wer ist denn bei Dir?« fragte Eike Klähn, als sie in die Stube traten.

Da faßte Jochen die Hand des Mädchens und führte Binne Bonken zu der Alten. »Binne Bonken ist's«, sagte er. »Segnet sie, Olk, sie ist die Braut Jens Klähns!«

»Jens Klähns? Jens – Klähns? So möcht' ich wissen, von wannen die große Freude über mich kommt!«

44.

Am andern Abend ging Antje Nomsen an den Fenstern Kei Bonkens vorüber und ließ ihre Finger leise an der Scheibe spielen. »Kommst Du mit, Kei Bonken?«

Da nickte die drinnen: »Komm nur einen Schritt herein!«

Antje Nomsen ging hinein und sagte ihr ein süßes Geheimnis ins Ohr: nun war Jöching Nomsen bald nicht mehr der »Benjamin«.

»Weiß Goede Klähn schon?« fragte Kei Bonken lachend.

»Noch nicht, aber sie soll's diesen Abend erfahren. Und wie steht's denn mit Binne?« fragte Antje Nomsen halblaut und ernst, als sie das Mädchen draußen im Pesel schaffen hörte.

Kei Bonken zog sie ans Fenster und flüsterte: »Sie vertraut auf Jochen Klähn. Er hilft's ihr ja auch tragen. Ich bin froh, daß das alles so gekommen ist. O, ich bin froh!«

Dann gingen die Frauen hinaus und Kei Bonken sagte, während sie langsam um den Fething schritten: »Ich hätte nicht gewußt, was ich von Binne denken sollte, sie hat's mit keinem Worte verraten. Und nun hat sie ihr Herz aufgetan. Muß ich da nicht froh sein, Antje?«

Der Mond stieg in die Dämmerung des Winterabends herauf und der Schnee knirschte selbst unter dem weichen Filze der Schuhe – so kalt und klar kam die Nacht.

Bei Knudt Klähn redeten sie von Sikke und Ketel und wie die jetzt wohl ihre Einsamkeit sich vertreiben mögen ...

Das war an dem gleichen Abend – da hat sich das drüben auf Hallig Habel ereignet. Wie sie zurückrechneten, als sie alles erfahren hatten und der Winter den Weg über das Watt nach Ketels Eiland wieder freigab, besannen sie sich: das war die Nacht, in der Antje Nomsen Mutter Goede ihr Geheimnis verraten hatte.

In dieser Nacht ist das drüben auf Habel geschehen.

Die Pfeife hatte seit zwei Tagen unberührt auf dem Eckbrett in der Stube Ketel Klähns gestanden, und an diesem Abend verschmähte er auch das Nachtmahl. Da kam eine heimliche Sorge in Frau Sikkes Blick. Nach dem Essen stand sie am Herde und machte einen Aufguß von heilsamem Tee. Der Wind sang eintönig um die Fenster.

Da kam laut ein langsam Sprechen zu ihr heraus. Sie achtete seiner nicht.

Da kam ein Singen zu ihr –

Ketel Klähn singt?

»O Lamm Gottes onskoldig – – –«

Es waren harte, ungefüge Töne. Die Weise war falsch. Aber das Herz war richtig.

Da öffnete Frau Sikke die Tür: »Soll ich kommen?«

Und sie sah: das Buch, aus dem der alte Mann gebeichtet hatte, fiel mit müdem Falle auf die Diele.

Er lehnte sich im Stuhle zurück. Seine Arme streckten sich aus, seine Augen wurden weit und dann legten sich die Lider leise über den verlöschenden Blick.

Da ist draußen in der Küche der Tee übergekocht und in die Herdflamme gelaufen und hat sie ausgelöscht.

Ketel Klähns Herz tat keinen Schritt mehr.

»Was soll ich denn nun tun?« rief sie den Toten an. Es war ein harter Vorwurf in diesen Worten. »Ich mit Dir? Klähn! Klähn! Wie kannst Du denn jetzt fortgehen? Es ist ja nirgend ein Weg für mich!«

Und dann tat Frau Sikke das Fenster auf, als ob die Seele ihren Ausgang haben müsse.

Sie nahm die Lampe vom Tisch; der Nachtwind blies hinein und die Flamme blakte. Im Pesel stand der Schrank mit Ketel Klähns Feierkleidern. Die trug Sikke Klähn herein in die Stube.

Da saß der Tote im Mondlicht; das legte sein sauberes Silber über sein stilles Gesicht. Der Wind blies in die greisen Haare, wehte sie über die Stirn des Toten und richtete sie wieder empor. Ketel Klähn ließ alles geschehen.

Und sie trug Wasser im Becken herbei und wusch dem Toten Gesicht und Hände. Sie tat ihm die schwarzen Kleider an und die Schuhe an seine Füße, die er beim letzten Kirchgange getragen hatte. Dann schleppte sie den Sarg aus dem Heuraum herüber; der hatte dort sieben Jahre gestanden. Nun wollte Ketel Klähn darin schlafen.

Da schlug die Uhr Mitternacht. Es war ein feierlicher voller Klang; darum hielt Frau Sikke in ihrer Arbeit inne und lauschte in den tönenden Ruf. Und sie stellte den Sarg im Pesel auf und faßte den stillen Mann unter den Armen. An ihrem Herzen trug sie ihn hinaus und legte ihn in den Sarg und faltete ihm die Hände.

Sie zündete alle Kerzen an, die sie im Hause fand. Die gaben ihren warmen Schein in das kalte Licht des Mondes. Und sie tat die Blumen von den Fenstern und stellte sie um Ketels Ruhe. An den Storchschnäbeln drängten die ersten Blüten ihr Rot, ihr schneeiges Weiß aus den halbgeschlossenen Kelchen.

Frau Sikke legte neue Glut in den Ofen; es war kalt, bitterkalt. Und sie nahm das gefallene Buch unter dem Tische herauf und las. Die Tür zum Pesel stand offen und die Lichter brannten langsam nieder. Da und dort verlöschte eins und schwang scheidend ein Fähnlein wehenden Rauchs in die Luft. Wenn die Flammen atmeten, kam in die Schatten an den Wänden gespenstiges Leben.

Die Zeit, vor der sich die alte Frau gefürchtet hatte, war gekommen; nun war sie allein mit dem Tode und sah ihm ohne Zagen in das kalte Gesicht. So hielt Frau Sikke die Totenwacht.

45.

Den Hornung hindurch lag die Reifkälte über den Inseln; die legte den Rauchfrost faustdick an Giebel und Dächer. Und zu Anfang des Märzenmonats rann der Regen, rann ganz leise, rann unaufhörlich und spannte graue Fäden durch die Luft wie ein grämliches Novemberwetter.

Da ward die See offen, und das Segel des Postschiffers tauchte endlich aus dem Grau eines Tages – acht Wochen hatte keiner eine Nachricht von draußen erhalten.

Der Postschiffer legte an. »Ein Brief von Jens Klähn?« fragten sie. Sie fragten's durch alle Häuser; aber ihr heimliches Hoffen wandelte sich in wehmütige Trauer: ein Brief von Jens Klähn?

Keiner!

Ocke Frerksen steuerte in dieser Zeit, in der der Postschiffer gegen Habel segelte, nach der Hintertür zu Kei Bonkens Haus und sprach mit ihr über den Gonger. Sie redeten mit geheimnisvollen Augen und deutsamen Gesichtern, und Kei Bonken blieb dabei: sie hätte den Gonger gesehen. Er hatte graue müde Augen; es war ein traurig Bild.

Wie Ocke Frerksen mit nachdenklichem Gesicht aus dem Hause trat, sah er Jochen Klähn drüben über die See schauen.

»Der Postschiffer kommt ja zurück!« rief ihm Klähn entgegen.

Frerksen sah prüfend in den grauen Tag. »Wahrhaftig! Da ist auf Habel nicht alles in Ordnung, Du!« sagte er, faßte Jochen Klähn am Ärmel, und die beiden liefen die Werftböschung hinab.

Der Postschiffer winkte ihnen schon von ferne: Frau Sikke hat ihn mit der Nachricht geschickt, und er erzählt, wie sie acht Wochen bei dem Toten gewacht hat, wie der salzige Seewind über ihn wehte … Aber nun ist kein Säumen mehr; der Südwind geht warm durch die offenen Fenster, und Ketel Klähn muß in die Erde. Frau Sikke bittet: helft mir den Toten begraben!

Und sie machten das Boot seefertig; am anderen Tage brachte das Postschiff den Arzt mit, der den Totenschein ausstellte, und am dritten Tage haben sie Ketel Klähn in die tauige Frühlingserde gelegt. Sie haben die Tür zugeschlossen am Hause Ketels und Frau Sikke mit hinübergenommen nach Klähns-Hallig.

Wie sich die Abenddämmerung schwer in die Nebel dieses Tages legte, wachte der Sturm auf und keuchte bald wie einer, der lange hastig gelaufen ist. Er tutete die lange Nacht in seine Muschel – hu – hu! Und wie das Licht des Morgens langsam heraufkroch, stieg Knudt Klähn von seinem Lager, zu sehen, ob das Vorland noch unter Wasser sei. Aber er sah nicht lange die Werftböschung hinab und nicht mehr über die Fennen; er hatte seine Augen weit hinausgerichtet.

»Eine Brigg in Not!« murmelte er und schlug an die Tür, hinter der Jochen Klähn schlief. Dann warf er sich die Kleidung über und fuhr in die Seestiefel.

»Heraus!« rief er weckend über die Werft, und der Schall seiner Stimme flog in die Häuser. Da ward es drinnen lebendig. Der heiße Tee dampfte aus den Tassen. Die Männer aßen und tranken im Stehen, und ihre Augen suchten in dem bleiernen mürrischen Grau des Morgens nach der Brigg. Die Wogen zischten gegen die Kante, und Ocke Frerksen stand schon unten auf dem Gras, neben ihm Ipke Tamen. Der Alte suchte das Schiff in Not in sein Glas zu kriegen. Da kamen die Klähns, die Kalkstummel zwischen den Zähnen, die Augen draußen in See. Der Wind riß ihnen den Tabakrauch von den Lippen, zerblies die glimmende Glut der Pfeifen und warf die Funken herum.

Da rollte es heran – wie ein Heer von Rossen über eine Brücke stampft: Märzgewitter!

In Stößen flog der Wind.

In kurzen Pausen rollte der Donner.

Der Westhimmel stand schwarz auf der See.

»Sie laufen unter gerefften Sturmsegeln!« sagte der Kapitän und brachte das Glas nicht von den Augen. Er lief dabei wenige Schritte seitwärts und wieder zurück, als wär' er an Deck. Und als müßten die ihn drüben hören, begann er zu kommandieren: »Loten! Loten!«

Er sah alle Mann an Deck. Und die Frauen kamen von der Werft herab.

Der Wind schlug Schaum aus der See. Die brüllte heran und brüllte um die Brigg.

»Drei Mann an Steuer!« rief Ocke Frerksen. »Anker los! Stüerbordanker! Backbordanker los!«

Immer noch jagte die Brigg durch die rasende See.

Da – ein Ruck –

»Fest!« rief Frerksen. »Knudt Klähn, sie haben lange Ketten gegeben, nun reiten sie das Wetter vor Anker ab.«

Überdem war Jochen Klähn in dem Boote, das er seefertig gemacht hatte, herangetrieben.

»Was willst Du damit?« fragte der Kapitän und zog Jochen heraus ans Land. »Willst Du etwa hinaus – und jetzt?«

Da schrien die Frauen laut auf. Der Kapitän rief in den Sturm.

»Die Ketten gerissen!« sagte Jochen Klähn.

Und drüben richtete sich das Vorschiff hoch auf; der Sturm nahm's in die Hände und warf's breitseits vor sich hin. Die See stürzte sich wie ein Ungeheuer darauf und begann ihr fürchterliches Spiel damit.

Bald schoß das Schiff hinunter in die See, bald hinauf auf die weißen Kämme der Wogen wie ein windiges Papierfahrzeug.

Nun kam von drüben ein Knallen und Krachen: das Schiff saß auf, der Fockmast ging prasselnd über Bord, der Wind heulte hinter ihm drein.

Nun der Großmast fort! Da!

Und dröhnend legte der sich um und riß die ganze Takelage hinunter in die See. Die Boote zerschmetterten –

Da sprang Jochen Klähn in sein Schiff: »Jetzt ist kein Zögern mehr! Ahoi, Ipke Tamen! Uwe Nomsen, helft!«

Knudt Klähn legte mit Hand an. Aber die Frauen schrien durcheinander.

Da sprang Binne Bonken in das Boot und legte ihre Hände Jochen Klähn auf die Achseln, und Goede Klähn kam heran: »Du darfst nicht, Jochen!«

Da ertönte von draußen ein gewaltiger Krach, vor dem die Herzen der Frauen den Schlag vergaßen. Das ganze Vorschiff lag zerschmettert, die See sprang in den Laderaum, wühlte mit gierigen Händen Kisten, Säcke und Fässer heraus, Blanken und Bretter richtete sie auf; die treibenden Masten stachen aus den Wogen. Die nahmen sie und führten sie als Waffen gegen das Wrack.

Da machte Jochen Klähn das Boot los, und unter den Wehrufen der Frauen trieb es hinaus. Ipke Tamen, die Klähns und Uwe Nomsen bildeten seine Bemannung. Binne Bonken hatte ihre Arme um Goede Klähns Hals geschlungen: der Frau vergingen die Sinne.

Das Boot trieb in die Schiffstrümmer hinein. Die See spie Schaum über die Männer, die Flut schlug zischend darüber.

»Da kann keiner wiederkommen, keiner!« brummte Frerksen.

Und Goede Klähn sank in das nasse Gras, und Binne Bonken deckte ihr die Augen mit ihren Händen.

Und doch rangen sie sich von drüben herüber: ihrer zehn waren nun in dem Boote. Das trieb an Land, triefend von salziger Flut und erstarrt von der Kälte und Qual, trugen sie die Männer heraus.

Sechs waren gerettet, zwei waren über Bord gespült – ein einziger muß noch drüben sein auf dem verlorenen Fahrzeug und mit dem Tode ringen!

Da eilte Jochen Klähn dem Boote wieder zu, aber Frerksen stürzte ihm nach und faßte ihn hart an: »Bist Du toll, Jochen Klähn?«

Und Binne Bonken und Goede Klähn drängten sich zu ihm. Die Mutter stand mit ringenden Händen vor ihm und warf ihre Arme um den tapferen Sohn.

Der machte sich los. »Mutter«, rief er, »weißt Du, ob der drüben nicht auch von einer Mutter ersehnt wird, die in ihm ihr einziges Kind verliert? Weißt Du, Binne Bonken, ob der drüben nicht Vater weinender Kinder ist, die um ihn im Elend verzagen?«

Und Jochen Klähn rang sich los und sprang wieder ins Boot. Da zog sich Uwe Nomsen den Südwester fest auf die Stirn und schritt ihm nach. Es ging sonst keiner mit ihm. Aber das unbegrenzte Vertrauen in Jochen Klähns starke Kraft machte sein Herz mutig.

»Ahoi!« schrie Jochen Klähn.

Da flog das Boot hinaus. Die See warf's im Schwunge weit von der Kante.

»Das geht über Menschenkraft! Das heißt Gott versuchen!« schalt Ocke Frerksen hinterdrein.

An der Kante wälzte die See eine Leiche herauf. Für einen Augenblick vergaßen sie die zwei, die drüben das rettende Boot an dem Tode vorbeizwangen.

»Dat's ons Bootsmann«, sagte der Schiffsjunge. »Dat is he ...«

Er stand neben der Leiche, und seine warmen Tränen rollten dem Toten auf die Stirn.

Aber ihre suchenden Augen flogen wieder hinaus.

»Jetzt«, rief Frerksen, »jetzt erklettert er das Wrack! Jetzt – – Er schleppt ja einen Toten herunter! Was wollen sie denn mit einem Toten?« Und Frerksen schrie mit der ganzen Kraft seiner Stimme hinaus: »Herunter, Jochen Klähn, das Deck birst!«

Es war ihm, als müsse sein gewaltiger Ruf die drüben erreichen. Aber der Wind warf ihn zurück. Da brach das Wrack in sich zusammen. Die Blanken starrten in wirrem Durcheinander um das Boot, und nun sahen sie, wie Uwe Nomsen einem Versinkenden das Tau entgegenwarf.

Und schon flog das Schiff durch Nebel und Sturm heran. Uwe Nomsen stand am Steuer – der Sturm ward müde, aber die See kochte. Ipke Tamen stand bis an die Hüften draußen auf dem Watt und warf ihnen ein Tau zu. Nun zog er das Boot heran – nun drehte es bei. Jochen Klähn kniete darin, und sie sahen, daß er einen schier leblosen Leib in seine Arme nahm, den er vorhin über das berstende Hinterdeck der Brigg geschleift hatte. Dem, den er mit seinen starken Armen umfaßte, klebten die nassen Haare auf der Stirn, seine Augen waren geschlossen –

»Nehmt den da!« sagte Jochen Klähn, als ihn die am Ufer umdrängten.

»Dat's de Fremde!« rief der Schiffsjunge.

Die Kleider Klähns und des Geretteten troffen von Wasser, die Schiffsjacke, die er trug, war über der Brust geöffnet, das Hemd war zerrissen, und um den entblößten Hals hing ihm ein goldener Reif an blauseidener Schnur.

»*Jens Klähn!!*« schrie Ipke Tamen, wie er dem Leblosen ins Gesicht starrte.

Der Ruf schlug in die Herren und begegnete dem Angstschrei der Frauen. Die breiteten ihre Tücher aus, und Jochen Klähn legte den Bewußtlosen darauf. Er atmet!

Und Binne Bonken und Goede Klähn warfen sich weinend über den Geretteten.

Dann trugen sie ihn auf die Werft. Es war ein stiller Zug. Hinterdrein, die letzten, gingen Binne Bonken und Jochen Klähn.

Und alle hatten es gesehen: Binne Bonken hatte ihm in den Armen gelegen und hatte sein Gesicht und seine Hände mit heißen Küssen des Dankes bedeckt.

46.

Die Sicherungsbauten waren im Mai beendet. Neue Pläne wuchsen in Jochen Klähn, der die Befestigungsarbeiten auf den übrigen Halligen nun mit zu überwachen hatte. –

Jens Klähn hat erzählt, daß er die Heimat von Hamburg aus auf dem Landwege zu erreichen gedachte, als ihm der befreundete Bootsmann der Brigg, die am nächsten Tage nach Amrum und Sylt unter Segel gehen wollte, aufforderte, diese zur Heimfahrt zu benutzen.

Ipke Tamen und Hertje Nomsen rüsteten zur Hochzeit, und Jöching Nomsen hat am dreißigsten Juni ein goldhaariges Schwesterlein bekommen.

Eike Klähn hat ihre große Freude gesehen. Nichts hatte sie in dem unerschütterlichen Vertrauen zu dieser wankend machen können. Und als die große Freude gekommen war, da weinte Eike Klähn. Sie hat ihren hochgemuten Urenkel zu sich gezogen und hat ihm die Hand auf das Haar gelegt und gesagt: »Du wirst ein Held sein.«

Die's gehört haben, haben's verstanden; das war an dem Tage, da Jochen Klähn seinen Bruder dem Tode aus der Hand genommen und ihn zurück ins Leben getragen hat.

Und wie sie im Heu waren und wieder die weißen Lilien und der rote Mohn an der Sonnenseite des Hauses um Olk Eike blühten, da ist die alte Frau in dem schweren Dufte eingeschlafen. Das war im einhundertdritten Jahre ihres Lebens.

Und Uwe Nomsen erzählt Jöching von goldenen Zeiten: die werden kommen, wenn Jöching groß ist. Dann wird sich dort fruchtbares schwarzes Marschland dehnen, wo heute noch das Boot des Postschiffers fährt, die Dämme werden verschwinden, und mannshoher goldener Weizen wird über dem fetten Lande wehen, das die See jetzt mit unwilligen Händen baut.

Dann ist der Halligen goldene Zeit. Aber dann sind sie anders als heute. Nur der Ruhm Jochen Klähns, der die See gezwungen, der ist so geblieben.